儿女风云录

王安忆 著

Wang Anyi

王安忆

人民文学出版社

图书在版编目(CIP)数据

儿女风云录 / 王安忆著. -- 北京 : 人民文学出版社, 2024. -- ISBN 978-7-02-018932-8

Ⅰ. I247.5

中国国家版本馆 CIP 数据核字第 2024TL2272 号

责任编辑　卜艳冰　杜玉花
装帧设计　蔡立国

出版发行　人民文学出版社
社　　址　北京市朝内大街 166 号
邮政编码　100705

印　　制　山东临沂新华印刷物流集团有限责任公司
经　　销　全国新华书店等

字　　数　180 千字
开　　本　890 毫米×1240 毫米　1/32
印　　张　10.125
版　　次　2024 年 10 月北京第 1 版
印　　次　2024 年 10 月第 1 次印刷

书　　号　978-7-02-018932-8
定　　价　59.00 元

如有印装质量问题,请与本社图书销售中心调换。电话:010－65233595

一

上海地方，向来有一类人，叫作"老法师"，他是其中一个。

仔细考究，大约在上世纪九十年代，舞厅开出日场来了。窗户用布幔遮严，挡住天光，电灯照明，于是有了夜色，还有违禁的气息——舞会的内心。日场结束至多两个钟点，夜场开幕。白天的人气还没散尽呢，油汗，烟臭，茶碱，瓜子壳上的唾液，饮料的香精，胭脂粉，也是香精。窗幔依然闭着，但因为外面的暗，里头的灯亮穿透出去，一朵一朵，绽开绽开，然后定住不动了。

这类日夜兼营的舞厅，多是设于人民公园的旧茶室，关停工厂的废弃车间，空地上临时搭建的棚屋，菜市楼顶的加层。从地方看，就知道它普罗大众的性质。日场的客源以本地居民为主，退休或者下岗，因为有闲；晚场就成了外地人的天下，大致由两部分构成：民工和保姆。价格也是亲民的，五元一人，男宾买一送一，可携一名女客，还有更慷慨的，女客一律免票，没有女伴的也不致落单，初次见面，总要买些饮料和零嘴。无论怎样的舞厅，都是交际场，场面上人不能显得悭吝。所以，最后统算，不赔反盈，渐渐地，一生二，二生三，蔓延开来，成为常规。很快，女多男少，性别比例又失衡。那些女宾们，伙着同乡人小姊妹，自带吃食，孵着空调，看西洋景，占去大半茶桌。没有生意做事小，主要是形象，舞厅，即便普罗大众的舞厅，也要有一点华丽的格调吧，现在好了，一派俗俚。然后，就出现了一种人物，师傅。师傅是跳舞的高手，他们以一带十，只需交付一点费用，一杯饮料的钱吧，饮料是舞厅的标配，同时，也是可见的利润，一杯饮料，可与师傅跳一曲。再淳朴的人，舞厅里坐上一阵子，也会跃跃欲试。音乐所以被古人视作教化，专辟一部《乐经》，此时显现出实效。师傅的带领下，村姑们一个个起身离座，迈开了脚步。

老法师就从师傅中脱颖而出。

顶上的转灯,扫过黑压压的桌椅,零星坐了人,也是灰托托的。不意间,闪出一张森白的脸,线条深刻,面具似的凸起,就有瞬息的延宕,即湮灭在影地里,等待下一轮的光。人们知道,老法师来了。

通常是下午四五点钟,午眠的人醒来,再度过假寐的时辰,拖拽着白日梦的尾翼,恹恹的。勿管舞场论不论晨昏,生物钟这样东西,已经潜移默化成定势,所以,还是生发影响力。原始的时间里,午后的一段就最暧昧,它既是凌晨,白昼开始,又像是子夜,走进黑天。更别说舞场里的人工制造,企图模拟永恒,结果是混淆,生物钟弄不好反而添乱。其实是透支,向夜晚借白昼,白昼借夜晚,借了不还或者多还。舞场里总是亢奋和颓靡两种情绪并存,此消彼长,就是证明!可是,老法师来了,情形就不一样。他自带时间,一个独立的时辰,谁也不借,谁也不还,氤氲中开辟出小天地,小小的生机和小小的循环。

给师傅的是饮料,老法师的是酒,威士忌,白兰地,金酒。就算是这样的舞厅,远远望去,像瓦砾堆,墙上红油漆写着"拆!拆!拆!",屋顶和墙缝,流浪猫在野合,一包包垃圾从天而降，可也有威士忌白兰地金酒。在吧台里的架上，勿管真的假的，瓶子上贴着标签，曲里拐弯的拉丁字，写着古老的年份，从未听说的酒庄，至少一瓶有货，那就是老法师的特供。有时一人独资，有时几人合资，买下来，理所当然，享有贵宾级别，优先做老法师的舞伴，也可以叫作学生。

和老法师跳舞，生手变熟手，熟手呢，变高手。脚底生风，眼看着随风而去，打几个旋回到原地，脸对脸，退而进，进而退。场上的人收起舞步，那算什么舞步啊，让开去！场下的人，则离座起身，拥上前，里三层外三层。场子中间的一对，如入无人之境，疾骤切换的明暗里，人脱开形骸，余下一列光谱。一刹那，回到形骸里，再一转瞬，又没了，有点诡异呢？然而，倘若掀起一角窗幔，透进亮，一切回复原形，他是他，她是她，众人是众人。无奈遮蔽得严实，那鬼魅剧越演越烈，进到异度空间，仿佛回不来了。正神魂游离，舞曲终止，老法师将舞伴送到原位，石化的旁观者动起来。

音响送出慢步舞，人们纷纷上场，舒缓地摇曳。这样，老法师垂着手，半合着眼，对面人也是，身体没有一点触及，可是心心相印。他几乎不动，可是全场和着他的韵律。转灯放缓节奏，不那么晃眼,这样,我们就能看他仔细。他呀,至少一百八十五公分,又穿一身黑,目视更要高上三公分,抽出条子,细长细长,顶着一张脸,悬在半空。不仅因为白,还因为立体,就有占位感,拓开灯光的浮尘,兀自活动,打个斤斗,倒置着,再打个斤斗,回到原位,也是骇人。倘若离得近,好比与他舞伴的间距,看得见细部,眼窝、鼻凹、下颌中间的小坑,染了一种幽暗的青紫,刻画出轮廓。舞伴心怦怦地跳,不是骇怕,是震惊,似乎将要被攫住,携往不知什么地方,却又闪过去,放了她。不知侥幸或者遗憾,也让人震惊。灯光亮起来,眼前金箭乱射,箭头上带着一点魂,梦的余韵。就像中了魅,到舞场不就是找这个来的?唯有老法师才给得了这个!

舞厅外面,甚嚣尘上。拨开厚布帘子,后面是门,双重的隔离,才有那个谲诡的世界。走下一架铁梯,原本是高炉的上料斜桥,拆了卖了,辗转到这里。透过踏板的空当,看得见地面,夜市将要开张,排档的摊主亮了灯,支起煤气罐瓶,砧板剁得山响,桌椅板凳摆开一片。后面的水泥房子里是菜场,鱼盆里咕咕地打氧气;生蔬底下细细喷着水雾,蔫巴的绿叶菜又硬挺起来;豆制品的木格子大半空了,散发出醋醅味;熟食铺的玻璃窗里,颜色最鲜艳也是最可疑：蜡黄、酱红、碧绿、雪紫。好了，沿街的饭馆上客了，大铁镬的滚水里，翻腾着整只的蹄髈、猪脚、腔骨、肋排；小罐汤在灶眼上起泡；一人高的笼屉里，一层五花肉，一层花椒面，一层炒米粉；酒瓮剪蜡开封……这里有一种绿林气，来的都是好汉！

谁想得到，烟熏火燎里，那一具集装箱似的铁皮盒子，盛着的声色犬马。白日将尽，霓虹灯还没亮起来，灯管拗成的汉字：维也纳美泉宫、罗马天使堡、凡尔赛镜厅，陷在暮色里，蓄势待发，等候闪亮时刻。铁匣子的焊缝，不小心透出一点动静，转眼让汽车喇叭声搅得更散。远近工地的打夯机，水泥搅拌机，吊塔三百六十度掉头，也来凑热闹，这城市开膛破肚，废墟建高楼。芯子里的小朝廷，终究敌不过外面的大世界。舞曲和舞曲，乐句和乐句，休止符、附点、延长音的渐弱、跳音和跳音之间，抢进来炝锅的油爆；车轱辘碾过路面的坑；铜舀子打在缸沿；婴儿的啼哭，女人的碎嘴子——细碎却绵密，见缝就钻。可是跳舞的人，是做梦人，叫不醒的。看他们迷瞪瞪的眼睛，微醺的样子，甜蜜蜜的饮料，肌肤的若即若离，分泌着荷尔蒙，哪里经得起老法师的手，轻轻一推，你就滴溜溜转个不停。

时间速速过去,《地久天长》的终场曲里,全体下海,碰来撞去,你踩我脚,我踩你脚。跳舞让人们的心情大好,就起不来冲突,是和睦的大家庭。全家福独缺一人,老法师。

老法师遁走了。街巷的阡陌里,前院墙上爬着夹竹桃的影,后窗向外吐炊烟,主干道华灯初上,漫进一些光晕,绰约透出人和物的轮廓,看不清细部。要有明眼人打个照面,凑了哪里来的亮,就会咯噔一下:外国人!跳舞厅那种场合,本身是个传奇,这身形和脸相就像长在里面,称得协调。日常的生活却是平庸的,凡涉及一点点异端,便跳脱出来。市井中人叫作"外国人",除此还能叫什么?既是直观的印象,同时呢,还真揭示了实质,那就是非我族类。

婴儿时候,叫作"洋娃娃";长大些,"小外国人";然后,很奇怪的,具体成"法兰西";高中和大学,不只国别,还有种族,是"犹太人"!诨号的演变,大致体现本地市民的世界地理常识,是半封建半殖民历史的遗绪,也不排除卖弄的心理。事实上,他三代定居沪地,祖籍宁波,不过是个名头,五方杂居的上海,称得上原住民。沿海地区人口迁徙流动,血缘混交,遗传纷杂,只是发生在概率里,落到个体则渺茫得很。他和他的父母确实不顶像,但是他又只能生在这家里,可能是看惯了,或者这里那里,真有一点隐秘的相像。幼年的他,长一张圆鼓鼓的脸,大眼睛,瞳仁黑得发蓝,浓密的睫毛,扇子一样张开,鼻尖上翘,唇形有棱有角。婴儿肥褪去,骨骼显出来,成了外国电影中的英俊少年。西区昔日的法租界,侨属已经融入市民社会,很奇怪的,有一个群体,就是理发师,被称作"法国人",他们所操的扬州家乡话则是"法国话",以上海的地方成见,难免含有歧视。很难追究渊源,但多少可以证明,外国人的在地化。他被称作"法国人",其中的意味就有些微妙了。随年龄增长,异族人的凸凹有致,渐渐变得粗阔,脸架子拉长,下颚的肌肉发达,接近通常说的"马脸",收紧眼矩,更显得深目高鼻。皮肤依然极白,不是那种半透明的牛奶色,而是象牙的瓷实的白。一头黑发,加上眉睫浓重,真是亮眼,周遭的人和物都黯淡下来。"犹太人"就是这时节喊起来的。老上海大多见过虹口一带的犹太难民,摆地摊,卖自家做的白面包,变戏法,骗走小孩子的零钱,是穷酸的同义词;文艺青年知道典出莎士比亚的《威尼斯商人》,犹太人又有了狡诈的名义;沙逊、哈同一流是发财梦里的人物,无异于青红帮,黄歇浦就是个黑社会——所以,就成了个骂名,听见有人叫，是要回敬过去的。

他的出生年月是个谜，按履历表，是一九六六年之前进校的大学生，可是，那一年滞留的在校生总共有五届，贯穿数个年头，就没办法从这里推算了；看职业，他下过乡，还参过军，这两段却又交集在一起，细考下来，原来是军垦农场，时序又乱了；他的档案且一直压在学校人事科的文件柜里，落满灰尘，没有任何就职记录，可谓白茫茫大地，一片萧然！至于户籍簿上的婚姻状况，就是谜中谜。不知道哪一个环节的忽略，单身直接跳到离异，一时上有儿有女，骤然间，又全都没有，仿佛入了道门，无为有处有还无！看外表，最是糊涂，年轻人也比不上他的挺拔紧致，然而，有时候，换一种光线角度，你会发现，他的面颊松垂下来，形成两个小小的肉囊，法令线、鱼尾纹、眉心一个川字，浮出水面，分明是张老人的脸。体态也是，就像现在，向晚的天光里，一身黑外面套了短风衣，接袖坍到肩膀底下，身形就有些塌，髋骨大幅度摆动，脚底却迈着小碎步，嚓嚓嚓的。速度倒不见得慢，很快走进一条短弄。暮霭忽然明亮起来，照出门上的脱漆，脱漆里的木纹理和裂痕，很有些年头了。钥匙插入弹簧锁，俗称"司必灵"的孔眼。这一截三四连排的旧里房子，出于某种缘故，可能是开发商资金链问题，抑或地块所属区域不同，或者只是个人的维权结果，所谓"钉子户"，于是划出动迁范围。眼见得对面日夜施工，打夯机震得墙体歪斜，楼面开裂，吊塔贴着头顶移来移去，倾下砖石瓦砾，像要把它埋了。

门在身后关上，阻住一日之内最后的天光。他立定片刻，渐渐看清周围，壅塞着各色形状的物体，床板、铁皮炉、瓦盆、铅桶、成卷的管线、泥工的桶和铲、拆解和完整的自行车，仿佛巷战的工事，壅塞着门厅，留出仅供一人过的狭道。幸亏他路熟，否则就要绊倒，伤了手脚。跻身进去，上去，两边也是工事。楼梯跷跷板似的，一头高，一头低，地板底下是空洞，听得见脚步的回声。一气到二层，稍有了些亮，晒台上漏下来，白昼的残余。掏出第二把钥匙，终于到家了。

推开房门，跳进一幅夜景图，车流在地面和高架交互盘旋，仿佛破窗而入，扑上身来。手在墙上摸到开关，瞬息寂静了。莲花状的顶灯投下乳白的光晕，平铺开来。迎面的墙安了一排扶把，东西两侧镶嵌镜子，围成一个小练功房，占去少半面积。余下大半兼作卧室、起居，客餐二用。床、柜、桌椅都是欧式洛可可风，边缘和落地细节堆砌，重重叠叠的花瓣、藤蔓、螺纹，打着小旋涡，加上褴褛累累的布艺，显得女人味重。但又有一股子清简气，除必要的日用，再无赘物。比如挂件、镜框、摆设、随手放下的衣服和鞋——进门便收纳起来，变戏法似的看不见了。倒不只是洁癖，更像禁欲，说它像僧房吧，却又不够朴，而是刻意为之，经历过风霜剑锋，就生出肃杀。

撑着扶把，绷直脚背，侧脸看镜子里的自己，调了调角度，良久，吁出一口长气，满意了。正过脸，看见窗玻璃上，逆光里的轮廓，有点不像，是个陌生人，可千真万确就是他！也是满意的。四下无声，或者是静声，超声波似的，高频率，传播不进听觉。楼宇层峦叠嶂，车在沟壑里穿行，一串串的星链，甩出去，收回来。镭射扫过夜空，此时天幕是一种蟹蓝色，星月泅透墨黑，便亮起来。巡航机穿梭来回，留下轨迹，就又亮了些。要是有一双慧眼，大约看得见低地的窗格子里，人形纸片，伸展四肢，模仿一只大黑鸟，飞，飞，飞！

和这间房子一样，属于历史的残余。前者是显学，他则是秘辛。

倘若能找到弄口的石头牌坊，上面刻着开工和竣工的年份，再找到建筑图纸，规模就呈现了。东西横贯，南北直通，占地整个街区。那时候也没什么人，清阔得很，早晚进出的动静还大些，到了午后，只看见院墙上，夹竹桃摇曳，无花果落在地上，噗噗的几声，洋辣子也落下来了，那毛刺粘在晾晒的衣服，再粘到皮肤，又痒又痛，所以叫作"洋辣子"。后来，人渐渐多起来，变得杂沓，娘姨奶奶们互相串着门，和车夫调情，曾经几何，这里有不少私家车呢。小孩子伏在水门汀地上打弹子，拍香烟牌子，摔纸壳，这些博彩性质的游戏，最早流行于码头一带，据说杜月笙就是从它起家，不知顺着什么潮流，蔓延到寻常人家。另一边呢，小姑娘们首尾衔接绕圈唱着"马铃铛，马铃铛，大家一起马铃铛"，源起伦敦大桥和窈窕淑女的歌谣，两者有什么关系，只有问英国人，这就又回到半封建半殖民地去了。时间过到八十、九十年代改革开放，历史的脚步骤然加快。眼睛一眨，市政改造，左切一条，右切一条，一条一条划出去；眼睛一眨，商业用地，穿膛破肚，抽筋扒皮，一块肉一块肉挖走；眼睛再一眨，私人产权自由买卖，边角零头，一片瓦、一片瓦拆空，最后剩下这半排房子，前后不搭几个门牌号。

　　有两条横弄原是他家，祖父母家每月来一个奶奶收房租，他也跟着去过。弄堂里传说，奶奶是祖母的陪房丫头，后来被祖父收房,所以叫"奶奶",祖母是叫亲娘的。有人家就在后门口交割,有的则请进去,坐在厨房里,倒一杯茶,还给他吃点心。其中一个年轻的女人,长长的烫发,一身鲜亮的旗袍,涂着红嘴唇,脸上却带着戚容,刚刚哭过的样子。前一回还和奶奶说很久的话,下一回却只开一条门缝,送出几张钞票,迅速把他们打发走了。这段记忆很短促,仿佛一闪即逝,独独留下女人的形象。那些房子忽就和他们没了关系,女人也不见了;再忽然间,变出一座小学校,不是整一幢房子,而是跳着的,这里一间,那里一间,小孩子就是在这时候多出来的。这里人家的孩子通常不出来,窗户里的钢琴,弹着练习曲,高一级的,小奏鸣曲,就是他们,现在换成拖腔拖调的读书声。

　　隔着直弄,人称大弄堂,和出租房屋相对的一边,有他家自住的一幢。也许这边曾也是两条同等的房产,因两条横弄口,专拉起铁栅栏,开一扇铁门进出。家里人的记事,常是以叔祖父搬走的年份,大伯伯搬走的年份,舅公舅婆搬走,姑婆姑爹离开——听起来,原先这里有一个大家族。为什么要拆散,总是有不得已的理由,人口多了,难免发生龃龉;同时呢,各自创业,各有置产;更可能是出于保全的策略。朝奉出身的祖父,手里经过典当无数，在他眼里不只是物件，还是天时运数，涨落起伏，就不能把鸡蛋放进一个篮子。先聚沙成塔，再化整为零，这又有一些农人的悭吝。朝上数，这新世界里的新人类，谁不是一身土两脚泥，刚刚爬上田埂头。于是，一门门亲缘出去，一户户陌路进来，大浪淘沙，余下他们一房老底子。事情并没有完，又有多少轮的更替断接，一幢楼渐渐压缩成一间，一家人变成他一个，且是后话了。近现代动荡社会的市民，向有世事变迁的抵抗力。

晚饭的时间到了，他取一个荸荠篮，装了肉菜，下楼到灶间起炊。这也是过去生活的遗绪，厨事都在底层，可见出昔日中产家庭的居住模式，弄堂房子结构的初衷。楼梯还是一片黑，方才说的，他已经惯了，闭着眼，一溜烟下去。灯泡蒙了油垢，水龙头的橡皮圈松了，拧不紧，有点漏水，一会儿一滴，一会儿一滴，后天井的落水管子则是轰隆隆直贯到底，连坐似的一排房子都在震动。租户们都是勤作的生计，早出晚归，也好，错着时间，可以永远不照面。黄油在平底锅吱吱响，将牛排展平，翻面，小气泡珠子托着它；开水锅氽进几朵西兰花，漏勺里碧绿的一丛；再加一碗味噌汤，一顿饭就成了。他基本断绝碳水化合物，为了延缓皮肤老化和身体变形，谁能耗得过时间呢？只不过尽人事听天命。身后的门响，底楼的"跑街先生"回来了。三十出头的年纪，西装领带，皮鞋擦得锃亮，手里的皮包也是锃亮，胯下一部电动车，突突地走，突突地回，不叫"跑街先生"叫什么呢？脚下加了速度，三级并两级，快步上楼，免去点头和寒暄。

玻璃台板上铺一张餐垫，餐垫上是韦奇伍德盘碗，套着银环的餐巾和银刀叉，银架子上的调料罐。牛排移到盘子，汤盛到盖碗，葡萄酒斟进车料玻璃杯，餐巾抽出来，掖在领子里，领扣是一颗蓝宝石。这些老货，本都是成套，打散了，又佚失，一件件离开视线，踪迹全无，忽又从浏河口路的地摊上露头。不知道从哪里出处，只觉得眼熟似的，仿佛旧相识，就买下了。底下灶间里"哗"一声爆响，火辣辣的油烟蹿上来，挟裹着葱蒜姜十三香酱醋酒酸菜汁，兴许还有罂粟壳，跑街先生的口味，麻辣烫！他怕的就是这个，挡也挡不住的攻势。草草吃完盘中物，卫生间里洗净碗盏。卫生间是由内套的储藏室改造，粪管水管，排风排气，动了大工程，幸好面向天井。天井是管道的集散地，构成房屋的消化系统。卫生间则好比私处，凡不可示人的需要都在此处理，自成一体一统，就是螺蛳壳里做道场。

古话说："小隐隐于野，中隐隐于市，大隐隐于朝"，他算得上中隐。密匝匝的人和物，这里那里都有眼睛盯着，东西的磕碰，简直穿膛而过，就是个玻璃人，透明心，摁得多深才藏得住，所以才叫作"秘辛"。谁保得住是个空壳子，没有一点点沉底的杂碎，静夜里险些儿露出端倪，所谓市声，其实是耳语、窃笑、饮泣，还有梦呓。光天化日之下，又回去玻璃人，透明心。

餐具洗净，归置完毕，特特取出一片麂皮，擦拭银器，刀叉汤匙、餐巾套环、调料架子，另有一具烛台，平素里用不着它，也是淘来的旧货。总觉得是从他家流出，迷途的羔羊似的，等着认领。即便不是，那么就是错领了别人家，从总量计，都归了群。桌面上银光熠熠，显得华丽，又凋零。电视机里播放着电视剧，说明黄金时段到了，白昼到了尾端。手里的活计也完了，收拾起来，各就各位。起身换了衣服，底下牛仔裤，上身是细格子休闲式西装外套，搭一条棉麻围巾，浅蓝的颜色。疏齿的梳子扒拉下几丝额发，喷些发胶固定，有序的散乱，褴褛风的符号，不要多，多了就真"褴褛"了。谁让他是老法师，经过多少轮次的时代精神，终得真谛。

底下又有一户开灶。只听一声轰响，大肉块挂着浆，闪电般投下滚油，火一下子蹿上来，"锅包肉"就成了。他快步过去，不等掌勺的东北人回头，已经跨到门外。四周围的高层公寓亮起灯，东一面窗，西一面窗，俄罗斯方块似的。商务楼的玻璃幕墙也亮起来，仿佛无数电视频道同时打开播放，红的红，绿的绿，紫的紫。再往背景里去，摩天大厦的塔顶，缀着明珠，仿佛天街，又是海龙宫。晶莹剔透的点、线、面，立方体和立方体的罅漏，黑漆漆的，深不见底，活动着不入流，上不了史册的动静，眼看着要闭合，抹上阴影的灰泥，砌得个结结实实，到底经不起风化，日晒雨淋，天长地久，又露出马脚。

假如有机会，不相干的人交集八卦，或就知道，老法师走出家门的下一刻，将在什么地方现身。八卦最能揭示谜底，因为不按常理，走的边锋，怪力乱神的路数，骨子里又是写实主义。两者之间怎么打通？说话。说话这件事，既无中生有，空穴来风，结果却歪打正着，弄假成真。就是用料多，大量大量的流言蜚语，碎嘴子，话搭头，嚼舌根，车轱辘，藏头诗，你拍一我拍一，一个小孩乘飞机……都没边了，提炼一星点真相，留下成千上万废渣。八卦本来是废渣，耗得起。

话再说回老法师，按常理，他的形体样貌是有特殊性的，一眼就可辨认。可是这城市里，第一人多，第二特殊性多，不免埋没了。街灯繁华处，光束聚集，他停下脚步，看橱窗玻璃上的自己，交叠着模特的投影，还有身后络绎的行人，红男绿女。里面外面，前面后面都是光和光里的人形，他赶紧移开眼睛，生怕被穿透，破洞，吸干，最后只剩下一个壳，落在花砖地面，风吹来，扑、扑、扑地跳，一家伙扫进砖缝里，不见踪影。想起一句话：扫进历史垃圾箱，不禁笑一笑，窗玻璃上的笑靥，从余光里掠过，又回到自己。脚底下的光，铺得很薄，而且均匀，一池静水，没有涟漪。他迈开脚，滑行过去，引来一二人的目光，瞬息间收起，继续走路，奔他的目的地。隔条马路，街心花园传来萨克管吹奏，他转个圈，又转个圈，乘着惯性，转、转，掀起旋风，又想起一句话：神的灵运行在水面上，一个吸腿转，停下。现在，连仅存的一二人的注意也没了。这地方，特别擅长吸纳特殊性，不消几分钟，便化神奇为腐朽，见怪不怪。就这样，老法师又一度隐匿。现代城市有一种功能，将整体的人切割瓦解，分成拼图那样，一粒一粒的小块块，等着八卦来组合，难免有错接，嵌不进去不要紧，用力拍一下，平了，就成了稗史。虽是杂拌儿，可是有细节呀！不像正史，宏大叙事盖棺定论，闲人插不进嘴去，这可是渔樵，热闹的人世间。

老法师下一个现身的地方，不定在哪里，没人想得到，八卦也够不着了，甚至他自己，此一时彼一时，好比时间的魔术。事实上，魔术的神奇性，源自于让人看见什么和不看见什么，效果就来了。可是，谁又不在魔术师的手里？一会儿有一会儿无，所谓戏法人人会变，变法各有不同。老法师的特异性又一次同质化，消解了。

不夜城是以明暗划分阶层，光影的拖拽都是偏见。平均分布的路灯的中等亮度，是普罗大众，最典型的代表是广场舞，可说是变身。几乎一色女性，青熟人生的骑线阶段，坊间叫作"四〇五〇"，这称呼不完全表示自然年龄，更意味经济体制转型中，交换出来的人群。之后沿用几十年，原初的背景早已经消失，留下历史的讽意，成为专属用词。无论从哪一方面，说是"普罗大众"没错的。然而，还有一个特征，包含微妙的细分，那就是，广场舞者清一色本城居民，没有外乡人，比如保姆——此时都在舞厅的夜场，不仅有师傅教授舞蹈，还有异性的身体，青壮的年龄，孤身在外，无疑是寂寞和苦闷，不定有机会脱出窠臼，谁知道呢？因此，"普罗大众"内部又区划出小布尔乔亚和无产阶级，前者是中流砥柱，后者失去的只有锁链。再说广场舞，携带式音箱的播送，叫它"时代曲"很恰当，民国金曲、革命红歌、民间小调、港台流行、新老电影配乐，囊括现当代文化演变，风气潮流，不拘一格。凡节奏规整，音韵明快，都可用来作舞曲。那领头的，大约类似舞场里的"师傅"，不止担任教学，还兼职编导。社交舞是经典，因循守成即可，广场舞却是开放的体系，必须时时创新。这城市的广场舞已经走出草莽时期，社会化程度日趋成熟，按地区路段划分和组织，互相交流学习，举办表演和赛事，纳入到基层行政工作项目。领舞和领舞互相暗中都攒着一股劲，力图比出高下，拔得头筹，所以殚精竭虑，独辟蹊径。千万不要小看广场舞，不定什么时候跻身艺术殿堂，莎士比亚就是从菜市场大篷车起家，中国的南北曲不也勃兴瓦肆勾栏，闹哄哄的坊间？

夜晚九到十时之间，广场舞到高潮阶段，新教的段落踩着点了，音乐激越，月亮从楼宇背后探头，尤其收尾的一节，脚底都踩出花来。路人受感染，停了脚步，站住看，这就更加激励，表演欲上来，每个人都在施展，难免有点乱劲，可是挡不住激情，只看见衣袂翻腾，快要飞上天了。领舞人很懂得见好就收，留个想头，便作了收势，渐渐消停下来。众人喘息未定，汗淋淋向四处走，转眼间走净。掀起的尘埃纷纷落定，空地显得格外光亮，镜面一样，映出独一个人影。收拾起音响，装上自行车后座，又抖出一件尼龙帽衫，迎风张开，鼓起一面帆，甩出扇形。月亮踱到下一个楼的豁口，路灯投过来，双重的影，套过来套过去，动画似的。树叶子摇动，沙啦啦的，搅乱了影，碎了一地，再又合起来，回到原来。

树丛里走出人，绕到跟前，面对面站住，两边同时"嘿"一声。来人脱下外衣，就手一抛，原地的那个也是一丢手，扇面收拢起来，不等落地，两人已经动作起来。没有音乐，路人也走了，没有人语声。兀自走着舞步，一迎一送，一进一退，就在一臂之内，打着提溜。就像太极高手，一张桌面的方圆，完成整套程式。夜行人走过，车马稀疏，但还有一二个迟归，好奇地回头看，以为打架，可打得太出奇，人也是奇怪，妖精似的。楼顶升上半个月亮，半笑不笑，诡异的表情。星星——这城市哪有什么星星——远到不能再远，忽隐忽现。两人忽一个立定，停下，收住，结了。弯腰拾起各自衣物，一点头，依稀有笑影浮出，参禅似的。然后踢开自行车的支脚，开步走。

不用问，这就是老法师，那一位呢，怎么说，就算他的女学生。这时候，他坐在女学生的客厅里，说是客厅，更接近过道。那种老式的多层的旧公房，南北间联通的部位，开一扇窗，吊一盆绿植，底下一桌二椅，罩了镂空蕾丝的布套。三尺距离的对面，排列水斗煤气灶和料理台。上下的橱柜漆成粉色，墙纸也是粉色，吊灯的罩子是花瓣形，茶盘和玻璃杯、抽纸盒，绘的是蔓草叶。女学生进去卫生间，淋浴的花洒响一阵，出来换了装，花布的家常服。小小的女人的世界，再是简朴，也多少盛一点物质心，吃穿用度的剩余，小装饰和小点缀，钢筋水泥的蜂窝里，就此嵌进人世间。这么局促的地方，老法师照理转不开身子，可是却很自如，滴漏两杯咖啡，饼干筒里抓一把曲奇，装上茶碟，这才坐下，架起腿，抽烟。女人取了自己的，借他的火。凑得很近的脸，因广角的缘故，有些变形。坐回去，复又还原。女人抬手推开绿植后面的窗，让烟散出去。同时，窗下天井里传上来唧哝声，婴语似的。烟吸到半支，摁灭在荷叶形烟缸底，两人静静坐着，只有知己，才能不怕没话说。女人伸手拉上窗扇，就听得见时针走秒，嘀嗒嘀嗒。咖啡杯也见了底，他们倒不嫌闷，仰在椅背上，懒洋洋的。先是他的手指尖，笃笃敲击玻璃台面，渐渐有了节奏，跳起舞来。跳到对面，女人的手指尖也上来了，绕着咖啡杯和烟灰缸,盘桓往互,方要触及,又闪开,退远。忽然,笑出声,多少日子的老把戏了。他放平掌心,一拍桌,站起身说:阿陆头,走了!她应道:再来哦!看他走去门前,开门,关门,黑咕隆咚的楼道里,脆生生的皮底鞋,一溜烟地响到底,随即销声匿迹。这才起身,进了南向的卧室。时间越过子夜,就到了次日的凌晨,白昼即将开幕。

二

顾名思义,"阿陆头"从排行来,是乳名,她不爱听,常常因为这叫名着恼。但年长辈的,倚老卖老,想怎么就怎么,还有一种没羞没臊的人,有意寻事,连带着小孩子也跟着,也就拿他没办法。所以,到底还是叫开了,把她大名倒忘了。

看这排行,家中至少有兄弟姐妹六个,实际上是七个,底下还有个阿柒头。父亲母亲,加上祖母,正好十口,住临街的汽车间,就知道是看弄堂的出身。扫地,打驱蚊水,看管电闸,疏通下水道,守更巡夜——摇铃喊"小心火烛,门窗关好"。阿陆头五六岁大小,牵了父亲的手,专职摇铃。黄铜的一口小钟,芯子里一个舌头，木头柄暗红颜色，磨得铮亮，看不出纹理，握在掌心温润如玉。对面走来小孩子，哀声求道：阿陆头，让我摇一下吧！掌铃人眼睛逼过来，只得退到墙根，气不过，就在背后唱：阿陆头，大蒜头！

那时候的阿陆头，梳一根独辫子，撅在脑后，露出细嫩的颈子。身上是姐姐们传下来的短衫裤，花色都洗模糊了，布质薄得透亮，大概从乡下一径穿到上海。这家人是上世纪三十年代苏北水灾难民，转移过几个地方几种营生，先落脚闸北，经同乡牵线搭桥，在铁工厂做小工；后又接手南市一个皮匠摊；再到虹口，棚户里挤出半间披屋，后面住人，前面搪个炉子做烧饼；这就到了国共内战，有家业的人纷纷外逃，其中一户带走看弄堂的，也是同乡人，将饭碗让给他，这就到了西区，从此扎下根来。这一对贫贱夫妻，苦作苦吃，似乎不太相称的，长了一副好相貌，都是五官齐整，骨肉匀停。孩子们自然也是一个比一个标致，轮到阿陆头，因是在上海落地，家道安宁，不像上面几个受罪，就更出挑些。阿柒头是男孩，又小，显不出好看，所以，公认她最登样。他从二楼窗户，看着底下父女俩走过，目送到转角处，消失在铁皮罩子灯影里，铃声久久不息。后来，摇铃的换了阿柒头，再后来，巡夜的古老行业式微，终至于绝迹。一方面后继无人，另方面大约也无法纳入任何社会分工，事实上，阿陆头的父亲早多年入职房管所卫生站，事情还是那些，扫弄堂，通阴沟，冬天给水管缚草绳保暖，夏天给树身涂白防虫，却是公家的人了。摇铃呢，不过因循旧例，尽义务而已。

　　阿陆头再度走入视线，已过去五六年时间。有一日进弄堂，见孩子们玩耍。骑车过去，忽听身后一众人齐声喊：让开！龙头歪两下，车身偏了，赶紧站定，一条身影箭似的射来，从眼前擦过去，越过前方躬身而立的男孩，稳稳着地，脚后跟并拢，引臂向上，挺一挺腰。短辫落到无袖方领衫的后背，衣服显小了，吊在裤腰，蓝色的两侧镶有白杠的运动裤却又过于肥大，裤口挽到膝部，打着赤脚，脚指头挨个儿跷起又放平。他认出来了，罩子灯暖色的光里，蝉蜕般透亮的小身子，呱唧呱唧的脚步，闪过去，留下铃声，越来越远，终于沉寂。不期然间，再闪出来，已经是个少女。重新上车，慢慢离开，身后传来阵阵呼啸。他不回头，眼睛里也是那个"阿陆头"，人们都在叫呢！阿陆头奔跑，起跳，双手撑在小伙伴的背脊，蹿到半空中，开腿，劈叉，就在这一跃中，时间倏忽过去，带着呼呼的风声。

后来，又在弄堂里遇见她，骑一架三轮拖车，人称黄鱼车，载了蜂窝煤饼。座位有点高，伸直腿，勉强够着踏板，于是，身子一上一下，幅度很大，但用了巧劲，就不显得吃力，好像跳一种劳动的舞蹈。阿柒头在地上推车，小脚急急地交替，有一半是挂在车上，姐弟俩一溜烟地过去。再一回是她自己，拎着一个木头提手的布袋，往往是成年妇女出门的佩戴，放在未成年人身上，显得很庄严，仿佛负着什么重大的使命，目无旁视地走自己的路。第三回，水泥地上滑石粉画的格子里，几个女孩伏身查看一串纽扣，属界内还是界外，这时候，就又长回去，还是那个摇铃的小姑娘。这样微妙，或者说暧昧的年龄，过去一点大人，过来一点孩子。眼见得要开出花来，再一眼，半途已经凋敝。仿佛走在刀刃，摇摇晃晃，险得很，经历多少回合，最后才能成型。

终于有一天，他叫住她：阿陆头！她惊讶他怎么知道自己的名字。在阿陆头，他无疑是上一代人了，不只年龄，还有身份，于是，恭恭敬敬叫了声"爷叔"。他不由笑一笑，有些窘，这称谓把他叫老了，也叫俗了，可是，还能叫什么呢？那孩子的眼睛看在他脸上，等待发话。弄堂里的人不都是这样叫住父亲，让做这个，让做那个，尽管已经是房管所员工，但长年习惯，还是当杂役使唤，父亲呢，有求必应。他倒发慌了，不知道说什么好，镇定一下，问道：阿陆头练过功吗？只这略微的迟疑，她已经不怕了，小孩子有种机灵，超过大人想象。张开手臂，半个旋转，指向对面，从容回答：在少体校体操班练的！沿直街过去，走个半站路，不就是区级业余少年体校？他夸张地"哦"一声，半认真半戏谑。她当他不信，急切说：练了一年半，蹲个头了，就换到篮球班！他注意到她的身高，目测大约在一百六十公分以上，按年龄还会长，练体操确实不合适，但是，篮球又不够了。她看出他的怀疑，小人充大人地一笑：爷叔你就不懂了，篮球场上最矮的，往往是球队的灵魂！他说：那么阿陆头就是那个灵魂了？她双手扶在脑后，左右摇摆身体，仿佛广播体操的转身运动：没打到位置，体校就关门了。为什么？他问。她反诘：学校不都关门了？他"哦"一声，这一"哦"就是谦虚的了。他上车离开，晓得背上有双眼睛，跟到很远。现在，他开始怕她了，下回遇见，装没看见，她大声叫"爷叔"，有些存心，他装不听见，她就咯咯地笑。

这天下午，经过弄口汽车间，朝门里望一眼。汽车间的门总是敞开着，因为一多半的日常起居是在室外进行。择菜、淘米、洗衣、午歇、乘凉,夏日的傍晚,地上浇一盆水,安下饭桌,一家人团团围坐。大海碗里的肉菜,盛得堆尖,几个男孩虎一样,女孩总是娴静的,但眼明心亮,筷子落点准,就也不输。总之,风卷残云。人们爱看这一家吃饭,开胃。这时间下午二三点钟,盛夏的季节,怏怏的,阿陆头坐在门里的小板凳,手里捧硕大一个番茄,皮剥净了,嫩红的瓤,送到嘴边,忽地咬下去。看见他,站起身,倚着门框。汽车间低下路面两级台阶,他又跨坐自行车车座,居高临下。却不见她半点瑟缩,身后是暗的,脸上借了光,一闪一闪地亮。从容吃完番茄,嘴边染了一圈淡红,好像戏曲里小女鬼的妆。他说:阿陆头,想不想跳舞?想啊!她说,手背抹一下脸,那圈红洇开到腮上,变成俊扮的鬼。他移过眼睛,稍停一下,说:跟我来!她噔噔上了台阶,走出室内的影地,来到太阳里,一下子被照透,成个绢做的人。

脚一点地,上了车。这是一辆跑车,手把很低,伏着身子,白衬衣束在皮带里,后背鼓起篷来,半刹半骑,缓缓地滚动。她徒步走,反比他快,走两步停一步。就这样,到了他家后弄。前弄的院子里伸出夹竹桃,花事兴隆,枝叶沉甸甸压在墙头。他摸出钥匙开锁,直接骑进花砖镶拼的门廊,这才下车,钥匙链抢着圈，走过紧闭的房门，上了楼梯。四下里一片悄然，光线很暗，和汽车间里的暗不同，那是掺了杂质，粗粝的灰黑，这里却是栗色的，闪着幽光，映出倒影。他推开二楼的房门，眼睛不由眯缝起来，阳光滤过窗帘挑针的镂空，洒在打了薄蜡的柚木地板上。慢慢恢复视力，静静环顾周围。一只手递来玻璃杯，杯壁上起着小泡泡，发出哧哧的响。接过来，掌心一阵冰凉，沁透全身。一口子喝下，最后在舌头上停留几秒，这贪馋的动作不禁让他笑了。

她不肯还回空杯子，双手交替捂着，又举到耳畔，冰脸颊和额头。他的笑鼓励了她，多少有些放纵，在房间里走动起来。沙发布面上的花卉图案，床架立柱托着的小球，衣橱顶盖边缘的螺旋雕饰，都是未曾见过的。猝不及防，看到镜子里的自己，吓一跳，后退几步，站住了。很快镇定下来，就移不开眼睛了，左右辗转，上下打量。这姿态让她长了岁数，像个成年女人，若不是天真，就会变得可厌。很奇怪的，他生出惋惜的心情，想到，女人知道自己好看就不那么好看了。可是，终究瞒不过去，于是，又释然一些。

他走进镜子，她停下动作，看他拉开一条皮尺，量她的肩宽，臂长，颈项，然后胸、腰、胯三围。看得出，尽力避免触及她身体，难免稍不提防，手指尖点一点，迅速离开了。阿陆头，你不要动！他说。我没有动，她说。你看，你又动了！他说。她笑起来，被咯吱似的。他就等她，重新站直，这时候，开始量腿。先从腰起，放到脚踝，再从臀下，隔着短裤衫的花布，感觉得到肉体紧致的弹性，里面的人，并不像表面的颠顸。汽车间里的小儿女，过着一种裸着的生活。哥哥们被单上的遗精；夜间醒来，父母床板的响动；弄堂男人的切口，女人的笑骂，还有，她甚至看着母亲娩下阿柒头，从学龄前就开始的人体教育，相比之下，许多成年人倒是蒙昧的。

阿陆头，你又动！他说。阿陆头就笑，还是那句话，要不是天真，就轻薄了。有什么好笑的？他佯怒道。阿陆头止住笑，说：考少体校的时候，教练也是横量竖量，我们都喊他老裁缝！果然有点好玩，他也笑了。体操班的人不能游泳，她接着说，游泳肌肉放松，体操要收紧，独有我可以一星期游一次，因为我太紧了！他知道她的紧。好了，他说。她向着镜子展开手臂，要飞的样子。你很好，标准。她却摇头：姆妈带我去买棉毛裤，店里人说没有我的尺寸，裤长正好，腰身大了，腰身正好，裤腿又短了，旁边有个老伯伯，插嘴说，到体育用品商店，买男式的运动裤，前面不开门襟，男人比女人腿长，胯窄……她变得絮叨，喳喳喳说个不停。身后的爷叔并不在听，低头看皮尺上的记码，额发落下几绺，乌黑乌黑，衬得瓷白的皮肤越发白，在家具和地板的蜡光中发亮，外国人！她想，弄堂里人都这么称他。白衬衫宽松地笼到胯部，突然收束进裤腰，两条笔筒似的细长腿，那老伯伯说得对，男人腿长胯窄。外国人！她又一次想，老伯伯没有说，外国男人更加——更加男人。事实上，这城市并不少见外国人，马路西侧公寓大楼里就有一个少年人，恰恰是个小胖子，沙黄的头发，脸也是沙黄，眼睛倒是蓝的，常和几个中国男孩站在街边闲话。倘若正好走过去，就听见他说一口上海话。大楼里时不时出来一个老太婆，牵着一条大狗在人行道上走，步履蹒跚，比她太外婆还要老，太外婆的寿数在乡下视作"人瑞"。这样老的人已经分不出种气，只有一件事情表明身份，那就是狗，这时节，只有这些特殊居民才允许在城市里养狗。所以，地道的外国人常是让人扫兴，倒不如假外国人，比如现在，镜子里的这个。

镜子里人抬起眼睛，她的絮叨和漫想刹住，有那么一瞬间，眼睛对上，停了停，让开了。他又说了声：好了！手指头戳一下她的背，动作有些粗暴。顺着这股力转过身子，走出房间。几乎被押着下楼，穿过走廊，路经厨房，门开着，窗外忽然亮起夕照，投在花砖地上，转眼间，她已经站在后弄里。惘然中，见半扇玻璃窗轻轻摇动，将日光折来折去，刺着眼睛，证明方才所见所闻不是白日梦。

之后再遇见，阿陆头矜持地背转身子，等他招呼。可是没有动静，回头看，跑车已经出弄堂，不见了。难免是失落的，很快又骄傲起来，总有一天，他屏不住会叫她，阿陆头短，阿陆头长。不过没有多久，便淡忘了。有多少事要她忙的，从小孩子往大人里长，儿童游戏没做完，女红却要上手。这时节，坊间兴起织袜子的风潮，每人每年配额一张线票，可买四团棉线，正够一双袜子。到处可见四根钢针在小姑娘手里打架，丁零作响，眨眼的工夫，半个袜筒出来了。线票顿时成了紧俏，就有用棉线换袜子，其实是不平等交易，剥削劳动的性质。可不是喜欢做织女吗？好，投我木桃，报之琼瑶。阿陆头是织袜先锋，家里人口多，线票就富裕，住在弄口，都认识她，婆婆妈妈的，几乎垄断了周边邻里的线袜订货。板凳旁的小篮子里，满满盛着五颜六色的线，手里的活计呢，时刻翻新，反针、跳针、绞丝、辫子……

学校课业中途换成社会实践,三五人结伙上街看大字报,找革命党,遍地揭竿,就是不知道谁是谁。满视野仿佛过节似的,不是说革命是盛大的节日,正对得上:锣鼓队,宣传车,拉条板凳站上去,对着喇叭哇哇哇一阵讲,讲什么听不懂,只觉得激情飞扬。天空飞起一群白鸽,飘飘摇摇降到头顶,原来是传单,人堆炸锅似的飞溅开去,追赶抢夺,简直不要命,汽车喇叭锐叫,轮胎擦出火花,一马路的胶皮味。她手快脚快,到底篮球场上练过,蹲起来捞到一把,看也不看,再撒出去。街头空地搭起台子,演出造反的歌舞,台下则演的风月杂剧。看官,不乏有泼皮的行事,阶级分析归之"流氓无产者",挤攘中,蹭了多少便宜,上海市井叫作"吃豆腐"。如她这样半大不小,最招人了,往往成风暴眼。她自恃很懂,撩起巴掌耳刮子过去,其实是她不懂了,那些人等的就是这个。她弯起手肘,左右开弓往外挤,挤不动,便破口大骂,都是弄堂里的粗话,不晓得言语里的陷阱。一句去,一句来,吃了多少哑巴亏却不自知。

　　这样的粗鄙的生活,改变了她的形貌和谈吐,变成了小妇人。手上织着袜子,飞快地进针退针,嘴里数落阿柒头:小棺材,爹娘失教的!也不过脑子,他的爹娘就是自己的爹娘!倘若边上有人，无论大小，低下声窃语，眼睛看在别处，有什么天大的机密似的。她发育良好，皮肤镀了一层光，眼睛里也是光，头发丰盛，黑油油的编成辫子，盘在头顶，钢丝卡沿发际线从前额一路别过去，辫梢的红头绳恰正好落在耳畔，好比戴一朵花。仿佛作为代价，多少失去先前的纤巧，变得笨拙，显出乡俚的根底。她越来越接近原生家庭，甚至，和家里的女人一样，也有痛经的宿疾。逢到日子，脸色萎黄，浮肿，两腮和下颌起了一片片丘疹，说话声音嘶哑。也是荷尔蒙分泌不协调的关系，她容易怄气，那就更丑了，丘疹蔓延到四肢和前胸，猪肝样的红，眼泪汪汪的，按理是让人生怜的，可她满脸愠色，凶相毕露，就只能躲着她了。她倒要追着你了，明明不是弄堂嬉耍的年龄，偏偏混迹小孩子淘里。所谓"小孩子"，年龄未必小，但还在孩子的形状，个头矮一截，手脚芦秆似的，离得老远，三步并五步，一伸手，鸡雏薅进老鹰爪子。

他的眼睛再没有落到她身上，视而不见地骑车过去，有几次差点撞上她，结果，连"对不起"一声都没有。她不由气恼起来，过去的情景又翻回来，添枝加叶的，一遍遍重演。事实上，他正经历另一种变故。北京来的红卫兵，当街拦住，逼下自行车，勒令脱下皮鞋，内地人哪里见过这样的做派，两只锃亮的尖削的船鞋在空中抛来抛去。他扛起自行车溜出人群，袜子里的赤脚，让沥青马路烙得滚烫，也顾不得了。跑到寂静无人处，放下车跨上去，飞一般骑走。弄堂里人都出去看热闹，没有人，骄阳底下，只他一条身影，真仿佛白日梦。

左邻右舍，几户中产以上人家，查抄是免不了的，严重的驱走，赶到不知什么角落里。幸运些的，压缩居住，上交政府。原则上归房管部门统一调配，但乱世里哪有什么"原则"，不过是弱肉强食，看谁下手快，气势汹涌。有工友劝阿陆头的父亲，因在房管所下属单位做事，趁着近水楼台，也去占一间两间。第一代进上海的乡下人，守着本分，首先是拉不下脸面。弄堂在他就是"村"，几乎是族亲的渊源。再是认一条公理，该你的跑不了，不该你的，总有要还的日子，继续住汽车间。他家属于幸运的那类，房子收走一和三层，比较从前自然局促了，但人口清简，割除去的只是赘疣，底层的客餐厅、三楼本就是闲置。看看周边前后，即可称得上宽裕，生活基本保持原样。克服最初的惶遽，他到底年轻，修复能力强，就又回到从前，骑着跑车，脚上换了双运动式系带麂皮鞋，弄堂里进出。身后跟着调皮孩子，人称"野蛮小鬼",高声叫骂：阿飞,阿飞！有时候烦了,回骂一声：瘪三！一掉头,忽然认出她来。

阿陆头来不及收口,吐出一声：阿飞！他却怔住了,惊讶女孩子的变化,简直不可思议,就像换一个人,分明又是她！不等车上人回过神,她呼唤道：捉牢伊！小鬼们撒开腿,呼啸而上。惊慌中,踩空脚蹬,车后座被攀住,猴上身来,杂技似的,垒起一座人山。他埋下身子,左右摇晃,再发力猛踏。到底人力抵不过机械,纷纷落马,眼看他绝尘飞去,一个急转,不见了。从此,阿陆头就回进视野,身后簇拥一班跟丁,称她"女大王"。可见出她的威势,但多少有点讥诮,讥诮她脱了姑娘行状,落草为寇。中午,弄口没人,她独自倚墙站着,双手背在身后,眼神巴巴的,等待队伍聚集,可是,连阿柒头都在午睡。阳光直射下来,将人照得透亮,明晃晃的,他垂下眼睛,看见地面上蝉蜕似的倩影,呱唧呱唧踩着木屐,随着车轮,走啊走！

这是一个相当混乱的时期,外部世界的失序,没有规范约束,往好处说是自由,不好则是虚无。好在阿陆头家向来量入为出,无论经济还是精神少有盈余,所谓自由或者虚无,都是过奢,于是,就不至于太豁边。等到中学复课,延宕一年半的小学毕业生终于晋升入校，生活重新规范，风险就算暂告段落。

　　她不是爱读书的人，学校正在青年运动的尾脉，新旧交替的过渡期，课本都没有出炉，也谈不上教和学。但每天上学下学，本身就有意味，赋予了社会性身份。所以，她不反对去学校。完成一轮改制的就读政策是取消差别，教育公平，所有应届生按居住地块分配，很幸运的，她们街区划进一所重点中学。学校的前身属法国教会，后来收归新政府，为男女合校。校舍分成两部，一部依然作学校，另一部入驻党政机构。学校的一部保存了原先的设施和用途，甚至还有几名外籍老师，在以后的日子里络绎消失。机关的一部，建筑、甬道、花圃，环境大致不变，但气氛却沉寂下来。主楼背面的校工宿舍，因人员遣散，迅速颓圮，义务劳动日里索性平掉，草籽飞来，长成茅草地，间了几株无名的树苗。周边的小孩子，被大人驱使，从学校那部的大门进来，钻过分界线上的篱笆墙，来到这边挖马兰头。倘若让机关的警卫发现，就是一场逃和追，最终一个一个捉住，押解出去。那就是另一扇大门，开在另一条弄堂的弄底。懵懵的，不知今昔何年，走着走着，渐渐醒过来，不就是自家住的那条街？所以就不怕了。

　　向晚的时间，落日贴到地皮，白花花一片，原来草尖上开了小花，小虫子嗡嗡地画着圈。小孩子忘记使命，丢下草篮和剪子，奔跑追逐，冷不防抬头看，暮霭里的楼体，左右两部衔接处，正中的位置，立着一座石头亭子，圆拱形的盖顶，里面有一高一矮的人形，圣母和圣子。夕照的衬托下，显得特别清晰，几乎看得清眉眼，换到哪个角度，母子都看着他们。落日沉下地平线，天幕变了颜色，白草地成黑草地，谁高声叫喊：来人了！惊声四起，撒开腿就跑，一眨眼，踪迹全无。

阿陆头没想到自己会进到这所中学，弄堂里的好人家——父母这么说，好人家的子弟想进都未必进得。虽然校园荒芜了，全无向读的迹象，应了物质不灭的定理，却萌发另一种生机。她遇到体操班的同伴，高她一个年级，别小看这一年时间，足够跨时代的了。这位同伴是中考进学校，算得上旧制度的亲历者，且又赶上革命造反大串联，跻身新世界。邂逅的当口，正是高年级毕业分配方案下达，去工厂或者农村，区市著名的学校文艺宣传队，面临人才流失，组织解体，余下的队员也涣散了军心，急需增兵补马，重整旗鼓。于是，两人一见面，来不及叙旧，一个就让另一个带走了。

宣传队以歌舞两项为主业，她们在体操班的训练，派上了用场。此时，革命走出敌我斗争的阶段，硝烟散去，四方平靖，宣传队也开始向艺术性精进。一些专业创作的节目在各地传播，以样板团的芭蕾为最高端。世上无难事，只怕有心人，你信不信，小姑娘用家常纳底的布鞋也能立起足尖，拿下整场《白毛女》和《红色娘子军》。

学校和机关共用的礼堂，先是两边的红卫兵争抢使用，大批判、大辩论、誓师、动员、演出全武行，随着运动退潮，逐渐冷清，终于无人问津，彻底被遗弃。为避免短路引发火灾，电闸关闭。大门卸走了，不知去向，天光流入，中途淹没在灰暗中。两侧窗户钉上木板，显然经历过攻守的战役，缝隙里漏进光，倒是锐利得很，针尖似的，交叉成小小的十字，散布在微茫的空间中。一直向里走，走上舞台，天幕扯成一缕缕的，露出后窗，没有封闭，玻璃却砸碎了，可供采光。下午三四时许，日头翻过楼顶，从南面到北面，前厅和后院穿透，顿时通明。有无数絮状的晶体翻卷，是地板缝、旧幕布、天花板蓬出的尘埃。空地上的小白花吐蕊了，茅草尖的碎屑，鸟嘴衔来种籽，杂树枝子一条金一条银，那石亭子里的母子像倒映在灌木丛，身形变得巨大，刹那间收起，回去高远处，立到天幕前。

阿陆头进宣传队的一年，全市红卫兵联合演出大型歌舞，排场极其壮阔，参演人数以万计。几所艺术院校为主，其他则是大龙套。如此盛事，能挤进一只脚也是荣幸，所以各宣传队都踊跃报名，哪怕只在背景上操作彩球，翻出图案和字样。因是这样的大规模协同合作，组织纪律的要求很高，不能请假，不能迟到早退，阿陆头们又没别的事做，赔得起工夫，她们总是排练开始之前一二小时，就进场地。演出在文化广场，偌大的空间，足够有数十上百学校礼堂加起来，人在里面，豆粒似的，说话起着回声。巡查人员过来，问干什么的，看了通行证不再说什么，走开去了。这一点小小的特权也是让人得意的。排练通常从午后开始，总要持续到晚上七八点甚至八九点，龙套比主要演员更吃时间，广场歌舞就是群众性的，所以几乎自始至终不能离开。中间会发一次夜点心，原地就餐：绿杨邨的菜馒头，老大昌的夹心面包，有一次四个人合一只烧鸡，她没吃，带回去给阿柒头。现在，家里人对她持谨慎的态度，好像眷养的女儿出道了，可以给自己挣一口吃的，就很器重。母亲还给她做了新衣服，场面上不比屋里头，有身份的讲究，她可向来是接着姐姐们穿剩的。

演出的消息传遍大街小巷，这城市洋溢起一种欢乐气氛。狂飙突起的惊惧日子，距今不过年余，却仿佛很遥远了，记忆都有些淡泊。运动中的时间概念，与安平世道不同，所谓"一万年太久，只争朝夕"，大概就是这个意思。这近代开埠的居民，生性带有苟活的本能，节骨眼上用得着。刚有几天正常，就要找乐子。文化广场周围聚起闲杂人，来回溜达，交流听闻，谣言就是这样飞上天。无奈所有的入口都关着，铁桶似的箍得紧紧的，没有任何关于出票的迹象，可市面上就是有票呢！然后，交易产生了，各种票证，粮油烟酒，还有实物，军帽、皮带、胶鞋……演出那一天，从下午开始，那环形建筑就围了几层，纠察队在入口拉起人墙，可是并没有逼退人流，反而更加汹涌。持票的生怕进不去，要挤；不持票的，更要挤；又有一类专门起哄的，挤得最凶，逐渐汇成一股骚动，带有暴力的性质。晚上六点钟，离开演一小时，不知怎么起头，忽然喊起号子，呼呀嗨哟，人潮有节奏地律动，一浪高过一浪，人墙很快变形，对讲机就向指挥部求援。于是，增补队伍跑步赶来，头戴安全帽，手握红缨枪，呼着口号，形势缓和下来。

　　如此规模的文艺演出，在文化广场大约是第一次，原有的化妆间只够供主演使用，其余由各宣传队自行组织安排。阿陆头她们在学校集合，准备就绪列队出发。这一行人，端着一脸油彩，穿一色无领章帽徽的军服，招来许多目光。有认识的人就会驻足招呼，也有不正经的戏谑，他们只作听不见，目无旁视，随队长的口令一径往前，余光则四下里撒网，什么都没漏掉：商店的职员隔了橱窗张望，小孩子跟着跑，阳台上的收衣服的女人往下看，电车当当走在铁轨上，买票的大盖帽很危险地探出半个身子，乘客从后窗看他们，老虎灶的伙计挑一担热水，木桶盖下吐出蒸汽，水管工拖拽长竹爿，哗啦啦划过路面……日常生活在眼前历历展开，他们原也是情景中人，脱身出来，方才觉得惬气。此时，太阳还老高呢，场子已经关闭，灯光照明，就有了夜色。各个宣传队在梯级观众席待命，互相拉歌。阿陆头他们安排在最高两排，俯瞰全场，真是沸腾，滚水一般，血都冲到脖子根上了。时间飞快地过去，总指挥宣布解散休息。走下台阶，出了场子，前厅里漫了一片少年人，三五结伙，都在商量到哪里吃饭。当日的晚餐是发现金，每人两角钱，在这样的年龄，可视作巨款。女孩子们大多不肯用作果腹，而要解馋。这一天的门禁比往常森严几倍，除之前的通行证外，临时又发演员证，出示二证才放行。她们并不因此消停，反是格外频繁往复，多少有点炫耀，也因为这么多钱，一次怎么花得完！天已经擦黑，听得见集合的哨声，揣了给同伴的捎带，抢进检票的队伍，忽听身后有人叫"阿陆头"，回头看见人缝里的一张脸，急转身想退，路却堵死了。弯腰从人墙的缝里一挤一钻，站到跟前，气吁吁叫一声"爷叔"。

有段时间没看见，她又正在长势里，一天一个变，且浓妆重彩，穿着戏装似的戎装，还是没逃过眼睛。在他的年龄，大体上已经定型，所以就好认得很。爷叔来看演出？她问。是的，他说，老同学，留了两张票。这时，她看见爷叔的臂弯里，搀着一只手，肩膀后面露出一个侧脸，细长的单睑底下，眸子亮亮地对了她，就晓得是女朋友。她踮起脚朝里看，要等的人来了没有。爷叔说，没想到门口这样乱，只怕错过了也不定。她就问，老同学叫什么名字，我进去找找看！他报出一个名字，她说了声：你等我！转身低头，又钻进人墙，不见了。

爷叔说的名字有点骇人的，是戏剧学院的青年教师，之前拍过电影，担任串场词的领诵，平日里只有编导主演才接触得到。她们这样的龙套，唯有远望。此时此刻，阿陆头领了圣旨，游鱼似的穿行在人浪里。为抄近路，她从观众席直接登上台口，拨开大幕，进去了。幕布合拢，眼前漆黑一团，天桥上方有一些人声，听不清说什么，只是嗡嗡地响。正不辨方向，原地打转，忽然从天而降一束光，将她罩在中间。收住脚步再不敢动了，这光并没有照亮周围，反而更衬出昏暗，她就像在光的井底，一个劲地往下沉。光陡地收起，人回到地面，却迈不开步子，中了定身术。耳朵里打鼓般的，怦怦响，是自己的心跳，仿佛有许多时间过去，她想，演出要开始了！隐隐地，幕侧透过一线亮，又灭了，她飞跑起来，错了方向，被幕条裹住，双手扑打着，这是遇到鬼打墙了！左右辗转，骤然间人声大作，白炽灯射眼，景物都在移动，好一会儿方才停住。稳稳神，她想起爷叔的票子，就去找"同学"。化妆间的门一律紧锁，主演们闭关似的，都不露面。向周围人打听，回说"不知道"。想到爷叔等在外面，十分焦虑，不禁懊悔自己逞强，应承下这件事，如今一筹莫展。万般无奈中，只得硬了头皮，跑去找她们宣传队的队长。借戏剧学院的名头，不是"同学"吗？那爷叔必也是行内人士，说实在，她都不知道爷叔做的哪一行。从队长手里接过两张票，反身往来处跑。门口警卫已经认得她，揶揄说：小姑娘忙得很！她回嘴：没有你忙！冲出检票口，却不见等她的人，也不敢走远了，只是原地转圈,四下里乱看。人群外面,离开十来米的路灯底下,闲站着两个人,手里拿着雪糕,脸对脸说话,不是他又是谁!她大喊几声"喂",灯下的人方才抬头,缓缓看过来,仿佛在说,急什么嘛。把票交出去,来不及说明来历,又是一阵疾跑,推开查证的警卫,前方剧场通体发光,夜明珠一般,像趋光的蛾子,一头扑过去。

歌舞落幕,之后的日子就显得沉寂了。滞留的高年级生陆续离校,去工厂农场,做了社会上的人。再过年余,轮到低届学生。出来新政,"知识青年到农村去",坊间叫作"一片红",直接放到乡下,取消城市户籍,做真正的农人。阿陆头家儿女出世密集,都落在这时节,有工有农,还有一个姐姐先天性心脏病,暂缓分配,归入街道等待就业,政策的刚柔悉数占全。所以,她提前就报名插队落户,表示无条件服从安排,也有保全奶末头弟弟阿柒头的用心,具体去向则是模糊的。父母建议到苏北老家,一样做农民,不如回到根上。即刻遭到否决,在上海西区生长,即便住弄口汽车间,也濡染了成见。不是吗,他们的孩子,连乡音都听不得的,大人自己呢,多年不回原籍,与旧亲断了音信往来,不知道人家认不认呢!内心里又有对政府的倚靠,从命公家，公家自会负责到底。就也不强求，随她自行决定。一个小孩子家，叫名十六，其实不过十五岁出头，能有何等大决策！只知道不要什么，却不知道要什么。因为少计量，就也不愁烦，还照样过她的日子。带阿柒头，烧饭洗衣，改织袜为织衣——几十双劳动手套拆成棉纱线，够织一件成人衣裤。隔三岔五去学校打探消息，零打碎敲的，再加上臆想、揣测和学舌，没有一件靠实。上海的市民，见识有限，以为沪地以外都是乡野，差别在吃米吃面，延伸开去，吃米的地方要下水田，不下水田呢，就只能吃面。还有路途远近的差别，城中心的人，头上一爿天，对远近没概念，所以，又都在形而上。学校已经没他们的教室，让下一级的学生占了，就在操场上，这里，那里，男生一堆，女生一堆，彼此没有交集，仿佛陌路，眼睛里有人呢！是一个社交场。阿陆头望着满操场的人，奇怪为什么没有宣传队的熟识，有几次，她看着像是，走过去，拍一下肩膀，转过来，却是陌生的脸。那些如火如荼的人和事，似乎隐退到茫茫人世，湮灭了行踪。受这心情的驱使，当她不期而遇宣传队长，告诉说正组织队伍去内蒙古草原，她不曾分秒钟犹豫，立刻跟他走了。

宣传队长就是那晚给她票的人。爷叔没有问起票的来历，也没再提"老同学",她后来怀疑过,"老同学"是不是真的给留了票,甚至是不是真有"老同学",可看爷叔那么笃定,还把女朋友领来,又不像是假。急切中,向队长开口,也是急中生智。豆蔻年华,异性之间最为敏感,觉得出队长待她有点特殊。作为学校的新生,能得高年级生的青睐,怎么都称得上光荣,出于本分,她从来不滥用,坊间有一句话,不能把客气当福气。那一刻,实在形势逼人,只能贸然,竟没有遭拒,心中有万千感激。队长召唤,哪有不跟上的道理!

除她以外,又纠集几名队员,由宣传队长为首,实际上与文艺生活没一点干系。直到几十年过去,经历多事的青年中年,人生向晚时节,不知道从哪里兴起,迅速蔓延,全国大小城市的空地上,跳起广场舞。从参与者年龄看,多是出生在上世纪五十至六十年代,再看舞姿,凡过来人都有依稀记忆,敢说,至少领舞和编舞,有着宣传小分队的出身。这才连接上前史,亦可视作革命的余音。

三

爷叔在这一行里，称得上童子功。小时候，在白俄舞蹈学校受训。上世纪三四十年代传统，中上等人家都要学几手西洋的功夫。母亲喜欢芭蕾，有个好朋友是中国第一个"白天鹅"，如果他是女孩，大概率会送去学足尖舞。但听好朋友说，芭蕾里的男角几等于活动扶把，倒是摩登舞有风情，交际场上哄哄小姑娘也用得上。说到这里，母亲和她的朋友便乐不可支。家里学英国人，下午要开茶会。其时已进到五十年代，新政府的教育改造还未涉及太太客厅，这里依然如故。他大约五至六岁，长了一张娃娃的小俏脸，睫毛向上卷，下巴上有一个小小的凹塘。吊带扣住西装短裤，花格子的鸡心领羊毛衫，翻出衬衫领子，长筒的网球袜，小漆皮鞋。母亲让他倚在膝边，就像欧洲古典油画上的母与子。女友们说话也不避他，甚至有意说给他听，半懂不懂的小孩子，顶好玩了。

经"白天鹅"介绍，到一家白俄舞校练习。所谓舞校，其实就是公寓大楼里底层的一套，客餐厅一体，沿墙装一周扶把，几面大镜子。进门处挨着厨房的小间，一般用作配菜，这时就作学员们的更衣室。顶头的毛玻璃落地窗，看上去像是通花园或者露台，实际是校长的卧室。校长就是老师，校长夫人任钢琴伴奏，兼操作投影机，播放各种舞会实况。要单独看，校长还是个年轻人，夫妇俩一起，就显出岁数了。因夫人是个老女人，把男人带老了。额上的横肌，眼角的鱼尾纹，松垂的颈项，但身体保持着舞者的线条，瘦筋筋的，隔着黑色紧身衣，鼓起三角肌和腹肌。老师不会说中文，上课用的英文，受训的人大多来自西洋教育的家庭，能应答自如，至少也听得懂意思，专用术语外加手里的一杆尺子，敲打腿，腿就要拉直，敲打肚子，就要收腹，敲打自己的手掌心，则是节奏。他是学生里年龄最小的一个，收下他一是"白天鹅"的疏通，二也是从收入计。学生越来越少，还会继续少下去。上半堂基本功，也是热身，他排在队末，小尾巴似的；下半堂进入正题，开舞步了，搭档就成了问题。女孩子早发，高出一截，哪里经得起三四、五六岁的差异，真拿他不好办。校长夫人停下钢琴，留声机放唱片，亲自上场带他。老太太一旦踩上拍点，精神头即刻上来，换了个人！她不穿练功服，身上披披挂挂，长的短的，旋转起来乍开蓬，像一只大鸟。罩在不知是纱还是绸的褶裥里，浓烈的香水味几乎让他窒息，分不清东西南北。奇怪的是，遮天蔽日之下，头脑却是清醒的，节奏和动作都不落下。一曲终了，头发乱成一团，上衣从裤腰里抽出，鞋带散开，几乎绊了自己的脚，就像经历一场暴风。夫人不由笑起来，笑声很豪放，但很快收住，又回到先前的模样。

每个学生都取一个外国名字，他叫"热尼亚"，夫人的意思。有时候，校长和夫人说俄国话，语速迅疾，捕捉到这个名字，不像指的他，是另一个"热尼亚"。又有时候，夫人喊他，应声到跟前，夫人却走开去，知道是那一个"热尼亚"。下课以后，夫人还会弹一会琴，让他坐上琴凳，替她翻谱。他不识谱，看夫人的表情，微微颔首，或者一扬眉，换了别人未必觉察，他就能！是个解人意的孩子。学生们都走了，接他回家的女佣等在厨房里，和厨子闲聊，厨子是中国人，从海参崴带过来的，口很紧，只说些没打紧的，所以很快就没话了，只是呆坐。校长在卧室里洗澡换衣，门上的毛玻璃人影晃动，隔了空寂的练功厅，显得很远，在隧道的底部。夫人弹完琴，他便合上谱子，有几张散页，排好剁齐，放在谱架，下了琴凳。夫人从瓷缸拈出一块黄方糖，他张开嘴接住。糖块很粗糙，在舌面上散成沙粒，躺甜躺甜。

七八岁的孩子有一个长势，他蹿了五六公分，后来居上的样子，就分配到舞伴。小姑娘年长一岁，同龄人相比，属中等身高，所以和他差不多齐平，可是姿态的缘故，抬着下巴，眼睛从对方头顶上看过去，又成俯仰之间。但他并不感到屈抑，因为曾经和夫人做搭档，不仅舞技，还有成熟女性，带有情欲气息的身体和动感，这些小女伴，鸡雏似的胸脯，手也像鸡爪，关节呢，好像脱了臼！他在心里笑着，偶尔地，一上一下，视线碰在一起，舞伴的眼睛里闪过瑟缩的表情。此时此刻，他又蹿高一截，越过对方的发髻，小母鸡的冠，望得更远。手指一动，打着旋出去，再一动，又回来。小舞伴的外国名叫"季丽娅"，住在同一条街上，转角处的公寓大楼。她不在公立小学就读，请家庭教师独门授业。语文算数自然地理，多半是英国的普教课程，所谓语文就是英文，中文是当外语学的，英国人重视艺术教育，必修钢琴和绘画，摩登舞则是副科，所以就没有同学。摩登舞原是社交舞，但没有与人相处的经验，还是独自一人，都当她骄傲，其实是无所适从。两家女佣倒是熟识，征得各自东家允许，便轮流代职，一日这家，下一日那家。女佣一手牵一个，开始不理睬，仿佛路人。渐渐开始话来话去，再后来，热尼亚和季丽娅走在前面，女佣尾随，押解似的。季丽娅不大会说中文，她家从外洋回来，在英国壳牌石油公司做上海专卖，将来也要回去的。大人小孩都说英语，连女佣也会说几句。两人是用一种特殊的语言，中英文掺杂上海话，坊间叫作洋泾浜。人类学角度就有另一种解释，小孩子是史前动物，尚未进化到语言阶段，凭着音韵交流，《诗经》就有记录，"喓喓草虫""呦呦鹿鸣""交交黄鸟"……《诗经》里有着大量的象声词，大约最初来自发音，字形作古了，只能到婴语里找痕迹。

　　仅仅一年多时间，热尼亚的长相有大变样，婴儿肥褪去，圆脸成长脸，肤色白亮，简直熠熠发光，头发漆黑，又带些卷，就在额前耸起一堆云。是不是真有西洋的血统，宁波镇海的人难说得很，他就比大部分男孩早熟，所以就追上了季丽娅。校长经常让他们做示范，还带去侨民的沙龙表演，这时候，就是母亲们出动了。两个母亲正当风华，东方人又显后生，妆容和衣品则在上流，老的少的都来献殷勤。沙龙的主人，一个俄国犹太家庭，远东罐头公司老板，革命前就在东南亚置业，美国纽约也有资产，太平洋战争以来，上海的生意缩水得厉害，也不排除向外转移，总之已经在收势，但还保留西区自住一幢洋房。到这一天，马路上停满汽车，花园里开了彩灯，喷池的水柱变换颜色，树丛里隐着雕塑，有鹿群，大力神像，小胖娃娃，还有一尊中国的仙女。此地的外国人多没什么根基，就是钱多，又舍得花，于是东一点，西一点，杂得很。他和母亲搭季丽娅家的汽车，汽车夫染了西洋的派头，戴格子呢鸭舌帽，抽雪茄，一口浦东乡音却改不了。少小当差，是年轻的"老仆"，依陈规称季丽娅母亲"少奶"，季丽娅则是"密斯"。她母亲说现在新社会，不兴这么叫了，他嘴里应就是不改，还很卖弄地叫热尼亚母亲"玛达姆"，热尼亚呢，就是"瑟"，前面加个小，"小瑟"。一车人被他逗得只是笑，到花园大铁门前方才安静，肃穆起来。上世纪五十年代头三四年，这殖民史上的旧景甚至比中兴时期更为靡丽，虽然免不了乡气，人和事都到尾声，恍惚一场醉梦。

校长和夫人来到沙龙，就像换了个人。校长穿燕尾服，系领结，头发向后梳齐，露出额头，也露出脱发的迹象，同时呢，更像真正的校长。夫人还是原先披披挂挂的一身，但化了浓妆，也做了发型，打了无数的卷，拢到头顶，系一个硕大的蝴蝶结，这少女型的装束使她更显老，像一个老了的洋娃娃。两人脸上都挂了笑容，所有人都在笑，大声说话，大力拥抱，撞着酒杯，酒溅出杯沿，泼洒到身上，湿了衣襟。"密斯"和"瑟"们不喝酒，吃糖，吃够了，滚到桌底下，在大人的腿之间爬来爬去，拾糖纸，学着亲嘴。俄国种的小孩很早就会这一套，因父母不避他们。接着是苹果核大战，啃了一半沾了唾沫的苹果芯子投掷过来，再还回去，也是有榜样的，父母高兴和不高兴，拾起什么扔什么。白俄说是"贵族"，其实大部是暴发户，流亡的生活，又折损了体面。平时还撑持着，喝了酒，又都是自己人，便放纵了。

如火如荼的时候，夫人却哭了。一个人坐在茶桌边上，往嘴里扔着干酪，无声地流泪。脸上的妆花了，仿佛小丑的面具。他爬出垂地的桌幔，挨过去，搭着夫人的背，尖削的肩胛骨硌在手心里，真是瘦啊！不由也悲伤起来。他们的母亲在告辞，几个醉鬼缠得很凶，追到门口还不放过，最后是季丽娅家的汽车夫出马,他粗暴地推着醉鬼胸脯,厉声道:Back,Back!那些人果然Back了。母亲们坐进车,发誓再也不来了,罗宋人忒荒唐!一些日子过去,母亲中的一个忽然说:罗宋人的沙龙好久不开了!大家都笑了。平静的日子里,偶尔会想念那狂热的惊恐的异国情调。

罐头大王走了,座上宾随之星散。许多国度,几乎全世界,都有他的花园,落地即开出新沙龙。舞蹈学校是反过来,先学生走,比如季丽娅,移居壳牌本部伦敦,接着,陆陆续续,终于轮到热尼亚,却走的另一种路数。他们这一家,生活在祖父的荫蔽里。老先生是个明白人,公私合营时候,将工厂上交国有,任个闲职。几个儿子都学的工科,是为继承企业而计。按古训说,万贯家财不抵一技在身;以现代看,无论帝制共和,政党轮替,有一桩事情却不会倒转,那就是科学进步。英国工业革命,越过大洋降临新开埠的上海,这草创的世界。从最初的朝奉,海内外辗转,进到纺织厂做机修工,然后发迹,难免要走旁路,生意场上,谁没有拜过老头子,国民政府和在野党两头变通,股市上做空头,可无论如何也绕不过技术这道坎!果然,世道变迁,资产随了别人家的姓,老板变伙计,学来的本事却没白费,都安排进关键部门。父子们的保留工资，加上定息，足够提供生活开销。因不必考虑投资和成本，扩大生产，反比从前更要宽裕一些。儿女成婚，各有住宅、汽车和佣人，女眷不必出去谋职，只相夫教子。热尼亚的父亲排末，生长正值家业兴隆，没吃过上头几个的苦。大哥留洋勤工俭学，为省盘缠，从去到回没有探亲；大姐二姐下学，脱了校服就去帮厨，替加班的工人烧饭；小哥的学费几乎自己挣的，在车间做小工，学画铣件的图样；他呢，睁眼就是花园洋房，锦衣玉食。盛世里的孩子最受宠爱，一是境遇好，二也是，大人会倒过来想，当是旺财的命星，只怕自己福浅，留他不住，还折寿。所以，很谦卑地，不叫他称爹爹姆妈，而是叫叔婶。尤其是女人，本来就疼小的，有这许多渊源垫底，更就放纵了。他要打篮球，能把养熟的草皮揭去，夯实了铺水泥胶，安上篮球架。玩过瘾，改成网球，再种草，拉上网。幸亏老父亲头脑比较清醒，及时踩了刹车，任由一味胡闹下去，就要挖泳池了。事实上，后来的遭际有多半这时候造下的祸根。厚养的孩子，通常好性情，与人宽和，心底良善，以为全天下都是亲的，自然行事就轻率了。

　　公私合营以后，生活似乎没大改变，做小开上班，做员工也上班，相比，老板比领导更严苛，自家的厂，自家的儿子，性命攸关。如今，人和厂都是公家负责，乐得不管。这年，父亲三十二岁，有家有室，玩性还没过去，牵黄擎苍，呼朋唤友，年轻人总是狂妄，海阔天空，指点江山，难免有妄议之言。要说有什么见识和野心，实在是高抬了他，只不过嘴头痛快，语不惊人死不休。新社会，本来见不得这号旧人，视作残渣余孽，言论无疑就是自我招供。时逢肃反，成了个活教材，定下"反革命"罪名。他父亲，一个精明的浙江人，自从踏进上海滩，阅历可谓腥风血雨，全凭审时度势，挨到今天。赤条条一身什么都不惧，走私，越货，绑过人，也被绑过。渐渐地，有了资产，拖家带口，胆气就收敛了，变得瞻前顾后。稍有风声，立马声明，解除父子关系，原也不过代职父母，左邻右舍都知道，自小叫的叔叔婶婶，养他成年，从此，路归路，桥归桥，这是原话，带江湖气。以统战的政策论，则是朋友搞得多多的，敌人搞得少少的，不连坐，不受挂落。就这样，丢卒保车，渡过险关。

父亲的处置是劳改三年，相对罪名，可算轻判，老头子的表态，其实也帮了他，至少不能算作阶级报复。刑期不算长，地方却不好，在青海农场。听起来，好比海天之隔。幸好老太太已经过身，否则又要搭上一条命。临动身，让家属会面，其时，家属只剩他和母亲，母亲不去，他未成年，也只得不去。外家在上海算得好身世，上辈子做过官，后人在王家码头开豆米行，南市九亩地上一座大宅院，门额据说是皇上赐的字，坊间叫作"有钱有势"。母亲哪里经过这般劫难，出事起，就带他住回去，热尼亚的舞蹈生涯就中断了。最后，是大姐给弟弟送了行。大姐读的协和医学院，毕业留院做医生，给一些高级干部做保健，这也是亲属们得以保全的原因吧！未婚，没有家累，也是敢出头的底气。打听到车次、路线，走了关系，见上一面。送往青海的劳改犯乘坐的是罐笼车，停靠北京丰台火车站。半路风尘，又穿了囚衣，气焰已经矮下去，让人心酸。姐弟俩排行一头一尾，大的离家早，异地生活久了，样貌都不很像，感情难免生分，倒好排解些。旁边有人看着，就只说些套路。哨子吹响，人上车，转眼不见了。

三年刑满，又留场察看，那日子就看不到头了。中间没有回来，这里去过，去的谁，说出来叫人不相信！季丽娅家的汽车夫，叫母亲"玛达姆"，叫他"小瑟"，拍着罗宋人的胸脯说"Back，Back"的先生，人们随主家都叫"阿郭"。季丽娅一家走了，留他看房子，房子收归国有，到房管所名下，他就跟进做了职工。有时候马路上遇到，停下脚步说几句话，渐渐熟络起来。世道变迁，曾经的相识都可算故旧，不论及主仆尊卑。叔伯们早已不来往，娘家人也怕牵扯，有个弟弟正争取入党，接受组织上考验，他们母子就像失了怙恃。反而外人没有羁绊，行动自由些，有事叫得应。

热尼亚十二三岁，要在平常人家，大可充个人用，母亲呢，正逢当年，哪个不是上厅堂下厨房。偏偏这两个都是长不大的那一类，渐渐地，阿郭成了主心骨。阿郭二十七八，不到三十，浦东乡下农户，同族人介绍，少年出来当差。从杂役做到汽车夫，外国董事到老板买办，现在到了房管所，算得政府部门，又是一重江湖。左右逢源，逼仄处都转得开舵。玛达姆和小瑟，孤家寡人，一个壮年男子频繁出入门户，坊间难免有议论，然而，阿郭是有家主婆的，还有一双儿女，人们就又不好说什么了。

阿郭去青海农场，正是三年困难时期，全国都在饥馑中，上海毕竟上海，不说底子厚薄，单看外表，依然灯光流溢，红男绿女，想不出荒漠旷野的绝境，带去的吃食多是话梅、鸭肫、核桃仁的零嘴，是解油腻的奢物，饿人看了只是泛酸水。阿郭自带两只咸鸭蛋，被那人吃得干干净净，连壳都嚼碎咽下去。回来以后，并没有说，说了也未必听得懂。再讲了，人各有命，谁也替不了谁，何必去扫兴致！日子已经很难了。

北京成立舞蹈学校，过来上海招生。热尼亚十三岁，超出规定的年龄。因为"白天鹅"举荐，还因为他的形象，其时的他，活脱一个王子。纤细挺拔的身体，一张深目隆鼻的脸，白亮的肤色，夺目得很。一年半的摩登舞，虽然还在初级，到底练就一种风度，一般人不能比。尤其是芭蕾的专用名词，法语无可挑剔，考官们简直惊艳。经几轮筛选，最终破格录取。

北京让他生畏，上海人对外埠怀有成见，听大孃孃说——那时候他们还没断来往——大孃孃说那里的马路上走着骆驼，就想起边塞诗。但是，学校生活不是他喜欢的，相形之下，课外的白俄学校，校长和夫人早已经离开，大楼门上的名牌摘下来，公寓搬进新住户，还有侨民沙龙，季丽娅……人和事都显出乏味。老师们一本正经，无风趣可言，怎么能和阿郭比！北京舞蹈学校，或许另有一番风景，不也是舞蹈吗？所以，倒放下地域的偏见，乐意前往，尝试新的环境。

母亲这方面呢，生来小姐脾气，身为人母也改不掉一点，儿女心淡薄，对离别并不看重，甚至于，隐隐地释然。舞蹈学校免学费不说，吃住全包，家里就少开销。其实不至于多他一人，虽然没有挣工资的人，但定息中划给他们母子的那一份，从不曾脱班，准时由阿郭送去。但散漫惯了，这时节，还要开茶会。女佣辞了，但不是有阿郭吗？这就是福气。走的那天，母亲送他到后门口，说了声：阿囡，从此要靠自己了！他已经长到母亲一般高，"阿囡"的昵称让双方都红了脸。看母亲眼睛里有些泪光，好像一去不复返。赶紧转身走，不是难过，而是窘得慌。不到一年，他就回来了。

到北京没有看见骆驼，他把骆驼这档事忘了。从北京站直接上汽车，开进一处院落，自此，就日夜在里面活动。后来听开水房的锅炉工说，原本是某个王爷的府邸，在他看来，则是庙一样的平房。大孃孃来过一次，带他去家里，乘的是轿车，就知道这位长辈是有身份的人物。车行一路，没有看进去多少景色，只觉得天地的大，把人衬得很小。玩具似的公共汽车，商店也像玩具，一种陈旧的玩具，在马路一侧，趴到地平线底下。大孃孃住的房子不小，大套小好几进，但墙面和地坪都裸着，露着石灰水泥的惨白。中午吃手擀面，拌了黄瓜丝鸡蛋皮酱油醋和黄酱。做厨的裹脚女人和主人以"同志"相称，吃饭也上桌。他完全不记得见没见过大孃孃，除了感情上的疏离，还因为和家里其他亲属不一样。大孃孃穿一件卡其布翻领排扣制服，通常叫作列宁装，短发别在耳后，男人样的托着手肘抽烟，翘起纤长的手指，隐约见出族人们的遗传。看起来她对这个侄子没太大的兴趣，显然是受命于父母招待他，就像那年在火车站见那个弟弟，大概言语措辞也差不多，好好学习，提高思想，跟上时代，诸如此类。他也像当时的父亲，唯唯应着，不敢抬头。大孃孃有一种威仪，很快，在老师身上也有同样的发现。

他们的老师姓窦，她让大家称豆豆老师，不是姓窦的"窦"，是豌豆的"豆"，老师说。这是在课下，到了课上，就不那么有趣了。

刚开始，她是喜欢他的，委任他班长。不仅因为年龄，班上也有与他一般大的学生，但谁都不像他，受过舞蹈的训练，而且得自于俄侨，与她留苏的经历就有某些重合。那时候，他多么招人啊！别的男孩都没有长开，他呢，立在那里，一株小白杨树，新绿的抽条。黑漆漆的眉眼，亮亮的眸子，看着你，不期然间，微微一合，再张开，眸子退远，深不见底，面前的少年倏忽变作成年男子。豆豆老师不由一惊，想这是什么人啊！定下神来，男子又回来少年。这种微妙的变身后来还捕捉到几回，渐渐成为常态，豆豆老师困顿住了。她无法描绘心里的反应，似乎是不悦，却又不忍，因为这"不悦"是对成人而起，放在孩子身上就不公平了。问题在于，她究竟当他谁，是孩子还是不是。

豆豆老师原籍上海，皖南事变后，随父母去到苏北根据地，进了新安旅行团。大军渡江后，随政治部任职的丈夫进京，然后公派苏联深造。芭蕾源出法国宫廷，是贵族艺术，但豆豆老师秉性十分质朴，行营中长大，工农政权又提倡生活从简，好处是作风轩朗正直，缺陷则是简单，世故人情比上海男孩"热尼亚"都要低几个量级。她看不懂他，他却看懂她，将她归属到，归属到哪里，大嬢嬢那里！她们是一类人。北京就是这类人多，简直是个总部，他给出名字，叫作"官派"。普通话——南方人听来，北京话就是普通话，是"官话"；列宁装是"官服"；大嬢嬢住这么大房子，小轿车进出，因为吃"官饭"；女人都有点像男人，照理豆豆老师不应该，因为她很漂亮，即便归在"官派"，也不得不承认，这是个好看人！乌黑的头发盘在脑后，露出颀长的颈项，练功服的V字领一直开到后腰，沿着肩胛骨纤巧的弧度，髋骨提得很高，连带起窄腰长腿，后臀上翘……可就是有男人气呢；他总结出来，这男人气就是官气。

后来，豆豆老师替热尼亚作了评价，习气。"习气"两个字又对又不对，对的是它的概括性，不对也在此，概括性难免损失细节，大而化之。他敏感到豆豆老师的冷淡，早点名或者列队解散时候，老师从队头扫视到队尾，总是"嗖"地越过去，仿佛没有这个人。他格外地凝聚起目光，睫毛扎翅似的张开，然后收起，云遮雾罩，眼神越发迷离。毕竟还是个孩子，不晓得过犹不及的道理，豆豆老师真正被惹恼了。情急中，脑子里脱跳上来两个字，"媚眼"！对了，就是它，她终于得门而入。事实上，未必暗藏什么用心，而是小人学大人。周围都是榜样，母亲茶会上的太太们，校长和夫人，剪辑的电影片段，比如《脖子上的安娜》，舞步里的风月，罐头大王的沙龙，香槟泼洒的胭脂粉，腿脚在桌布下打架……他不能辨别正邪，好坏通吃。大家又都喜欢他，尤其是女性，电车上不认识的路人，都会塞给"洋囡囡"一个橘子，到了北京，却吃不开了。

豆豆老师的态度是个起头，接下来苏联外教也对他失望了。就是上海招生用俄语法语对答，也是至今一直用洋名称呼他的人，可是，当时得到钟爱的长处，现在变成了短处。外教，和校长相反，是个粗矮的格鲁吉亚壮汉，黑头发，黑眼睛，浓黑的胸毛，手指头点在热尼亚的肋骨上，用汉语说：不动！他辩解：没动！否定词在方块字里的差异，对外国人简直是玄机，还以为学舌，这就有点不敬的意思，格鲁吉亚人手指一使劲，他打了个趔趄。知道外教嫌他身上的小动作太多，可自己一点不觉得，不知道从何改起，心中十分苦闷。听老师们议论，是拉丁舞训练的遗习，"习气"，豆豆老师说。他想应该是"习惯"，被说成"习气"，问题就变得严重了。接着，他从班长的职务下到副班长，"副班长"的设置显然是安慰奖。替代他的女生，北京人，比他小一岁，已经提前加入共青团。他有时想起季丽娅，练功服底下的女生彼此相像，好比一个模子脱出来的，但换上日常衣服，好比天鹅降临人间，就形态各异。班长的白衬衫前襟别了团徽，颈项系红领巾，他仿佛看到她未来的样子，又一个豆豆老师。

芭蕾的程式比摩登舞严格，训练相应也枯燥了。他想起"白天鹅"的调侃，男舞是移动的扶把，六七岁的他，竟然记得这些。不由暗自一笑，想，女舞亦不过是扶把上的发条娃娃。那些没长成，因为高强度运动和节食，导致发育迟缓，箍在紧身衣里的小骨头架子，消失了性别，足尖鞋里的变形的脚，外八字的步态，让人看了可怜。他才不屑呢！是过于敏感，抑或事实如此，人人都知道他失宠，于是，齐打伙孤立他。休息的时候，三个五个一堆说话打闹，他独自坐在玻璃窗投下的太阳格子里。沙尘的天气，投下的就是一方阴霾。抱着腿，下巴抵在膝盖上，要是有人注意，会生恻隐之心，可集体生活是一种粗糙的生活，细腻的情感往往都过滤掉了。学校曾经组织春游，到颐和园划船，每五人一组，恰恰连班主任在内三十一人，余下的那个就是他，并且，从头至尾，没有人发现这个疏漏。小船依次下水，他躲在树丛里，装作看不见，也不让人看见。还有一次，去机场迎接外宾，沿舷梯下的红毯排成一列，挥舞纸花环。礼宾司的一个女干部，反复来回整理队伍，最后一次巡视，几乎听得见飞机的引擎声，急切中她当胸一推，推他出队伍，说：你个子高，看得见！不知道是他看得见外宾，还是外宾看得见他。女干部的粗暴惊着他了，退到队伍后面，面前是欢呼的海洋，手里拿着花环，扔也不好，举也不好，真是窘啊！

　　他开始盼望大孃孃来看他，想着小轿车开进院子，老师们甚至领导趋前接应，里面人走下车，一个个握手，另一手里夹着香烟，同学们都趴在窗台往外看。他成了小势利眼，这官派的地方专会培养势利眼。本心里并不喜欢大孃孃，还很怕她，可是，唯有这个人能服众，镇得住场面。大孃孃再没有来，直到他离开北京。

退学是临时起意。阿郭出差北京，替房管所辖下地段的旧产咨询意见。主人多在一九四九年前后离沪，有声明放弃，亦有主张所有权，国家政策比较含糊，统战和住宅建设各有立场，莫衷一是，让人吃不准方向，就尝试变通，比如，走民俗公约的路径。所长是通州人，据称老家街坊已有先例，不妨取经学习，顺便探望一趟亲故，属人情之常，也算不得徇私。阿郭是路路通，当年老东家曾在北京置地买房，后续归宿也可借鉴，所以就带上他！热尼亚的母亲托他看看儿子，其实她不托他，也会去找"小瑟"的。在这人事生僻的处境看到熟识，他可是从来没出过远门的，眼泪下来了。阿郭戴着他那顶格子呢鸭舌帽，中山装领子里是砖红色丝巾，身上散发出古龙水和雪茄的气味。还有，母亲交给的一包话梅！就像当年给父亲的捎带，上海的女人的闲嘴，舌尖上的甘草和蔓越莓，午后斜阳里，外墙上的拉毛，黄灿灿的，叮当驶过的电车，在街角转弯。

来北京一年多，大部时间在练功房度过，倒是最后的几天，跟着阿郭看了北京。故宫，雍和宫，香山，八大处，全聚德烤鸭，莫斯科餐厅——吃的不怎么样，但高大的穹顶，宽广的餐厅，好像又要看见地平线了。跟着阿郭还吃了街边摊，红泥炉子上坐铁镬子，中间豆腐鱼，盖一层红绿辣椒，青葱白蒜，周边一圈玉米饼，饼底烤得焦脆，咬一口，烫嘴，吃一口炖鱼，仿佛吞下一团火，烧得涕泪滂沱，过瘾！阿郭就是这样的人，到哪座山，唱哪支曲。不起眼的物事，到他那里，就变成新鲜。带小瑟办理退学，以家长的身份签字，走出办公室，经过走廊，忽站住脚，指了角落一面穿衣镜，郑重道：老货！摩挲紫檀木的镜框，擦拭镜面，往里看去，越发惊喜，因发现镜座齐膝，可是无论走近退远，都照得进全身。阿郭感叹：到底皇都，遍地是宝！

回来上海，正是暑假，同年级的学生都完成中考，等候通知初升高。他不愿留级，和低一年的孩子做同班，申请补考，出示北京舞校的教程证明，除专业外有文化课成绩，经教育局批准，让他免试升本校高中。这样，他又回到原先学校的高中部。后来，汽车间的阿陆头按地段划进去的，就是这一所。从法国教会沿袭下来演剧的传统，学校话剧团在全市著名，电影厂的摄制组经常来挑选演员。破例录取他，程序变通生效，正有赖于舞校的履历，说不定用得着呢。不多久，预见便应验了。

话剧团策划排演苏联多幕剧《第四十一个》，几乎就奔他来的。外国人的脸相，虽不全是，但有了大致的轮廓，化妆补一点，就差不离了。练过舞蹈，动静举止免不了夸张，中国人看出去的洋人，不都是这样？北地方言里生活一段日子，少年人是极易受影响的，普通话已经听不出口音。稍加学习表演，活脱成了白军"中尉"。对手戏红军女兵"玛柳特卡"，高他两个年级，父母山东南下干部，遗传的缘故，她体魄健硕，明眸皓齿。山东人向不入本地人眼，常是谐谑的对象，滑稽戏里不外乎巡捕打手一类，出言好笑，行事荒唐。女同学却让他一扫偏见，刮目相看。上海女子多为碧玉和摩登两种，难见得这样开阔轩昂的美，他真有点迷倒了。女同学看他也很新鲜，过分的雕琢，却又活生生的。彼此都是陌生的人类，又都朗月清风，一对丽人。于是，入戏得很，到著名的最后一幕，玛柳特卡一枪击中爱人，拥进怀里，狠狠一吻，半真半假，两人都动了情。

这部戏起了个头，接下来的剧目中，他和她，总是担任正反两极的人物。他落后，她进步，他代表历史残余，她则是时代青年的典型。就此见出，学校教育日趋意识形态，阶级和斗争居核心位置。恋人是一种奇异的关系，它往往从对峙出发，现在好了，戏剧促成并且演化了情节，比现实里的更加强烈。他本来没掌握多少表演技巧，需寻找内心根据，正符合斯坦尼斯夫斯基体验派的理论，既是创造，又是本色。她呢，生性里就有一种戏剧因素，热情奔放，追求理想人生。台上是这样，台下呢，他们接触频频，往来密切。

女同学邀他去家里玩，吃惊地发现，就在白俄舞校同一幢楼里。舞校的名牌拆除了，门上的猫眼还在，那时的自己，跳着脚才能够着，往里瞧一眼。女同学家的公寓在楼顶，电梯轰隆隆穿心而上，透过铁栅栏看下去，白俄舞校越来越远，停在底层，却闻得见气味，粉香、汗臭，还有奶酪，刺激着鼻黏膜。走出电梯，到女同学家，推开门，一时间好像回到北京，蒸汽弥漫的大食堂，那是由葱蒜酱、面的发酵合成。房间很多，里套外，外套里，忽走出一个裹脚的老妈妈，念叨着：别走了，吃饭吧！又听到叫"二宝"，就知道是女同学的乳名，还有三宝，四宝，五宝……一群男女孩子呼啸跑来，差点撞倒他，回头看见其中一个扮着鬼脸，手指头在脸上划拉，笑他们不害羞的意思。二宝推上房门，又顶了几下，听呼啸声离去，安静下来。

这是二宝的卧室，朝北的窗户，看出去，一片瓦顶，就知道，是在临高处。有限的几件桌椅床，横档钉了编号的铁牌，表明公家的权属。卧具和窗帘都是素色，竹子书架上有一座地球仪，看不出任何性别特征，可他就是在这间闺房里开蒙。女同学脱下外衣，解开衬衫，白布胸罩里，挺挺的胸脯。他微微起着冷战，目不转睛，看出去却都是模糊，只有锁骨上一颗痣格外清晰。小孩子的声音在公寓里回荡，很有点人来疯。他听见她说：你见过女生的胸罩吗？分两个尺码，胸围和杯罩，她捉住他的手指，顺了下沿的边缘划过去：你的手好凉！他强笑道：没有啊！她继续说：我的尺寸是"B罩80"。身上的战栗渐渐平息。母亲的内衣裤是避人的，小心翼翼地搭在角落里晾晒，上面盖一条乔其纱巾，隐约透出形状，反而更诱人了。他忍不住要揭开丝巾偷看一眼，小孩子总是要尝试违禁的事情，光滑的缎面，镶着蕾丝，散发出隐秘的情色。在这里，却是朴素、坦荡的性感。事情中途而止，因不知道怎么进行，女同学只是大胆好奇，其实也不怎么懂的，就是这未完成最让人欲罢不能。

她也去过他家，二楼和三楼之间，楼梯拐角的亭子间，双层窗幔，铁线莲壁纸，蜗状的床脚，地板和家具的幽暗蜡光，本来更适合年轻人的探秘游戏，无奈的是，女佣时不时敲门，从母亲处领旨，一会儿送茶，一会儿送点心，再一会儿邀请见客。两人脸红心跳下到二楼大房间，所谓客人多半是阿郭，至多再加阿郭的朋友，母亲自己的茶友渐渐不来了，都是过来人，有谁看不懂的。坐下来就走不了，直到天色向晚，却也不留饭，茶会嘛，就是喝茶！幸而女同学是大方人，有主张却不失礼，适时告辞，到底脱身出来，免不了发窘。所以，还是她的家自由。人迹杂沓，三宝四宝五宝又要骚扰，但就是不开门，也没办法，是喧闹里的清净。后来走熟了，他还真留下吃饭。

　　女同学家的饭桌挤挤挨挨，总有十来口人，随时有家乡的老亲过宿，小孩子也带人来，就像他这样的，拖个凳子坐进去，再摸一双筷子，不把自己当外人，做父母的有时都能认错儿女。这种民主的空气让他轻松，也觉得有点乱了。小房间里的情欲退去神秘性，多少有不洁的感觉。他开始生腻，而她也淡下来，双方都有了倦意。具体的原因是应试高考迫近，女同学的志愿是高能物理专业，据说是为核工业人才培养准备。事实上，无论现实还是心理，都只是表面，底下是能量释放之后的满足。他们太年轻了，还有很长的人生，将会发生许多事情，好和不那么好的，同样激发想象力。拿到录取通知书那天，女同学来报告好消息，骑一辆男款的自行车，停在他家后门，喊他的名字，像小学生相邀上学似的。他从楼梯转弯的窗口往下看，她仰起的脸在晨光里，熠熠生辉，明朗极了。

两年以后，轮到他毕业，考入戏剧学院表演系。上世纪五六十年代，是这一类艺术学校的草创时期，得苏联专家援助。他总是落在俄国人的窠臼里，也是时代所赐。入学的一九六四年，中苏已经交恶，但教学依然沿袭斯坦尼的一路。政府专为第一批生源组建的院团，继续扩大发展，吸纳历届毕业生。他就是奔着这个来的。离开上海被这城市人视作不幸，他是去过外埠的，有切身的感受，不像别人只在概念上。除了留在本市，他并没有别的想法。断续地求读，心思又不在学业，构不成某一科目的特殊兴趣，不像女同学二宝有志向。考的戏剧学院，对戏剧也味道缺缺。即便自己在台上，说着那些台词，心里却发噱。他视作"官话"的普通话，书面语的行词造句，演绎的情节，都觉得很假，唯有和女同学的激情是真实的。索性像滑稽戏，明面上的荒唐，倒让他有几分服帖。有一回，看方言话剧《啼笑因缘》，如今，滑稽戏叫作"方言话剧"，大有"小热昏"上厅堂，黄鱼翻身的意思。他陪母亲去看，张恨水是她们那辈人，尤其女性的偶像。看着看着看进去了，最后竟有点想要落泪。滑稽戏看出伤感来，真是发噱的。

进校第一年，半多时间政治学习，其余专业课，也像政治学习，不过换种形式。渐渐地，两者重合，你中有我，我中有你。第二年，学生走出课堂，参加社会主义教育运动。院校年级打散了，编进工作组，他去杨树浦的纺织厂，不必像郊县工作组的同学打铺盖搬场，一月回一次上海，而是每天早起晚归。因为路远，天不亮就要出门，赶头班车，辗转换乘，临近厂区，上班的汽笛已经回荡在头顶。仰头望去，就想起北京的天空，无边无际，只在底下靠边的地方，有一角楼宇，忽地飞出野燕子，又忽地远去，直向目力穷尽，是元人水墨画的构图。乡愁遮蔽着的情景，跳脱出来，回到眼前。在现代城市的物质生活中进化文明，此刻领略到历史的高古的魅力。

四

舞厅里的师傅,如果有特别的需要,就会另约时间地点,独门开班,称作"私教"。交际舞通常是男带女,师傅大多男性,学生呢,就是女性。当然,也有教男舞的,到底少一些。"私教"两个字,难免有些暧昧,不方便明说。但是,一个师傅,如果没有私教,只在"大锅饭"里混——"大锅饭"也是业内的行话——也是没面子,好像水准不够,不单指舞技,还暗含风月。这事情变得比较微妙,师傅开私教既不便广而告之,无人知晓也是可惜的。学生也是,得不到私教好比师出无名,武林里没有身家的野路子,要是有呢,也不大好明示,因为情色之嫌疑。总之，只能心领，不可明言，逐渐形成一个隐匿的江湖。江湖的社会，其实是多元化的，大同之内，门派如林，自然会生龃龉芥蒂。但道有道规，大家都是成年以上的人，再讲了，并不涉及身家性命，消遣而已，犯不着剑拔弩张，刀枪见红的。不过言语上来去，这一趟吃亏，下一趟补回。也有背地里诋毁、撬客，漏出风来，就让人不齿了。唯老法师特立独行，人们还都服，有上进心的师傅，不惜放低身段，前来请求私教。他不说"私教"，只说点拨。看起来是自谦，实际的意思是，我和你们，称得上什么教和学！

他开"私教"，勿管认不认，外界总是这样以为，通常由学生提供地方。或者街道活动室、教培中心，群艺馆多功能厅，甚至某会所，占一个角。这些学生各有路数，有些是身份，有些是社会关系，也有些很简单，就是钱。出于对舞蹈的热爱，公益事业的兴趣，还有，结交异性。于是，应运而生中老年国标舞比赛。工会，妇联，离退休办公室，甚至有电视台和舞协出面主办。胜出者无一分钱奖金，相反，还要贴上行头道具，可不就是争的一口气吗？人到这年纪都像儿童，逞强得很，一点输不起，除了熟练和标准，赢面在掌握几样秘密武器。高难度是做不到了，弄不好会出危险，需要另辟蹊径，奇巧上下功夫。这就看老法师的了！芭蕾、现代舞移过来几手，抑或只是摩登舞内部互借，还有，自创的动作。不知来路哪里，可能民族舞，中国可是多民族的国家，有些看着挺眼熟，像是广场舞，比如"小苹果"。只要不出大格，都嵌得进去。老法师有货！据说家里有放映机，积起的影片，比公家资料库还多，拿来一点点，足够出奇制胜。不只是编舞的能力，老法师还上路，严格专有权，决不重复使用，一鸭多吃，这就是职业伦理了。所以，之前互相不摸底，等着台上见！

这是一路"私教"，另有一路，设在学生家里。这类学生家庭普遍富裕，客厅很大，直接可拿来上课，这不算，还有专门的健身房，装了扶把和镜子，配了钢琴，就是现成的练功间。有一名学生，是居士，本来有一间香堂，后来兼用于学舞。这有些奇怪，佛不是在世外，国标舞却是俗念。那女学生念谒作答："菩提本无树，明镜亦非台，本来无一物，何处惹尘埃。"应该说他称得上有见识，依然被惊到。销声灭迹的有产世界又回来了。不是在原址，原址已成废墟，而是乾坤初开，这才叫海上繁华梦！女学生派私家车接他，司机黑西装，白手套，语言谨慎，完全不是阿郭的汪洋恣肆。门前迎候着一位女性，公司白领的模样，是管家，这些家庭都有管家。厅里一周雪白皮沙发，他自然坐下了，即被管家请起来，移位到一具褐色皮的，从此，他再也不去了。另有一家，课毕正当中午，便留饭，他也没推。却是与保姆司机一桌，管家笑盈盈道：我陪老师！纡尊降贵的意思。倘若上主桌共餐，那就更让人发窘。学生和学生的先生分坐两端，隔了烛台鲜花，遥遥相对，并不吃什么，只喝酒。独他一人坐在中腰，埋头盘碗。后来，再要有留饭，他一律坚辞不受。

和阿郭说起他的遭遇，阿郭比他长半辈人，已过八十，身体头脑健硕得很，一击桌面：娘个冬菜！这叫什么？暴发户，扳着手指头数数，一九七九三中全会；一九九二邓小平南巡；直到加入WTO世界贸易组织的二〇〇一，就算搭上每一班船，二十年算一代，头尾撑足一代挂零，成为贵族要几代？伸出一个手掌，推到眼跟前，再收拢握成拳——刚刚挣出草莽，原始积累，佯装什么腔调，不要怕他们，小瑟！当年的戏称，"小瑟"，听起来不由生出无限感慨。不过，阿郭接着说，小瑟啊，你的这本事，不能叫本事，也不能不叫本事，多少挨着风月，老话有一句，常在河边走，哪能不湿鞋！他说：阿郭的话我不大懂！几十年的时

儿女风云录　　79

间，他一直"阿郭阿郭"的不改口，仿佛主仆之间，事实上很有些多年父子成兄弟。十岁时候，父亲去西北，二十年后回来，儿子正是父亲走时的岁数，彼此生分，仿佛陌路上人。倒是阿郭，如影随形的。阿郭笑了几声，伸手点着对方：小瑟——本地口音里，"小瑟"很像"小贼"——小瑟，你装得很像！姜是老的辣，什么也逃不出眼睛。晓得藏不住，面露羞赧：我会当心的。阿郭真好像看见当年的小瑟，那双眼睛啊，若是长在女人的脸上，就是狐媚，在男人算什么呢？浪费，还招惹是非，想到此，不由叹气，心又软下来。对面的小瑟最能看山水，要不怎么是"小贼"，活泼起来：有阿郭的金刚罩，什么都不怕！阿郭经不得这奉承，"金刚罩"是小瑟母亲的话，她故去多久了？只怕已经投胎去了。

在阿郭的年纪和处境，经历着许多告别。时代更替，日月交换，走的走，故的故，渐渐地，就生出一种心情，四周围的人，都像是马路上的邂逅，稍不留意，一去不返。不仅是人，还有物，今天这样，明天那样，要命的是，你再想不起昨天是怎样的。尤其近些年，聚离的周期越发急促，赤脚都赶不上，形势相当惶遽。流徙的人世里，有那么一二桩不变，成为时间的坐标，小瑟母子可算一桩。人们，包括家主婆，甚至于小瑟，都问过他,是不是对母亲有意思,他正色回答:你父亲还在呢!也正因为有他父亲,阿郭才坦然不避讳,走进走出。内心里,不能说没有缱绻之意,她,不只是她,还是季丽娅的母亲,父亲,所以,又不是完全的男女之间——宾客如云,汽车夫们聚在专门的休息室里,他就是半个主人,吩咐送咖啡点心,雪茄盛在小篮子里,随便取,没有人会多拿,英国人的教养,正宗的贵族。小瑟母亲的茶会不可同日而语,无论规模,格局,排场,都要小几号。但小有小的情调,所谓小女子,为一副大衣纽扣,说得出一箩筐的见解。还有琉璃瓶里的插花,桌布的流苏,高跟鞋弓的曲度,都是一箩筐一箩筐的话。每回送女主人去,季丽娅的母亲也是茶会的座上客,要是没有其他事,就坐等结束。小瑟家没有大的规矩,房子也是弄堂房子,汽车夫差不多是自家人,当然,阿郭不是普通的汽车夫。这样,他就成了座上唯一的先生,小瑟还是孩子呢!逢到避忌的话题,女人们头碰头,簇拥一堆,用耳语交谈。心里好笑:哪个要听呢!阿郭还是个小伙子,没有成家,下人在一处,放纵得很,汽车夫又多沾染登徒子的习气,阿郭都被带去过长三堂子。姑娘看他年纪小,只让喝茶吃果子,没下手,保全了童男的身子,心窍却是开了的。男女大防之事,在女人和男人不同，不那么露骨，只在眼角嘴角，虽然听不见什么，单看表情就是有趣。再则，还有一个小瑟，也是茶会的美丽的风景。看着他一点点长起来，尤其那年去北京，不过年余时间不见，忽就成美男子，俊朗得不像真人，简直惊艳。领他走在街上，北京的街，就是车马大道，灰托托的风沙里，他就是一束光，路过都会站住脚定定神。有人以为他们是父子，那大的明显生不下那小的，年龄不对，生相也不对，可双方都不解释，仿佛喜欢这样的误会。所以，小瑟母亲在他，意味多了去了。他对家主婆说：你不懂！家主婆是俗话说的"浦东大娘子"，其实只长他三个月，家里大人定的媒聘。祖上出过状元，有一座大宅院，相较之下，他家就贫寒了。但时代变迁，状元的牌坊倒了，田地分了，宅子颓圮得不成样子，修又修不起，索性交给生产队，不要了。所以这一辈，都要做吃。反过来，他倒挣出头，成了公家的人，两家才算扯平。家主婆高中毕业，在浦西纺织厂做质检员，长得还能看，生一儿一女。阿郭曾经想过，把女儿说给小瑟，但本人是尝过高攀的味道，日后翻身也抵不过当时的屈抑，再讲了，小瑟长得太漂亮，怕是会生祸。阿郭自己喜欢出奇的人生，对儿女却平安是福，就搁下了。

家主婆生性单纯，说糊涂福，也可说通达，晓得天下事不能全懂。阿郭是聪明，什么都要追究到底，结果呢，还是有一件不能懂，那就是自己。以他的世故，看得出小瑟母亲对他不像他对她。谁能做个半仆半主的人？唯独阿郭。谁又能半亲半疏？唯独阿郭！细想想会委屈，阿郭也是人，再想想，沧海桑田，唯这两人从始至终，不定是三生石上的结缘，就释然些了。一路过来，每逢劫数都有他伴随，男人流放，他去探望；小孩读书，也是他的事；三年困难，黑市里买油买米买鱼肉；"文化大革命"，连夜通风报信，一袋子细软带走，末班轮渡过到浦东，藏在老家墙角底下；紧接抢占住房，他抢先带人贴上封条，趁职务之便，挑温良恭俭让之辈搬进，汽车间阿陆头家就是被他动员，无奈死活不依，只得放弃；之后落实政策，又是他一户一户安置出去，清空归还……

其时，小瑟成了没事人。家里的财政从来不过手，反正少不了他吃喝用度，房子交出去也不要紧，本来就嫌人少冷清，父亲不在家，仆佣早已经遣走，阿郭保住的整二层，一大一小两间，尽够住了。大学停课，政治学习也停了，因为不知道学什么。追求进步的同学都在革命，从一门拆成两派，"造反"和"保皇"，他站中间，不知帮哪边，也有个名号，叫作"逍遥"。本是有谴责的，他却很得意，"逍遥"是个好词，庄子不是有"逍遥游"！文化广场门口，遇见阿陆头，正是这时候。他说的"老同学"不会是生造，只不过未必有所称的交情，但他相信，即便等不到老同学，还会有别的际遇，不是吗？来了阿陆头。

同行的女朋友，躲在身后头，露出一只修长眼睛，审视地看着阿陆头，她地段医院打针间的护士。这一段，母亲发皮疹，诊断免疫系统的病因，吃了许多药不见好。阿郭介绍老军医，据说当年国民党修滇缅公路的随队郎中，瘴疠之地热湿毒重，是有秘传的。抗战胜利后解甲归田，过着避世的生活，虽不挂牌，也没处方权，但一传十，十传百，求诊的人不断，地段医院就收进来坐堂，配一个实习生，专门抄方子。事实上，老军医配的药很简单，一角钱一盒的绿药膏，另外就是，每天打一针维生素B12。小瑟陪老太太去！阿郭吩咐。沿袭旧称，加一个"老"字，这年母亲四十三岁，形容还很年轻，本地人的习惯，以长为尊，往年高里叫就没错。他反正闲着，每天领了母亲打针，一来二去，认识了柯护士。医院里人都叫"柯柯"，两年制中专护校毕业，所以，比小瑟晚生一年，却已经工作，那人还是学生。

柯柯打针的手势很好,母亲只认她,遇到轮休,宁可空一日。他问柯柯如何会有这般"妙手",学戏剧的人都会说话,"妙手"两字从"回春"来,既射医术,又射男女,她虽不很懂,也觉得风趣,不由一笑:练兵呀!这两个字很天真,斗争的年月,什么都染兵气,造反的学生叫"红卫兵",加班叫"会战",船厂作业叫"战船台",纱厂女工练接头也叫"练兵"。这回轮到他笑了。后来,休息那天,她就上门服务,带一个铁皮饭盒,装了针头针管酒精棉球。打针事毕,不会立刻离开,总要坐一时,喝茶,留饭。渐渐地,柯柯就上了灶头。看他母亲实在不是做事的人,显然被伺候惯了,错过时辰,怎么学也学不会。是命好,还是不开窍,精致的长相底下,生着一颗颟顸的心。这些没有逃过柯柯的眼睛,细长的单睑里,一双眸子有点像猫,平常时间闭起来,一旦有情况就变得滚圆,中间黑漆漆的芯子,映出对面的人和事。

柯柯的样子,属中国画的美人。淡得要化,但现代上海加了粉墨,于是芙蓉出水,就有些夺目了。透亮的皮肤,隐约显出浅蓝的筋脉,丝滑的柔顺的头发,梳到耳后,扎两个刷把。十二支细纱府绸衬衫,束进四开片半身裙腰,镂空搭襻皮凉鞋里,镶蕾丝的尼龙袜。城市西区梧桐蔽日的马路上，兴的都是这类女学生的风尚，既合乎朴素的时代潮流，又暗中响应上世纪三十年代好莱坞女星衣着，《罗马假日》奥黛丽·赫本；《蝴蝶梦》费雯·丽；《爱德华大夫》英格丽·褒曼……素面底下的摩登世界。

柯柯进出家中，自然会遇到阿郭，这两人按理说是初见面，不曾有任何交集，可是却都怀有成见，彼此抵触。阿郭称她"柯小姐"，她又不姓柯，这就带了些戏谑。柯柯呢，没什么幽默感，就觉得受冒犯，不好翻脸，只能做小瑟的规矩："阿郭"是你叫的吗？母亲跟着说：没大没小！他只"嘿"一笑。阿郭回应：自己人，不讲究！这就把柯柯排除在外了。那边没作声，转手给阿郭奉上茶，客套里的意思，到底谁是内谁是外？接茶时候，互相对视一眼。阿郭阅人无数，心里有一张谱，女人是感性的动物，直觉第一，柯柯就也不输他了。

林荫大道，人称亚洲的香榭丽舍，东西贯通。橱窗陈设华丽，间隔着轩敞的弄堂，或者公寓楼的大理石台阶，南北向的小马路，横切开的口子，里面是另一个世界，行道树的科目都不同了。木结构的二三层楼，瓦檐下伸出的晾衣竿子，万国旗一般。

临街店铺多是家常日杂，酱园的伙计用铜铫子计量；小孩子的零嘴拆成两分钱三分钱的价格，黄裱纸裹成三角包；酒馆门口还插着幌子，你信不信？小黑板上写着赊账的记录，有一种明清时候的市井气氛。柯柯就住在这里。

家里三代女人，外婆，母亲，她。父亲早年去了香港，记事中，有一二次出现，以为来带她们走，结果，还是一人走，三人留。再后来，那一个人也不再来了。邻里传说，做母亲的本不是正房，连二房三房都算不上，也不能说外室，因就是家里女眷的梳头娘姨。战事吃紧时候，合家举迁，仆佣们除几个贴身又走得开的，其余都打发了。大人说话不避小孩，看形势猜也猜得出几分，就晓得自己是被遗弃的，"柯柯"的名字其实是"苦苦"，沪语里"柯"发"苦"的音。然而，不遭遗弃的命运未必好到哪里去。前后左右那些人口多的户头，吃穿急巴巴的，做父亲的，打贼似的打小孩。她从来没挨过父亲的苛责，定时倒有香港寄来的包裹。她的衣着最时新和整齐，眼睛会开闭的洋娃娃，磁石搭扣的铅笔盒，"嗒"一声吸上了，三年困难时期也没饿着，铁罐的猪油，袋装大米，白糖香肠……所以，遗弃并不见得是一桩惨事。背后的闲话不好听，那就不听。她进来出去不和人招呼，或抬着眼睛或压着下巴。这是学她母亲。外婆和她们相反，持一种热络的态度，有些秘辛多半是她漏的风，也有好处，邻里关系不致太冷淡。家里没个男人，终究不方便，保险丝烧断，水龙头的橡皮垫圈老化，窗户外的树梢挂了马蜂窝，甚至于，罐头瓶拧不开盖，说是鸡毛蒜皮，可也会误大事。从这些迹象，柯柯得出结论，父亲不必要有，男人还是应当有。除了实用的心理，也有一点点好奇。家里清一色女人，初开鸿蒙，读的卫校，又是清一色，不免让人生厌。所以，异性在她，不只意味儿女之情，还是不同的人类。年轻女孩，即便身处俗世，甚嚣尘上，总还是天真。

后来，小瑟去她家。弄堂前排的街面二楼，底下是个小烟纸店，他站在马路上一声声喊她名字，老板娘不看他，埋头生意，其实浑身上下都是眼睛，对面马路也是眼睛。叫了一阵没反应，再要叫人却在了身边，倒把他一惊。跟了她绕到后弄，一路又引来许多眼睛，他不免瑟缩，她却坦然，甚至是轩昂的。脚步轻盈，进门，上楼梯，天蓝色的海绵拖鞋在他脸面前翻花，粉红的脚跟时隐时现。她穿了花布睡裤，上身是穿旧的嫌小的白布衫，羊角辫交叉束起，用铁卡别在脑后，颈项上散落些碎发。白色护士服里是一个人，端肃严谨的出门装扮又是一个，此时这一个最让人想不到，却又最稔熟，仿佛朝夕相处。他不是没见过女人身体，相反，已经见多不怪。练功房简直就是个大浴堂，赤裸的胳膊腿摩肩接踵，散发着汗气，人都麻木了。他还接受过女同学的性教育，似乎过于坦荡，少些回味。相反，更早期的阿陆头又太神秘，好比镜中花水中月。这里则是家居式的，常态化的私隐。走过黑漆漆的楼道，陡然一亮，向南的客堂，上午十点钟的太阳，从窗棂格子里照进来，连地板缝都是明晃晃。

柯柯的母亲、外婆都是长相后生的女人，苏州籍。他在心里比较，三代人中，母亲最标致，外婆善交际，这两项柯柯都落分，可是，她年轻呀！剥出壳的鸡蛋似的。顶墙放一大一小两张床，他很肯定，那张单人的是柯柯睡，上面覆的蓝红白条纹泡泡纱床罩，双人的则米白镶流苏，垂到地面，盖了并排两双拖鞋，绣花和黑色缎，是老成的。

房间里站进他，顿时显得拥挤，外婆仰头望去，手从额头比画到对面胸口，再回到自己额头，说：小人国！他笑起来。柯柯母亲倒有点窘，推老太到灶间去。所谓灶间，就是出房门拐弯处，楼梯下的一具煤气灶。柯柯里外穿梭，传递东西，他一个人并不觉得冷清，因前后都是忙碌的人。试着转动落地窗的把手，豁地打开，站在阳台上了。阳台只一步深浅，顺外墙延伸，与房间同宽。平时经过无数次的小街，原来只是走在外壳，此时进了芯子。隔壁阳台的小女孩子，摘盆里的凤仙花染指甲；对马路弄口，剃头挑子的板凳上，小男孩脑袋摁在胸口，杀猪般地哭嚎，旁边一个男人，大约是他爸爸，还打他；一个刀条脸女人提一铅桶山芋在走，觉得面熟，等她转过街角不见了，方才想起是他们弄堂口绸布店里的女店员，每天早上广播体操由她领操——大马路上的许多人，原来就住在这里：公寓大楼开电梯的驼背老伯，说一口洋泾浜英语，掺着零散的法语单词"绷如呵""玛达姆"；邮局送信的，本已经过了外勤的年纪，照顾他家经济困难，每年免费供给两套制服，一单一棉，还有自行车做交通，听阿郭说的，阿郭像是包打听；甚至看见一个滑稽演员，不是爱看滑稽戏吗？叫不出名字，却认得那双八字眉，其实本人挺端正，而且严肃，西装革履的，就这点看得出是演员，演的是洋行里的见习生，正在兴头上，房间里喊吃饭了。

　　饭桌上七八个碗碟，家常菜，但在时令上，又精细。绿豆芽掐两头，茄子刨皮，番茄也去皮，冬瓜汤是用糟货炖的，最见功夫的是烤麸，没有一点水泡气，酥而不烂，甜而不腻。他们家的品味是由娘姨决定，扬州的以红烧主打，浙系的则是一个咸字，母亲自己不会做，就不敢提要求，倒是阿郭看见了要说，那就变成浦东本地风格，乡土的气息。如今自己对付一日三餐，更谈不上什么风格，做熟即可。他几乎忘记放筷子，等上了饭后的糕团，终于饭毕，他又忘了告辞。看主人收拾饭桌，一遍遍给茶杯添水，其实有些逐客的意思了。老太太吃得少，但独要加一杯黄酒，打一个鸡蛋，搅匀了喝下去。此时盹着了，又惊醒，看看他，表情迷茫，想不通为什么有这人在，不知道什么时候，又是什么地方。柯柯换了衣服，说要到医药公司买一种药品，是单位交代下的事情，问他去不去，这才站起身，意识到坐久了。

他们开始交往。这时候，他家的住房压缩到二楼一层，一南一北，一大一小两间，卫生间独用，厨房占一角煤气灶的位置，烧饭烧水就要跑上跑下。底楼统归一户，父亲母亲带两个孩子一个老人；三楼两户，大间三口之家，小间一对新婚夫妇。经阿郭调配，他和母亲基本保持原来的起居模式。新邻居当然属于历史清白的平民，但不是那种激进的革命派，母亲曾经试图热络感情，碰了软钉子，便放弃了。双方淡然处之，倒相安无事。上下两层的孩子年龄差不多，转进同一所小学校读书，很快走动起来，经过二楼时候放轻脚步，有些敬畏似的，不见得对他们，而是这幢房子自有一股肃穆的气氛。现在，柯柯成了常客，厨房的活动又多，调羹做汤，消毒针头，都要用到煤气。邻居们当成二楼住家的人，水电拆账，收费缴费，都与她交割。连带着，居委会分发蟑螂药，通知大扫除，过去找阿郭的，现在也换作她。那两个大半是看不见，看见了也听不懂话。居委会女干部出言鲁直，青红不辨，称她"媳妇"，她不应声，那人倒有点窘了。阿郭遇到过几次，心里说，是个角色！

　　阿郭的足迹疏阔了，许多庶务让柯柯接手，人情便远了。那母亲原是有忌讳，无奈凡事必求人，这边厢有了柯柯，那边厢倚赖少了，变得客套起来，客套就是生分。阿郭什么人？心里一潭清水。小瑟依旧，还是和他亲，见面不晓得有多少话讲，硬是不让走，吵着留饭，要柯柯展示手艺。柯柯笑着说：对不起，我上夜班，下回烧给爷叔吃！那母子都是不领世故的人，没有眼色，听不出话里有话，只觉扫兴。阿郭很会解嘲，也笑着：心领心领！柯柯站起身，停一步，想说什么，又没说，反手带上房门，下楼去了。门里很奇怪的，活跃起来。

阿郭摸出烟盒送过去，母亲拈起一支，火柴正好擦着，欠过身子——瞬时间，光阴逆转，有默契生出来，仿佛是，终究末了，还是他们三个人。母亲让小瑟取来父亲的信，给阿郭看。父亲已经正式成农场职工，有一份薪水，虽然不能和过去比，但西北地方，好比沙漠，有钱没处花，所以尽够，还有结余寄回上海家里。他做了几项技术革新，仓库里的排风，节煤锅炉，什么装置上的活塞还是机杼，母亲说：他从小喜欢做这些，我婆婆叫他"拆家"！小瑟对父亲没有太深的印象，但幼时的玩具，就是一堆拆散了的机械零件：八音盒的机芯，发条舞女的立座，蒸汽动力艇的大小马达，小火车头和一节一节轨道……他没有父亲工科的天赋，完全不清楚哪里是哪里，搅混了摆来摆去，很快就厌倦了，便弃下走人。下一次再摊出来，再搅浑，再弃下。循环往复，倒也消磨了一些时间。阿郭在父亲落魄的日子认识他，脖颈上的法兰绒围巾破成丝丝缕缕，咸鸭蛋的壳嚼碎咽下去，母子俩说的，仿佛另个人，写信的则是第三个。无论如何，这边和那边已经习惯了分离的生活，都不提归期的话题。

烟抽到头，摁灭在玻璃缸里，余下薄雾缭绕，暮色却上来了。氤氲浮动，人脸忽明忽暗，有点像假的。说的事呢，也像假的，八辈子都过去了。他们甚至说到季丽娅，带过去的一个厨子偶尔传来消息，季丽娅，主家姓尹，就是尹小姐，在剑桥读大学，嫁了洋人，自小在洋人堆里长大，中国话都说不顺溜，早变了种。上海有英租界，小孩子做的游戏都是英国式的，具体想来，又是哪个爪哇国的地方？更像是假的。俄国舞校的校长和夫人呢？小瑟问，那就不知道了。更衣室小孩子的汗臭，跳舞鞋的底沾的蜡和滑石粉，几乎都嗅得到。他是最小的一个，被大孩子，尤其女孩子，挤来挤去，推进角落，又扯出来，多少是存心。有个大男孩，屈起手指尖，猛一放开，正好弹在他肋骨上，紧身衣底下的鸡肋骨。后来，他蹿了个头，小肚子底下鼓起一小坨，孩子们就收敛了，他却开始想念那些欺负。

上世纪六十年代末尾，一方面是停滞的时间，学校停课，电影院关门，街道上的流行也收起进度；另方面，流速又是湍急的，许多事情同时发生，就拿小瑟家来说，私宅里搬进陌生人，弄堂变得嘈杂，祖父母相继去世，草草收殓，他们就蒙在鼓里，事后还是阿郭告诉的。认识柯柯在这当口，看阿陆头他们演出也是，紧接着，学校下乡劳动了。

学校叠加挤压的毕业生，下来安置方案，很难说是回归正常社会秩序，更可能出于收伏的意图。大批青年人流散社会，又都接受过街头革命的洗礼，荷尔蒙加理想主义，能量是蛮吓人的。中学生还好些，听风就是雨的，多是跟屁虫，大学生就有主见了。读书越多，越教条，其实是教育的结果，要用另一种教育替代，已经来不及了。形势稍事平靖，政府终于想起他们。小瑟的学校派往钱塘江边的农垦部队，地理地貌在上海人的认识，常以名胜为概念，听到钱塘江，想到必定是"观潮"，兴奋得很。他是去过外地的，在北京一年有余，苦闷遮蔽了心情，只有和阿郭的几日，领略到新奇，但急着回上海，又减去一些乐趣，对外面世界还是惧怕，阿郭又不能陪着他。然而，他到底长成大人，胆子也壮了，就想着出去看看，所以也有期待。母亲是个独福的人，当年他小小年纪独闯远乡，都没什么眷恋，这一回最关注在儿子有了进账。自从定息停发，公婆那边按人头领生活费，没他们母子的份额，公婆去世，连自己都没有了。过去的结余有限，父亲寄来的钱更有限，阿郭有心接济，又怕冒犯，所以从未提起过。实在看不下去了，到街道工厂争来织毛线的活，计件付酬，多少贴补一些。儿子一旦落定，母亲立即划分了上缴和自留的比份。小瑟的财政意识很淡薄，因向来没有可支配额度，你信不信,这么大的人,口袋里没有零用钱,可是,似乎也不拮据。小时候用不着钱;在北京好像自由了,可是吃住包干,真正的社会主义,也没有钱;到中学里,女同学零花钱很富裕,也不能叫零花钱,应该算生活费。她家的经济也是社会主义式的,以食堂为基础,父母发饷那日,由大宝去买一叠饭菜票,发放下去,个人自行管理,可直接用于一日三餐,亦可兑换现金,交易市场就在家庭内部,几个"宝"之间。柯柯则是挣工资的人,出去消遣归她开销。他受恩惠惯了,坦然得很,但领到头一笔薪水,立即请柯柯吃西餐,心里是记她好的。

尽管有这许多激励,离别还是让人伤感,临走的那一日,两人的关系向前迈了一步,就在柯柯的小床上。苏州有老亲过世,母亲和外婆去奔丧,留下一个空房间,做成二人世界。完事之后,天色已经全黑,路灯亮起来,映在窗帘,一格一格的窗棂。手摇铃由远及近,由近及远,伴随不疾不徐的声音:"当心火烛,门窗关好"。仿佛来自古旧的日子里,已经走到看不见,不料想,一转弯,又回来了。这城市的纪年,不以时间,而以空间,一个街角、一个街角划分。阿陆头蝉蜕般透明的小身影,就在窗下,随铃声远去。他这个没心思的人,忽然感慨到光阴流逝,人世恍然。这也和性事之后的倦怠有关,激情退潮,降回水平线,甚至水平线之下。他和柯柯之间,本来应该更近,结果却远了,似乎是,该发生的都发生了,再没有可瞻望的了。

他消沉地入睡了,也许只一小会儿工夫,醒来时,房间里开了灯,光沿着玻璃罩子的荷叶倾下,静静地照了桌上的碗盏,碗盏里的饭菜。柯柯里外进出,换了衣裤,头发梳齐,紧紧束起一把,只有耳垂上的嫩红,透露出一点迹象,暗示方才发生什么。他们坐定吃饭,对面人家倘若看见,会以为是一对陈年夫妇。他没有体验过真正的父母儿女的生活,单亲的日子总是缺角的,拢不住家,所以也就没有多少向往,此时只觉得沉闷。但口舌间的快意很快唤起食欲,多少驱散平淡,起来另一种兴奋。要等他去了农场,尝到劳作的勤苦,大量消耗体能而不得补充,成饥馑的动物,怀念起这餐饭食,以及之前的床笫之欢,几乎就是一场帝王盛宴。由此生出感激,感激柯柯愿意跟了一无所有的他。对柯柯的思念变成一种饥渴,压榨干了的身体,夜里却还遗精。中午背了人,在河边搓洗床单,太阳晒得发昏,天地都在摇晃。他是个感官至上的人,身体的苦楚最终都转移到精神,真是苦闷啊!少年时在北京,熬不下去,由着性子中途放弃,而如今,连放弃

儿女风云录

的自由都没有了。

半年后,回上海休假,无数的夜晚里想象,和柯柯的缠绵,一次也没有重演。她的母亲和外婆一直在家,腾不空房间。他家呢,虽然有单独的卧室,即便白天,他和柯柯在亭子间稍作流连,上面就要喊了。也没有什么要紧事,不过泡个茶,买个点心,或者阿郭来了,见见人说说话。阿郭说"不搭界,不搭界",却是最"搭界"!他有一双穿墙破壁的眼睛和一对顺风耳。如此,他家绝然不可能有什么动作。这是客观的妨碍,还有主观上的,不知分离所致,还是过于敏感了,他们变得生分。尤其柯柯,新添一种矜持,过去不曾发现的。事先说好去她家,她总是穿上见客的衣服,态度端庄,连私底下的亲热都没了。有一次,晚饭后散步,直走到外滩。防波堤上,一溜排开情侣,还没走近,柯柯便急切转身,向后退去,像是拒绝诱惑,避免被玷辱,还有就是,生怕他趁机不端。假期很快结束,又要回农场。这一次走的心情,和前一次相比,同样看不到前景,当下却也是未明。

他一改往日的懒笔头,频繁写信,回音似乎慢了。因邮政不畅的关系,更因为人们已经习惯他的离开。焦虑中等到,母亲的信基本是一份账单，收入多少，支出多少，中间的差额多少，倘若寄他一个包裹，就是货物清单和价目表。柯柯的文字向来是节制的，性格使然，事实上，她天生缺乏风趣。倒是阿郭比较有意思，他会告诉街上的流行，"革命的摩登"，他这么说，顺便带出一些旧闻。说是曾经有个阶段，长三堂子的"先生"，那时候，青楼女子称"先生"，斯文吧？风尚是戴眼镜，学生装扮……阿郭笔下生动的上海，和他身处的环境更疏离了。

但艺术院校的学生总是活泼的，自己找乐子。应场部要求，排演文艺晚会，居然凑起一台样板戏。先是《白毛女》第一幕，杨白劳死；喜儿没有被黄世仁劫去，而是与大春成功脱身；为防追兵，分两路走，一个找八路军，一个避往深山；山中路遇洪常青——他演洪常青，因脚码太大，找不到合适的舞鞋，索性光足，得雅号"赤脚大仙"——喜儿得银毫子和指引，一路奔波，竟到了沙家浜，开出茶馆，隐名"阿庆嫂"；话起话落，刁得一进村，实是来自杨各庄，本名黄世仁，于是有了"智斗"一场；结果胡传魁出局，遭遇八路军，逃窜威虎山，化身小炉匠，邂逅杨子荣；这边周旋，那边少剑波得情报，带小常宝上山。小常宝就是参军的喜儿，杨子荣即大春，亲人相聚，共同迎接解放！整台演出，有歌有舞有说，极为热闹。兴起之时，又派生若干情节，有离间计，有三角恋，眼看就要豁边，领导赶紧叫停。革命的狂欢在此多少带有颓废，不良情绪加上青春期，一旦释放相当危险。农场干部基本来自退役军人，场员的构成很复杂，劳改犯、刑满留用、城市疏散人口，都是驯服的。上海大学生可说异类，个个都是刺头，不好惹得很，经常发起冲突，多以安抚化解。排演晚会已经到怀柔的上限，再退让就不可能了。彼此都耗尽耐心，临界崩溃时候，谢天谢地，院校召回学生，分配工作。

回上海，柯柯持欢迎态度，原本来寒了心，冷却下来，又回暖了。甚至有一次，在亭子间里，他们又有过一回亲密。难免惴惴的，箭在弦上，他是由不得自己了，柯柯也是坚决的。幸运的是，母亲没有喊他，所以就没有打断，一气呵成。邻居们都不在家，楼里悄无声息，完事之后，两人蹑着手脚下楼，出门，一溜烟走了，仿佛逃逸的犯人。晚上回来，母亲自己吃过饭，坐在灯下编织绒线活，脸色平静，他心里起疑，会不会是个默许？

关于大学生分配的传言，早在坊间流传。说法各异，解释也很活络，杂芜得很。有一项是独子不去外地，如果家中已经走了一个，余下的算不算独子？还有一项，婚姻中人留本市，同时传说核物理专业的学生,先让结婚生子,再派往西北基地,就是个反证。偶尔遇到女同学,她没有结婚,但分在上海的科研所,又是个反证。所以,莫衷一是,无所适从。他和母亲都是乐观主义者,挑好的相信。他符合"独子"的条件,婚姻呢,也有机会,现成的人选,就是柯柯。如此,就是双保险。择一个星期日,请柯柯全家,所谓全家不过就是三代母女,上"绿杨邨"见面吃饭。母亲除茶会上的女客,没有见过其他人,不会寒暄也罢,态度还倨傲,倒给他添负担,顾虑场面尴尬,他可从来没经历过的。两边都没有父亲,阿郭成了主事的人。柯柯家再回请一顿,饭菜就取得好感,阿郭也放下成见。非常时期,又是这样的家庭,婚宴免去了,直接到派出所登记领证,柯柯住进小瑟家,做成一对新人。

正可谓尽人事听天命,两项规定都满足了,他还是分到外地,湖北话剧院。

五

即便在计划经济的时代，依然存在隐匿的生计，分工细化的社会里，应需求而起，管涌一样，挤出坚固的体制层级。上世纪七十年代，一方面，国家统筹严密治理，另一方面，又是无政府，自古有百密一疏的说法，指的就是这个。否则，这许多无业的青年，谁给他们吃饭？逢到灾年，歉收的农人向城市觅食，又是谁供他们？生产停滞，交易受限，珍宝岛打仗，还要支援世界革命，多少大事情，谁顾得上草芥小民？还要靠自己！具体到个体处境，却是茫然不知所措。

拿到入职通知，湖北的人已经住进学校招待所，等着面谈，他也去了，没有进门，反身离开了。他是尝过外埠的滋味，湖北那地方，最著名是热，他最怕热，还不知道方便不方便洗澡。据说又吃辣，他又最怕辣，胃不好，也不是真不好，是出于防微杜渐。只这两点，也不适宜居住。而且，柯柯恰巧怀孕了，更不能去外地。他骑车回家路上，罗列一项一项理由，心里安定下来。唯有一点顾虑，就是收入要断了。可他不向来没有收入？农场的那份工资，完全是偶然，天上掉馅饼。所以，这是他最不愁的。他自己的问题迎刃而解，余下的是母亲和柯柯，不由发怵了。似乎是，他可以不服从国家，却不能违抗母亲。结婚了，又多了一个管他的人，就是柯柯。她们要是逼他去湖北怎么办？这样的想法，说起来挺荒唐，可女人就是荒唐的物种！自行车忽拐个弯，掉过头，朝另一个方向驶去。北京的时候，阿郭带他回上海，现在，留在上海，还是要请出阿郭！

起初的日子，在屈抑中度过。他包下所有的庶务，人家都有工作呀！老婆上班，母亲编织，已经退回去的活又讨回来。口袋里没有一角零用钱，菜金日杂天天报账，账要轧平才放过关，因采买都是他的事，说话行事还看她们脸色。其实也是自己太过拘束，那两个女人内心未必多他一双筷子，只是争面子上的威风。

柯柯甚至还高兴他在身边，新婚又在孕期，母亲其实也是，婆媳单独相处总是有忌惮。阿郭早说过，柯柯是个角色，她妈是个角色，外婆则是——阿郭竖起大拇指："一只鼎"，人里的龙凤，母亲本不是对手，哪里扛得住一对三的布阵。现在，两人倒联合统一战线，为了拿住他，就都不露，而是一味地逞强。一时间，他就成她们的奴仆。做女人的奴仆自有一种乐趣，亭子间夜晚里的缱绻，虽然三个月后就停了性事，但偎依总是被允许的。手按在隆起的肚腹，捕捉胎心跳动。柯柯给他补上男女交媾的生理课程，别忘了，她可是护士学校出来的，在此即带有意淫的效果。万万想不到，女人安静的外表底下，原来藏着荡妇的本性，真是折服。母亲的牵攀是以疾病的形式，吃饭到一半，睡眠也到一半，或者三个人围桌打牌，渐渐身子软下来，躺平，额上沁出冷汗，热毛巾、热水袋、热汤面，又渐渐坐起，摸索着牌，继续打下去。这样一过性的发作，很难诊断症结，每一次就医都无果，索性放弃了。有几次，无意中与他对上眼，速速避开，很像逃学孩子的伪装。坐在病榻一侧，恍惚回到幼年的下午茶会，倚在母亲膝前，听女宾们的夸奖。其时，那个腮圆圆、鼻翘翘的小男孩，换作长脸、长身、颀长四肢的俊美男子，母亲则变成小女孩。强弱反转，他才是掌控局面的人，她们在向他争宠呢！得意的心情稍纵即逝，到底她们是挣钱的人！

同在钱塘江农场劳动锻炼的，隔邻连队是音乐学院，声乐系，民族唱法专业有一名调干生，来自山西地方戏曲团，得了一个外号，小二黑。样板戏串演中，饰演大春，正好与他的洪常青前后衔接，就有了交割。这小二黑比同届学生年长一些，人长得魁伟。山西那边，与北方少数民族多有混血，这一个也是深目隆鼻，和他站一起，一个瓷白，一个铜紫，仿佛同宗不同族的兄弟。农场派人去杭州修手风琴，两个连各出一个人工，正好他和他。场部宣传科主任说：亚非拉兄弟齐上阵！这主任打过抗美援朝，前身是解放军战士，嘴头很油，和学艺术的男女投缘，却容易惹祸端。两人在杭州住一晚，与一对新婚旅游的小夫妻合租游船玩西湖，奎元馆吃虾爆鳝面，全是小二黑做庄。因他带薪读书，还因为生性慷慨。他呢，并不像传说中的上海人那般刁钻，凡事都好说话，样样听他的，澡堂里泡大池子，爬上来，雾气蒙蒙中，错拿小二黑的裤衩擦脸，也不觉有什么。彼此产生好感，事后还互访过几次，说好回去再约了一起玩。两个学校离开不远，马路上都可能撞个对面，可是人海茫茫，又在前途的歧路，之间便淡下来。却不料，两人又遇上了。

本以为小二黑回山西原单位，调干生往往是委培，哪里来哪里去，但民族化政策兴起，小二黑竟然留校了。在上海没有家，学校一时也给不出住房，就在琴房搭张铺，暂且安下身来。重逢之际，小二黑正谈恋爱，女朋友是下乡知青，来沪探亲就不走了，滞留上海学习声乐，同时寻找机会报考专业团体，所以，她还是小二黑的学生。这才知道，大一统的行政格局之下，潜在有一个小社会，由回流的知识青年和外地招募人才的单位构成。样板戏大力普及，部队和地方都在配置大型京剧和舞剧的编制，上下求索，大城市资源最集中，尤其近代开埠的摩登上海，弄堂深处都听得到钢琴的声音。样板戏的革命趋向追根究底就是西洋化，国剧都要交响乐伴奏，宫廷舞蹈则用来做阶级解放叙事。当他应邀去到小二黑栖身的琴房，单人床沿上挤了一排男女少年人，等候问诊似的，依次起身，站到钢琴前试唱。小二黑高坐琴凳，君临天下的姿态，指点江山，挥手即去，招手即来。多去几回，他发现，小二黑的琴房除了教学，更是个信息聚散地。什么省市或者军区的歌舞剧院来招生，哪些项目，入驻哪个宾馆，又借用哪里面试，等等。有的时候，来人直接走进校门，穿过荒芜的院子，从乐器车间、开水炉灶、食堂的后厨，曲里拐弯地，来到小二黑的琴房，夹在男女孩子中间。等主人慢吞吞洗漱，多少是故意的，终于坐上琴凳，问诊启动，一个个站起来表演。来人的脸上，不禁流露惊讶的表情，这些孩子，多半受过相当专业的训练。马路上驶过汽车，摁一声喇叭，即可在琴键上按出音高。教育中止，影剧院歇业，演出停摆，一片沉寂中，竟然活跃着艺术生活，甚至于，比正常的日子更有生气。仿佛，人的天赋都涌进这一条道上，正应了能量守恒的原理。偶尔一两次，经小二黑疏通，考试借了学校的教室或者排练场，那就要到晚上，下班以后。所谓上班不外是开会，所以，场所就都显出凋敝。钢琴上蒙了灰，有些键锈住了，不肯出声，就要揭开箱盖，下手拨一拨；桌椅推到墙根，露出磨去蜡光，枯白的地板；玻璃窗上贴着米字条，一号战备令防空措施的遗痕；声波震动，天花板的灰串子和蜘蛛网落下来……就算是这样的寥落，气氛依然是肃穆的。由于紧张，也有空敞的原因，声音显得弱和干，缺少光泽。狭小封闭的琴房就像一个共鸣箱，某种程度上起到修饰作用，此时水落石出，见了分晓。

招生的规模逐渐扩张，多个门类和各路团体，汇集起来，开辟大考场。与此同时,艺术教育的需求也在壮大。声乐、器乐、戏曲、舞蹈,这就涉及他的领域。由小二黑引领,他走入这个小社会。身边忽地聚起一帮男女,急切投奔文艺团体,继而脱离乡村,从农户重新转回城市,获得公职。他也像那个内地人一样地惊艳了,这些少年人,多半出身文艺宣传小分队,不知从哪里觅到样板戏的动作图谱,能拿下一整台芭蕾舞剧。他想起阿陆头,阿陆头到哪里去了?一眼看出去,周围的女孩都是她,又都不是。她们都有颀长的四肢和颈项,脚弓很深的双足,"探海翻身""倒踢紫金冠",几十个吸腿转,稳稳落地,很难相信是无师自通,但就是无师自通,瞒不过他的眼睛。坐在考官后面,即各单位来招生的干部,其中半数以上非专业人士,考生下场,前排翻转身来,向后排征询看法。叨陪末座的,其实是一个权威性质的顾问团,虽然没有名义,但给出的评价却举足轻重。这已经足够好的了,小瑟不再是承欢女人膝下,真有些哈巴狗的意思,对着那一排欠身而向的仰视的脸,不禁眼睛发潮了。更意外的事情,就是收入。招募方以劳务计酬,报考者是答谢的形式:宴请和馈赠,包括礼金。有时自己出面,还有时是家长。他见识到家长的能量,不可小觑。有一位出手一架斯坦威钢琴,要知道,那个内陆地级市全城只有一架风琴,当年传教士留下的;另一位给的是化肥额度,至关农业省份财政经济;各种批条,生产原料、机械设备、出口转内销物质、车皮、船运泊位……私下里,和小二黑玩笑:倘若部队歌舞团,会不会送军火?小二黑并不以为戏言,镇定回答:只有想不到,没有做不到。

舞蹈和别项专业不同,教与学需要场地,但也不要紧,生态已经形成,愈趋完整,缺什么补什么。除个别考生自己提供,还可以用交换的方式获取。比如,你带我一个学生,我替你借用几小时练功房。有时候,不是一对一就解决,而是辗转几道。比如,你收到的学生,不是舞蹈,而是声乐,那么,就到了小二黑那里,小二黑兑给你的,不是练功房,是一间画室,习画的年轻人也在翻倍,因剧团需要美工,仿佛"文艺复兴",又像来到"乐经"的时代。总之,互通有无,无中生有。现在,他是个忙人了,除上课和考试的正务,还有附属的出勤,就是吃请。最夸张的情形,一餐饭拆作几个席——冷盆这一处,热炒那一处,点心第三处,实在排不上的,则以实物替之。黑龙江的木耳黄豆,安徽的花生芝麻,内蒙古的奶制品,江西的笋干茶叶,甚至全实木的一具五斗橱,他独自骑一架黄鱼车,到江边码头取货,远远看着泊船的上方，穿透夜幕，过来一个大家伙，终于上岸，装车，轮胎一瘪，才知道材料的沉重。细想起来，是有些凄楚的，少年人撒谷子样撒出去，茫茫中找路，一步一步向家靠拢，也不知道方向对不对，最终又能走到哪里。如果上天有眼，就看得见地缝里，蝼蚁奔波，蜂群寻觅巢穴，墙洞里的燕子窝，扑扇出来飞物，投在水泥壁上，跌落楼宇的沟壑。

他们这些人，其实是寄生物，从宿主汲取养分，可不就是生物链吗？哪一个物种不是互相依存？家务重新回到女眷手里，柯柯产假结束上班，工作的地段医院就在马路对面，插空当回家哺乳，换尿布，抑或只是抱一抱。母亲回掉了里弄生产组的编织活计，专职侍弄婴儿。她没带过孩子，就在孙子身上找补母性的一课。相反，柯柯天生就是，小时候玩过家家，她总是扮娃娃的妈。两个女人有点争，他倒成了局外，仿佛一眨眼间，多出一个白胖的小人儿，有些纳闷，这是谁啊？到他们家来。听人叫"贝贝"，就知道有名字的，从英文"Baby"脱出来。长着长着，真长成个外国宝宝，和他襁褓时的照片，几可乱真。但眉眼应该是柯柯的，细长的单睑，眼眸里有一种审视的神情，仿佛有意识。夜里，正行夫妻之事，贝贝却醒来，不哭不闹，睁眼顾盼着。他不禁窘起来，从女人身上退回自己的地方，柯柯不动声色，只是看他，也让他窘，不知道要不要继续。生育使她变得丰腴，乳汁分泌出激素的气息，按理说会增强肉欲，奇怪的是，与此同时生出一种肃穆，称得上圣洁。那些放肆的闺中术想起来让人羞赧，他对她有点生畏呢！难免感到压抑，但慢慢地，习惯了，便轻松起来，欲念其实是累赘的。

生活走上轨道，和大部分家庭一样，男主外，女主内。他早出晚归，难得在家，孩子都认不得父亲了，还出差过几回，去异地送考和教课。受着人们的款待，外埠的生活并没有那么可怕了。住宿政府招待所，简朴的表面之下，基本设施齐全，也足够清洁，甚至二十四小时热水供应，即便没有，服务员会用扁担抬来开水，浴缸早已经擦得雪白，毛巾也是雪白。饭菜的烹饪也许粗糙，但新鲜呀！肉菜是一清早农人拉着平车送进大院，厨子也肯下料，味厚，量又大，丰饶富足。他对许多食物更新了认识，比如产麦区的面点。黄泥炉壁上的烧饼，焦香松脆；馒头划拉几刀，凉水盆浸一浸，笊篱捞起，扔到油锅，外黄内白，也是焦香松脆；疙瘩汤、片儿汤、猫耳朵、酸汤饺子，那就要看汤了。鸡鸭鳝鱼骨，萝卜打成丸子，水洗面筋，药材包，芫荽、蒜苗、京葱、香椿，过去不沾的，现在成了爱物。他有生头一回乘坐软卧，线织的镂花窗帘，纱罩台灯，白瓷盖杯里的新茶，乘务员的笑靥！他实在没什么见识的，无论质朴和奢华——上世纪七十年代的奢华，是权力的象征，带有精神物质双重享受。这就是城市市民，生活在上下阶层之间的狭缝，窄得不能更窄。现在，眼界拓开了，方才知道山外有山，天外有天。他差一点乘上了飞机，可惜没有单位证明——方才意识到他是个没有单位的人。同去的人都去机场登机了，只他一个走陆路。邀请方将机票钱折成现金，增添了收入，而且用吉普车直接送上站台，遗憾的心情没有影响多久，便消失了。

邀请的多是地方团体，从戏曲转型歌舞，新进学员常是以武功的标准，老师也是武生刀马旦演员，现教现学。小孩子明显落下毛病，不长个，或者肌肉变圆肉，三五天的时间纠正不过来，只能输送一些概念。他尽力而为，因要对得起信任，这又是外埠人给他的教育，笃诚。是不是出于好感，还是新的眼光，他开始欣赏不加文饰的美。他通常去到的黄淮一带，真正的中原，历史上罹患水灾和兵祸，以贫困著名。概念之下，就总是灰暗的印象，具体到细部，却有惊艳。令他意外的，那里的男女都十分标致,当然,歌舞演员是经过挑选,但也堪称代表。上海都会中人,固然有一番风度,出自内修外养,内省城市则全凭实力。再有,莺飞草长的江南,生相清丽细致,到底欠缺些气象,不像大陆性气候带的大开大阖,生相轩昂。男子个个可扮周瑜赵云,女子呢,古寺里的观音,仿佛都是用她们做坯子。他和小二黑讨论两类差异和来源,身处俊男倩女之中,免不了此类话题。他从地缘风土作解释,小二黑从人文历史出发,你想,小二黑说,华夏自商朝立都安阳,然后周朝,西安洛阳,再然后燕赵,周旋西北,即便六朝南京也在长江彼岸,那已经顶格了,再下去即亡国偏安之时,霸气收缩——这有什么关系呢?他以为小二黑离题了,不得不打断,谦恭问道。大有关系!小二黑说,你想,皇室挑选民女进宫,非出类拔萃而不可,最佳推出,几代交配,好比稻麦的良种,人里的龙凤,就这样产生了。他听着有理,不停点头。小二黑接着说,你再想,华夏中国,立都为什么倚北向南?他改点头为摇头。因天朝的威胁来自塞上游牧民族,匈奴,突厥,鲜卑,女真……大理国呢?他稍稍反驳一下,小二黑伸手阻止他:一下子就让忽必烈灭了,都是些零碎小朝廷,窝在山坳里,成不了气候,忽必烈,食肉动物,时不时犯边,铁马金戈,

儿女风云录 113

皇帝和亲，也总是往那边去，文成公主，王昭君，也像庄稼，杂交出优品！他说，我看你就是杂交的结果。小二黑笑了，真不好说呢，我们那一片，曾经是拓跋氏的地盘，不定都是异族的种！他说，我自小被叫外国人，其实是真正的汉族！小二黑低头想一阵，你祖籍浙江宁波，鸦片战争失利，签订《南京条约》，五口通关，宁波正在其中，也不好说！他质疑道，开埠时候，我祖上已经定居沪上，时间看不大可能！小二黑笑起来：说不定你祖上就是战争遗孤，听说现在有一种基因检测，你不妨试一下，寻根嘛！他也笑：寻到了又怎样，我又不认识他们。两人大笑一回，他正色道：小二黑你可以教历史考古。小二黑也正色：你真说对了，我本来的志向是北大历史系，可偏偏让剧团要去，还保送我进修，就这么，一条道走到黑！他说：黑暗尽头是光明。所以是小二黑！两人就又笑一波。小二黑止住笑，压了声色，露出神秘的表情：中州地方，还有一次异族入侵，你猜是谁？罗马人！离奇不是？世上可考，成吉思汗东征，曾经掳掠一支罗马军团，转身征西，途中失散了！他心里起疑，却被吸引，静静地听。

这是关于生相宏观大局的说法，再有微观的，就涉入人体科学的领域了。他注意到小二黑有一双 X 光的透视眼，认为女性的好看重在骨骼。怎么说？他问。平肩，窄腰，高胯，宽臀——不是男性化点了？他质疑。说对一半，小二黑肯定道，好看的女人都有几分男相，这就是"力度"！这一点他也同意，以舞蹈看，这类形体也是能够发力的。小二黑的"力度"又不止于此，眼睛里忽然亮起一种接近淫邪的光，口齿间逼出两个字："来劲"！他也算过来人，自然懂背后的意思，不免以为太过实用，忽略精神价值，但不能不承认，在某种程度上合乎美的起源，那就是从功能出发，于他有启蒙的意义，内心对小二黑很是服帖。总之，这山西汉子的确是个有趣的人，像阿郭，虽然出身背景天壤之别，但同样具有历史观。从时间断层，一个古代，一个近代；空间划分，小二黑贵胄，阿郭市井。

这个阶段，即上世纪七十年代头上，和前几年的纷来攘往相比，堪称匀速。也是因为人们将世事动荡视作常态，变故的激烈性被琐碎的庶务隐匿，潜在地改变着社会生活。正史可记录的是林彪出逃，另一件属别史的，却更有影响力，那就是父亲回来了。其时，他出差外地，收到母亲的电报，耽搁两日，进门家里已经多出一个人。两下里都吓一跳，因为彼此陌生，倘若走在马路，决计不以为父子。儿子这边是愕然，父亲那边，很奇怪地，有一种羞赧，似乎没打招呼来到的不速之客，忒莽撞了。人是阿郭接站送到家里，农场见过一面，多年的通信和邮包也常是阿郭代办，就像父亲和家庭的中人。接下去的几日，报户口，转粮油关系，原单位接洽复职，都是阿郭带领，他陪同，担任近亲的义务，用处是派不上的。有两回填表，他写错父亲的名字和生辰年月，尴尬得很，索性都由阿郭出面。父亲则来自方外，完全不能理解这些纸上的文字和栏目。前几项比较顺利，后一项就麻烦了。原单位认为此人已经除去公职，如再要申请职业，应当去劳动局；劳动局调原单位档案，档案上明白盖了除职的红印章，并且注明司法；于是，再向司法局要求出文，证实此人刑满，结束改造，转留场农工，按政策病退原户籍所在地，回过头还要农场出文……这样来回跑路，磨嘴皮子，都是他从来没经历过的世事，难看的人脸，单他自己早放弃了。父亲已经气馁，总是说回西北算了的话，就知道父亲比他更不顶事，或许不回来更好。虽只一闪念，但竟存在意识里，生出些梗。阿郭则坚执不让，又有许多圆通的手腕，最后到底恢复公职身份，条件是办理退休。这年父亲虚龄五十，照常规尚有十年服务期，此时就赋闲在家了。

陡然多出一口，连如厕都有些不便，父亲自觉得打扰家人，事实上，劳改的生活最能驯服性子。他迅速适应环境，让自己成为有用的人，上交大部退休工资，包揽内外杂务。天明即起，买菜和早点，顺便在公厕解决内需。然后回家，安顿饭桌，再收拾善后，这才坐定，给自己泡一壶茶。看完一张日报，就到午饭时间。他从来没有上过灶，但天生对手工有兴趣，一回生二回熟，逐渐得道，让人无从挑剔。他甚至大胆到请亲家来吃饭，对方母亲带了几式菜点，全是招牌等级，就有武林过招的意思，这方至少不输。午饭过后，打个中觉，起来去幼儿园接孙子。祖孙俩在街心花园流连一时，就又要上厨了。这一餐是要重视些的，全家到齐，而且，都是功臣，上班的辛苦，上幼儿园的也不容易，在家的，比如母亲，更辛苦，因为要容忍他这么一个闯入者。这一餐也更有趣些，小孙子身前身后缠绕，有无数的意见建议，他视作钦点，深感荣耀。大人往往通过孩子结缘，虽然还是生分，还是客边，但却受主人欢迎。饭后的清理由柯柯代劳，洗碗擦桌属小工的活计，为这一点，父亲对媳妇心生感念，不只勤力，更给自己面子，提醒他做公公和祖父的威势。排开中英文的识字卡片，严肃了神情，开始私家教学。小瑟依稀记得，幼年时上演的一幕，不知怎么隐去了，覆盖上别的印象。母亲也参加进来，矫正小孩子的咬字，竟然是牛津音，方才想起，母亲是中西女中学生，大学与父亲同读圣约翰，结婚后辍学，那时代知识女性的普遍人生。走过白昼里的离析，此刻团起来，作了一家，小瑟他倒挤不进去，成了外人。至亲间的隔阂其实比陌路深，父子又是至亲中的更亲，于是加倍疏远。夫妻尚有举案齐眉、相敬如宾的古仪，现在正可用在父亲母亲身上，他与父亲只是尴尬，唯有一个"躲"字。

他出差更频繁了，连东北那"旮旯"都去过了。因为眼界广，还因为怕回家，他压抑了成见。哈尔滨给他印象甚至好过上海，因有一种亲，类似于乡愁。四处可见异族人长相的男女，人称"二毛子"，让他想起白俄校长和夫人。简直是上辈子了，可分明空气中飘过夫人裙摆里的气味，紫罗兰香型的古龙水。从省城下去，百十里不见人烟，冷不防地底下钻出几个，还是上海人，知识青年，完全北方装扮，白板皮背心，拦腰扎一绺皮条子，其中一个还背着一杆枪，打猎似的，不说话认不出来。他们还邂逅上海下放的干部，倘若平时，哪里和干部说得上话？此一时彼一时，干部变得和气，通人情，握着他们的手，拉去火炕上坐，言必称老师。最惊人的奇遇，在一个叫阿城县的剧团，他看见了豆豆老师！

那剧团的前身是吉剧团，后来改成歌舞，新起炉灶。北京舞蹈学校下放来老师，招进学员，排演现代芭蕾。他们站在练功房门口，一片鞋子中间，看孩子们上课。豆豆老师击掌打节奏，前后左右走动骂人。穿一条肥大的灯笼束口裤，很可能是原先剧团遗留下的剩余物质，戏服里的彩裤，在她身上则另有一番风情。她明显发胖，个头就矮了。原先的发髻剪成短式，灰黑掺杂，浓密地堆在头顶，眼镜推上去压住，还是有风情。练功房四面镜子，他相信豆豆老师看见他了。从少年到壮年，样貌发生很大变化，但他是容易辨识的长相。悄悄退到走廊，又退进厕所，不敢与老师照面。想他那几把刷子，竟敢四处兜售。等一会儿，见同行的人呼隆隆出来，这才疾步赶上，混进去，走了。可是身后追随老师的眼睛，一直跟着他。要过去好些日子，他才恢复自信，敢为人师。

现在，到处有他的学生和他的传说。有说他留学苏联，曾驻场莫斯科大剧院，有说他法国专家亲授，巴黎红磨坊的舞男；最具浪漫现实主义的故事是，他出身犹太家族，二战时候逃到美国，在邓肯课室学习现代舞，然后来到中国，邓肯不是倾向共产主义？她的小丈夫就是苏维埃诗人，所以他暗中受中共高层保护，他的父母长年居住北京友谊宾馆，担负中美苏三角关系的密使。不要小视坊间的想象力，听听那些流言就知道，野史和稗史都是从那里来的。他无疑成了个著名人物，某些院团，就是奔着他来到上海。形势反转，小二黑也要拜托他的人脉，很多场地主动向他开放，大白天里，大刺刺走进去，没人阻拦。钢琴任由使用，留声机也安置好了，有些考生赶不及试场，送来录音录影。还有小型放映机，接了小马达，投在白粉墙上，观摩资料电影。他寻觅白俄学校那部《脖子上的安娜》，说给谁，谁说不知道，可他分明看见和听见，玛祖卡舞曲中，一排排男女面对面，交手，换位，从眼前历历经过。放映机和胶片在各处流连使用，停滞的时间有限，来源也很复杂，可说有什么看什么，没得挑。有一次，找来的过路片其实是教学记录，日本大松博文训练中国女排，模糊的黑白影像，总是一个球砸下来，翻身垫起，再一个球砸下来，翻身垫起，人们耐心等待，足足四个小时过去，依然一个球砸下来，翻身垫起，帘幕外天色已暗，还是球砸下来，翻身垫起。

学习艺术的人群年龄趋向幼小，鉴于前届学生毕业出路的经验，弟弟妹妹们提早开始准备，掌握一技之长，进入文艺团体，如今除此又有什么堪称一技？不知有多少私下开班的授课，体制内悄然恢复艺术类教育，为区别旧学，另取新名。满大街都是提着乐器盒的小孩子，黑漆漆的弄堂深处，都能听得到肖邦的钢琴曲《悲怆》，伴随唱针走在唱盘上的吱吱声。学芭蕾的孩子赤手空拳，但他这样的业内人却可辨得出来，头发梳往脑后，紧紧抓一个髻，挺腰引颈，双脚外撇，就是标志。舞校鞋工厂的师傅都在做私活，有的还开了小作坊，那种木头鞋尖，缎面帮，后跟延出两条绸带子的跳舞鞋，材料和技术都是独一份。城市的大光明底下，藏着多少背街暗巷，主流之外，有的是偏才。工匠手上的鞋，送到跳舞人的脚下，大约要过二三道中介，就又增添一种职业，养活一批生计。这样的供求关系，经多重调剂，终于形成生物链。只要找对路数，犹如乱麻里抽出线头，拎起来，就是一脉通。

他有了自己的练功房，倒不在小二黑的圈子里，还要回到阿郭。阿郭好比万变不离其宗的那个"宗"，坊间说法，就是"万能胶"。这也看得出新老差异，这"新老"不单指年龄和资历，还有根的深浅。小二黑是半道上的扦插，阿郭是老茬子。他选的是院团场地，大方向就对了。这时节，文艺界都停业，合并上班，又下去五七干校劳动，留下许多空房子。他定的这一间在中心区的洋房里，难免招摇过市之嫌，可是，什么叫灯下黑？小方向也对了！据说曾经住了北昆名角，自备有练功房，格局和大小让他想起白俄学校。叽叽喳喳的男女孩子则回到北京的日子，继而豆豆老师出现面前，心里不由发怵，仿佛回到幼年，无论长到多大，他都怕她！时间倒流，几乎听得见汩汩的水声，其实是钢琴响起来，从小二黑的学生里淘来的伴奏。孩子们伸展手臂，脚尖在地面画圈，地板散发着松香的气味，专业的学校也不过如此。白俄学校隐去了，豆豆老师隐去了，苏联专家也隐去了，四面都在起光，融融地拥住他。

他的练功房在沪上有了名声，不知从哪里兴出，还有了名字，叫作"瑟"，大概学生都称他"瑟"。这地方的殖民气很难散尽，犄角里都有残留。这个名字，他本人并不喜欢，觉得太惹眼，弄不好招来麻烦，事实上，足够唬人的，不少学生奔这个来的。芭蕾可不发源欧洲，那两个字就是法语的音。有时候，外地的团体来观摩练功，同时物色人才，脱了鞋子，只穿袜子，排排坐吃果果，大气不出。学生们比平日更认真，手脚到位，这些小势利鬼，眼角里的余光老早看见人家袜子上的破洞，可是说不定呢，命运就掌握在他们手里。目光聚集处的他，穿黑色紧身衣，深蓝羊毛护腕，堆积在踝部，底下一双赤足。因四肢颀长，看上去比实际更高，肤色白亮，镀了一层光，行动起来都有拖尾。三十岁的"瑟"，脸相的轮廓长足了，还没有垮塌，清秀与勇健合为一体，王子的形骸，称帝的心。所谓黄金时代，大约就是这个阶段。他呀，女子也爱，男子也爱。最傲骄，也最安静，最得意，也最谦逊，低头垂目，且目无下尘。

最危难的世事里，也有安平道，就像风暴的眼。现在，柯柯、贝贝、父亲，先后纳入的新成分，融合成有机体。天天不觉得，倘若外出回到家，推开门，满房间的老少男女，仿佛开天辟地起便在一处。贝贝，改名叫卢克，从"幸运"的英文 Luck 谐音，自他出世，形势一日好似一日，小民知道什么，只看眼前的小日子。卢克倚在柯柯膝前，就像当年的他，倚在母亲膝前，同样的图画只是换了人物。母亲做了祖母，相反父亲又回到少年的游戏，拆装废旧，制作一台幻灯机。吃过晚饭，张起白布单，关上电灯，一帧一帧投放。阿郭从电影厂的剪片间淘来老胶卷，七零八落的镜头，按电影名分类，镶在卡纸上，做成幻灯片。轮到父亲和阿郭做朋友，他们更玩得来。星期天下午，两人相约去凯司令用茶点。上世纪七十年代中期，尘埃落定，沉底的弃物一点一点零星泛起，凯司令就是其中之一，周围仿佛都是熟面孔，三生石上相遇。某日，有位老先生走到桌前，变戏法似的变出两张扑克牌，方块六和方块十，亮一亮，又收走，再到下一张桌。父亲外埠待久了，和这城市断音讯，就看不懂。阿郭问他，六和十，沪语怎么说？"落实！""落实？"父亲学语，恍悟过来，落实政策的意思！阿郭夸奖他，脑子还没坏掉，有逻辑思维。父亲一笑：我倒觉得现在比那时好。阿郭问：好在哪里？父亲说：没钱有没钱的好处，少去许多口舌。阿郭沉吟一时，说：老瑟啊——这也是阿郭起的名，老瑟——老瑟啊，你是活出头的话，还有只活到中段的人呢！两人共同想起阿郭去探监的情景，老瑟把咸鸭蛋的壳都嚼下肚了。太吃苦就享不起福！阿郭说。父亲反过来说：享福才能吃苦。阿郭说：那是指有慧根的人。说着说着扯远了，投缘就在这里。

老瑟笑道：释迦牟尼是王子，锦衣玉食；耶稣是木匠的儿子，生在马槽里，你说他们谁的道行深？阿郭读书不多，但有生活的实践，他的回答是：殊途同归。这话有射覆之趣，说的面上，指的面下，就是他们两个，一是庙堂，一是草堂，此时坐在同一张桌喝咖啡。

阿郭带父亲去"瑟"，两个老先生；阿郭也算得上老先生了，穿戴是过时的摩登，贝雷帽，人民装的领口露出格子羊毛围巾，灰色啥未呢西裤，三接头皮鞋。各人托一个纸袋，窸窸窣窣打开，一股油香腾地蹿出来，原来是油墩子。两人慢慢享用，练功房里的空气搅动起来，人们完全看不懂路数，吃食的气息刺激味蕾，口水都上来了。小瑟自然是窘的，盼望他们快些离开，碍于面子不好发声，只能装不认识。父亲本来怕他，又隔膜久了，料不到上海变到哪里去，处处小心。阿郭却没那么消停，地方且是他找来的，有权利说话。叫来看房子的后勤，指示要给地板打蜡，门窗的铰链也需换了，否则夜贼可轻易卸下，虽没什么供窃取的，放进什么更危险，说不定是赃物呢？再有，他走过去，拨开扶把上的习舞者，曲起手指叩叩墙——瓤已经酥了，吃不起力道，掰脱落，人摔倒，肋骨也要断掉，顺带在身边小姑娘肩膀头点一下。阿郭年轻时候老实，上岁数却有点色。这一下，连单位后勤也搭不出脉了，诺诺应着。收回手，互相拍拍，终于走了。

因看见小瑟的脸色，老瑟早已经闪到门外，生怕造成什么难堪不好收拾。阿郭对了战战兢兢的老瑟说：你要多出来走走，否则你这个"瑟"就要变成"瑟缩"的"瑟"了。老瑟点头。阿郭感叹道：想你从前怎样的一个人，甩过几条横马路，都知道你会得玩，拆天拆地拆家棚，骑一架兰铃飞出去，我们在后面看，合不拢嘴。老瑟就摇头。阿郭自觉有责任帮老瑟做回自己，带他四处跑，重新打开摩登世界的门。城隍庙湖心亭的茶馆是一扇门，那里的堂倌老友预留临窗的座位，俯身看见九曲桥，满满的一桥人。老瑟说：不瞒你阿郭，我看到密密麻麻的人头，胃里就有点翻！阿郭说：慢慢来，慢慢来！堂倌送上茶和茶点，阿郭介绍认识，说：把你的签名本拿出来，我代你求老瑟签一个！堂倌说不敢不敢，又说，没带没带。晓得看不上老瑟，阿郭来气了：我告诉你，错过这村，没有那店，这位先生，上海闻名的小开，出北火车站报他名字，车夫直接拉到公馆！那堂倌一来不好驳面子，二来多少被唬住，上下摸一遍，说一声：有了！围裙下抽出六十四开塑料封皮一个小本，交给阿郭，阿郭再给老瑟，翻开看一遍，果然是各色签名。有草得认不出，有花样拉丁文，确有几位政要和名流，难免抖豁，经不得阿郭鼓噪，缩在一页的角落里速速写下几个字,赶紧合起。堂倌接过藏进围裙底下,走开去了。老瑟暗中偷笑,因写的是阿郭的姓名,旧时的顽童一瞬间闪过。

年头上,柯柯怀孕,年尾娩下一个女儿,由祖父起名卢馨,取英文 Luscious 的谐音,意思甜美动人。

六

　　江苏和山东交界有一个煤矿，隶属上海矿务局，这时节，获得编制，足够配置军区级的歌舞团。采矿作业是地方管理，工人多来自周边，即苏鲁皖豫，但设在地级市的行政大院，几乎就是小上海。矿业公司的旧部就是从上海派出，新中国成立初期有一拨援建干部，带家眷过来，矿院沪籍学生毕业回到上海，再分流此地，又是一拨，所以，这里的人都说上海话。能源产业是个富窝，自建的办公区，住宅区，商品供应，中小学校，娱乐设施，远超本部上海，是古城的新世界，"国中之国"。

　　建团的批文还没从国部委下来，知识青年便闻风而动，通各种门路，向这里聚拢。筹备组甫一成立，却不在本地市启动招生，而是向上海出发。筹备组约十来人，组长从北京下来，原是中央戏剧学院舞美，一九五七年划归右派，发配来煤矿，两年后摘帽，一直在系统内部升降，这次总算回归本行。副组长是女性，上海人，文化处的副主任，俗话中的千年老二，永远都在副职，其实是个杂役，负责一切庶务。其他成员有从省歌舞团借用，有下属区县的专业人员，不要小看基层单位，屡次政治运动，院团减冗，最近一次大军区调防，文职人员复转，冷不防，就出来一个人物，可谓藏龙卧虎。其时已到上世纪七十年代中下，政策逐渐宽松，仿佛冬眠初醒的蛇鼠，顶破地表，探头试风向。

他常想起那个铁路枢纽上的城市，与上海相比，面积只在集镇，却有静气笼罩，变得无边的寂阔。水在黄河旧道里移动，天穹高远，一旦入夜，繁星布满，又近了，人就到了光年以计的时空里。少年时在北京，古老和恢弘让他生畏。大嬢嬢、豆豆老师、苏联专家，也让他生畏。他一直没有看见骆驼，是沙尘暴带来大漠的消息，还有冬天的雪，夏日里四处起烟，半悬空中的门楼，门楼里的野燕子，舌头打卷的北京话，艺术是艺术，可到底让人生畏。在这里，却放下戒心。从外部看，它也有着北方城市的萧瑟，工业化则将这点萧瑟的格调也抹杀了。老建筑难免凋敝，新的呢，一律单调乏味。空气中飞扬着废渣，来自蒸汽机火车头和煤炭货栈。但在粗粝之下，有想不到的殷实和富庶。长巷深处的宅院，推进去，照壁的磨蚀的表面，隐约透出龙凤呈祥，告诉你大有来头；绕过去，青条石上，鞋底踩成的凹塘，一汪一汪的月亮，告诉你光阴荏苒；木柱子的漆色，窗棂格子，兽头滴水，楹上的一方空白，又在说话，说的是原先有一块匾，写着堂号，不知道去了哪里。对着正厅，当门的长案上一对青瓷瓶，半人高，墙上是一幅字，今人的诗词和字迹，这就到了新时代。东西两侧的厢房向后院抱去，留出夹弄，上面一线天，底下是明沟，接着雨水，潺潺地聚在地漏，咕嘟一声不见了。进到后院，梦境有些迷乱，依稀有一道木楼梯，脚下吱嘎响着上楼，过廊扶栏的镂刻，似乎是五禽戏，小孩子不老实的手，抠断连纹，掏出一大个一大个空。过廊左右分开，绕过院子，又恍惚了，是从北房中间的木楼梯，下到一个荒芜的空地。空地上零落立了几间木棚，堆放着杂物，都是没见过的，有说话声，是这家的孩子吧，一件一件告诉他。这是耩，这是谷桶，这是轭，怕他不懂，还写给他，树枝画在泥地上，仿佛仓颉造字。再换一间棚子，是铁器的残片，其中有一架马达，他见过这形制，小时候的玩具。耳边的人说，停电的时候，自己家可以发电。第三间棚，是锅炉，拧开龙头，流出黄褐色的锈水……你可能想不到，这内陆的古老的城市里，曾经有过称得上摩登的生活，甚至他，一个上海人都没有经验过的。竹爿扎成的篱笆围起空地，柴扉推开，就看见黄河。岸边设一方平台，几级台阶，拴锚链的石头桩子，顶上凿了眼，废弃的私家小码头，蹲着涮洗的女人，棒槌捶打扑扑响，仿佛到了唐宋："长安一片月，万户捣衣声。"他纳闷了，古代还是现代？不提防时，近代史又出场，听见"康白度"这个词。河沿上溜达的老人，称这家"康白度"。先没有明白，明白后老人已经走远。其实不止这一家，整一条街，都住着"康白度"。清末民初，外国公司过来收购麦子、棉花、煤炭，开始是跑码头，后来派驻人员，直至建立办事处，从属上海的海外分部，这不和上海通上款曲？在地的世家子弟往往改国粹转洋务，风气濡染，也是经济所致，新文明隆起。不说别的，看天主教堂便知道，每到圣节，要做大弥撒，农妇们都会唱几句赞美诗。神思漫游中，教堂紧闭入口，圆拱形的花玻璃窗用木板钉死，可是哥特式的钟楼尖塔，却依然耸立天空之下。钟声沉寂，外国神父绝了踪影，街上再没有出现洋人，年少一些的市民都以为是电影上的活动。

他经历过世事，长了胆子，开了眼界，也有了自省，就会辨人识物，能看到过去不曾看到的面向。他真有些舍不下它呢！

难忘的还有，火车站。煤炭和铁路的重镇，火车站是个地标，标志蒸汽机出世，动力增倍，前工业时期开始。广场上是不夜天，灯火通明，人声鼎沸。奇怪的是，从这里走去一百米，耳朵根子唰地清静下来，就说嘛，这城市有一股静气，足够覆盖全局，将噪声统统吸纳。灯也稀疏了，东西干道还好些，大约百步一盏，南北马路则是大大地暗了，黑黢黢的树荫里，走上半个时辰，才有一点光，却看得见路。就像戒尺打的格子，横平竖直，这样的"井"字，是皇城的形制。比如北京，比如西安，比如洛阳。这地方，可是要到楚汉，《九章算数》不就在秦汉之间成书？再回去火车站，进到月台，月台总是忧伤的，放下一批人，再带走一批人，于是，邂逅发生又结束，周期特别短，留下的憾意特别长。穿过广场上的喧腾，打散的静气重新收拢，席卷一路上的杂碎，在车轮和铁轨的咬合中，迸发铿锵之声。汽笛鸣叫，吐出滚滚白烟，你仿佛看得见蒸汽机的活塞的运动。再看远一些，稻麦菽藜底下，沉睡着煤的肥田，那是动力的源头。不夜天从这里来，静气从这里来，这城市的明暗生灭都是从这里来。穿透旅人睡眠的钟声，其实是检路工的铁锤子的敲击，啄木鸟似的，听得出哪里有虫眼。然后，哨子响起，这是什么？悠长得简直到不了头，穿透不夜天、静气、铿锵之声、聚离的忧喜、三生三世，到头的一刹，车身移动。车窗外过去一张脸，手压在大盖帽的帽檐，敬礼，又一张脸，大盖帽，敬礼，多么庄严啊！远行中的借停，无论多么没心没肺，都会触动。月台到了尽头，钻过一顶一顶旱桥，路轨裸出地表，交互盘桓，金属的旷野，这才是蒸汽机时代的真筋骨。十八层底下又一个城池，阡陌纵横，巷道里走着另一列车。所以，这城市是立体的，倘若平铺开来，十个一百个一千个上海也比不上。这是指的空间体积，时间长度呢，已经历数过了，上海无疑在弱势，可后来居上，属另一份修为。看那满城的风里的烟尘，其实是时间的脱屑，教科书不是说了嘛，要以地质年代计算，石炭纪，二叠纪，侏罗纪，是成煤时期，和恐龙同世纪！

宅子的主人，英商煤矿公司的上海站派出本地分站站长。原是押船员，沿长江走码头，业绩出色，很得重用，逐步升上来。

到上世纪初，欧战迭起，经济受创，物质紧缺，变出口为进口。两次大战间隙里，中国本土工业快速发展，用煤量激增。一边履行总公司的发包合同，一边呢，上海站的几名董事合伙生意，只做些零头，已经盆满钵满。煤船所到之处，常州、无锡、镇江、九江，都有宅院，皇帝行宫一般。却是按家室配置，妻妾俱全，儿女绕膝。这里的不定第几位如夫人，以年龄计，多半排末，本应该最留得住脚，可是，日本人来了，主子便烟消云灭，再不见踪迹。好在这位奶奶是个角色，早想到会有切断的一日，不论从人从己从天下，常数都抵不了变数，因此未雨绸缪，积蓄起私库。丰年里，派一个老仆，当年陪嫁过来的，四县八乡买粮食。城里米市，凡以"仁义礼智信"为号字的，都是她家的。单看这一项，就知道好出身，比那押船员有根基。上海地方能有什么家世，不过是"康白度"的天下，所谓"康白度"不就是个掮客？叫成洋名体面些罢了。奶奶跟塾里的先生读过书，又上了新学堂，家里订报纸，还有收音机，听股市报价，也听新闻，晓得卢沟桥一仗打得不善，果不其然，闸北吃了炸弹，八百壮士哪能守住，提振士气给外国人看，也没有用，年底南京失守……他们这地方，自古兵家必争之地，坊间就有"跑反"一说，眼看着城里的往外跑,城外的往里跑,乱成一锅粥。她站在房顶,院子有个天台,学西洋的款。她从天台架梯子上房顶,裹着大氅,男人留下的,抽着烟卷望远。只见一片屋脊,飞着迁徙的候鸟,从南到北。后院搭起棚屋,难民船到小码头,直接上岸落脚。原先在鼓楼街开一爿糕点店,顺着上海"老大昌",取名"老二昌",卖当地的特产,糖三刀、蜜角、蜂糕、江米条,此时开了赈粥。并不是妇人之仁,心胸要大一些,吾国吾民,人不亲土还亲呢!

他们造访的时候,老太太还硬朗着,因是十一月的日子,怀里揣胶皮热水袋,立在廊柱中间,等一行人转出照壁,走过院子,上台阶,召见臣下的架势,施握手礼,称呼"同志"。侧一侧身,于是,鱼贯而入,进了厅堂,分两列坐定。老太太这才迈步,过门槛时,日头走到身后,煌煌的人影,映在光里头。小辈们奉上茶,一律的盖碗,端在手中怕摔了,就不敢动。身下是红木古式扶手椅,必正襟危坐,还打滑,不时往下出溜,这真是叫拘谨!好在,老太太略问几句寒暖,一挥手:玩去吧!起来散了。

后来,走熟了,老太太会到孙辈的房间,和他们讲过往的旧事。口音是戏曲的念白,中州韵,开始不太懂,听进去了,没一个字不明白。倘若请烟，即接过去，低头借火。就看见老太太厚密的发顶，压一把玳瑁梳子。抬起头，深吸一口，缓缓吐出，一阵雾起，渐渐散去，空气比先头更清亮。老太太的皮肤很白皙，牙齿也不见疏漏。奶奶您真年轻，他由衷说道。老太太举手掸掸，氤氲彻底消失，道出两个字：人瑞。笑一笑，又道出两个字：天命。继续往下：代代相传，凡夭折不外两项缘故，一兵祸，二天灾，都属意外，非寿数所定，您知道为什么？不敢称"您"，就叫"小的们"！他忽变得俏皮，在座都笑了。好，你说呢？他不敢再贫嘴，老实道：请教。老太太说出一个字：古！我们都是极古的人，黄帝在位百年，年一百十一；他孙子颛顼，在位七十八，年九十八；尧，在位九十八，年一百十八；舜，在位七十九，年，足一百！不只华夏中国，外邦人也是，《圣经》说——他想起那座门窗钉死的天主堂——《圣经》说，亚当一百三十岁，还生了儿子，再又活了八百年，九百三十岁终年；他儿子九百一十二岁；儿子的儿子九百零五岁；这么样千百以计下去，到诺亚，就是大洪水造方舟的那人，九百五十岁……他忍不住叹息：真想不到！老太太冷笑一声：你们上海人是新人新地，这里——脚尖点点地，他注意到是一双天足——尧的封土，周代的郑国！伸手在炭盆沿摁灭烟头，他们几个围着炭盆爆栗子吃呢，停下来听奶奶说话。奶奶起身走到门边，站住转身，专对了他：你们那个上海，可没少去过，吃喝玩乐，知道最好哪一口？魔术，大变活人，分明是个假，却做成真！这才退出去，顺手带上门。屋里人这才活过来，栗子也重新爆响，蹦到半空，马口铁罐子接住，叮当一响。

老太太强势，晚辈人难免受挤兑。女儿都嫁出去，三个儿子有两个在外地，天津和成都，留下的这个，老太太家养驯服的，还是先天性子柔顺才养家的，总之不仅自己，还是媳妇，都是闷嘴葫芦。两口子都是政府机关的干部，单位里主事，回到宅子里就没了主意。再下一辈，情形又翻了个儿，动静起来。第三代一色丫头，总共五个，照理是让人丧气，但这一家不同，一直女流当家，就不觉得缺男主。由己及人，老太太反倒喜欢女孩，很有些放纵。上下各两个还好些，可能从娘胎带出来的贤淑，特特中间那个，三！孩子多，大名另起，乳名就按顺序叫，不至于弄混：大、二、三、四、五！那三，他就是冲她才进到宅子里来的，是个异类。事实上，至少有一半是老太太调理出来的成因。五个孩子几乎挤着生下，尤其三和四，是一年人，因为急着生儿子,媳妇是一般人,哪里能和老太太比禀赋,顾虑背后戳脊梁骨,说她"九女命",要证明给世人看,所以,三刚一落地,就收了奶,老太太接过去,买了炼乳喂给她喝,晚上也带着睡,转了根性。另一种说法是,隔代遗传,有些像老太太呢。

从外形看,姐妹们都是白玉似的人,她却是个黑疙瘩,就叫她黑三,像个伙计的名,不能让老太太听见。姐妹们还都是荷叶脸,唯她不是,当地人称"鞋拔子",也要背着老太太说。有老太太支持,胆子忒大,只有人怕她,没有她怕人。但有一回,犯的过错大了,抢街坊小孩手里的玩意儿。她要什么有什么,这件东西却天下难得,一个小木方,暗藏机关,来回拧着,忽地弹出个小抽屉。那家大人是细木工,心思很巧,做过意大利的订单。小孩子争胜掠夺本来平常,可老太太最不能见恃强凌弱,动了家法,关小黑屋子。小黑屋子是顶上阁楼,原先是主人的鸽笼,后来音信断绝,某一天,老太太,那时候还年轻,将笼门打开,鸽子呼啦啦飞上天。笼子空下来,又渐渐填进杂物,堆实了。说曾经吊死一个丫头,这样的故事,凡大宅子都有,俗话叫作阴气重,又像从古今传奇移植。三在里面关了半个时辰,放出来脸色煞白,夜里就犯了惊厥,送去小儿科打镇静剂,闹了一场事故。

老太太开始也担心，过后反倒踏实了，这孩子终有一怕，就有得治。再接着讲些慈善的故事，孔融让梨，三娘教子，外国的《爱的教育》《块肉余生记》。前部是从小家中塾师教的，后部是上了教会女中，嬷嬷念给她们听。嬷嬷们，典礼的日子，穿着黑袈裟，四壁都是蜡烛，小童举着幡，跟在神父——一个外国老头身后，走上讲台，风琴奏着《哈利路亚》……后来，神父和洋嬷嬷走了，中国嬷嬷大约还俗，也不见了。

是吃过黑屋子的责罚，受中西文明教化，抑或只是循了成长的规律，知道这世界不专为她独一个，而是供给大家伙的，就肯让人和帮人。与此同时，她的相貌也在改变，依然是黑和细窄脸，很神奇的，黑里透出亮，仿佛上了釉，眼珠子发紫，水晶葡萄似的。两道修眉，几乎伸到太阳穴外面去，高鼻梁下的嘴，笑起来也要扩到腮帮子外面，挤出一对深酒窝。再没人喊"黑三"和"鞋拔子"，而是像狐狸，此地狐狸不是个吉物，所以就不能说出口。她称不上漂亮，就是让人记得住。说话之前，他就注意到她了。是在矿务局邮电所，去买邮票寄信，隔了柜台收下几枚硬币，撕下一张邮票，舔舔背面，贴到他信上，一拍，就手扔进身边的邮件筐。

矿务局文工团组建伊始，便开排舞剧《沂蒙颂》，专请他们几个去做指导。一时物色不到男主角，受伤的八路军连长，由他临时担任，于是，就逗留一段时间。除借用人员的酬劳，排练和演出费，煤炭特殊行业津贴，文艺团体营养费，夜餐补助，巡演按出差算，又是一笔，累计起来相当可观，到一个整数汇去家里，也要去邮电所。有一回夜里，上海来电报，摩托车突突停在招待所楼下，叫他的大名，上下几层的窗户都亮起灯。跑下去，值班的老头起来卸下铁锁，隔了门玻璃看见摩托车座跨了一名骑士，揭开头盔，竟然又是她，两人不由相视一笑。其时，彼此已经面熟，都是好认的长相。他从挂号信收据经办人图章知道她叫李大麦，女孩取男孩名，也好记，她呢，汇款单附言上看见"卢克"和"卢馨"的字样，十有八九一男一女两个孩子。

电报是小二黑发来的，嘱他次日火车站接几个考生，刚一念车次，她即报几点几分几站台。铁路枢纽上的城市，小孩子的游戏就是爬上旱桥看火车，往车窗里扔石子，喇叭里的报站是用来看钟点。这一班车终点是乌鲁木齐，路途漫长，只几分钟停靠，平时还好，现在不是临近春节吗？赶着回家，人像潮水似的，上和下都要凭力气挤。他听了不禁发怵，她又说可以带他去接站，心里稍定一些,谢过了,摩托车突突又开走,灯底下剩下一条影子。

第二天各自吃过晚饭,按说好的地点,接上头,一起去了。这城市布局疏阔,实际并不大,矿务局西,火车站东,一路公交贯通,中间不过七八停,也不像上海的人多,松松快快就到了,提前半个小时。她也不去买站台票,径直领着进站长室,那站长和她熟得不得了,一个喊老头,一个喊丫头。老头打个电话,说车已经"要牌",意思是申报进站。然后推开另一扇门,跨出去,就站在月台上了。"丫头"也不跟"老头"道别,熟门熟路上旱桥,才走几步,桥面已在脚底颤动,地震似的,一团白雾涨起,向他们漫过来,退下去,列车进站了。

车窗里是个小世界,里面的人都在动,还有行李包裹,也在动。双层玻璃推上去,探出身子,有索性跳到地上的,点火抽烟,跺脚弯腰做一套体操。售货小车在底下奔跑,一时上,食物的气味弥漫开来:烧鸡的卤水,面包的奶香,火烧的焦烤,豆干子,炒花生,检修工的锤子当当响,邻近站台有人吹哨子。车门开了,收起踏板,放下铁梯。上面的要下,下面的要上,最终并在一处。清冷的夜晚变得蒸腾,两人沿着车厢一节一节跑,她跳起来，扒着窗沿往里看，看过了接着跑，灯光照在脸上，镀一层光。他竟跑不过她，落在后面，看前面人小鹿般地跑远，跑远，陡地停下脚步，转身看他，真仿佛"鹿回头"，再继续跑。乘务员走上铁梯，放下踏板，旋即关起车门，哨子吹响，车轮轧轧地压着钢轨，缓缓滚动。售货的来不及交割买卖，弃下推车追赶，上下都探身援臂，一手货，一手钱，终于交接。火车加速，驶上盘缠的路轨，渐渐远去，不见了。没有新的过路停靠，站台变得空寂，留下五六人，挤在一作堆，左右顾盼。他喘吁吁赶到，见人里站了一个小二黑，不是他们是谁？

熟悉之后，小二黑给她起个名，恰就是"小狐狸"。当地的忌讳，本来不知道不为过，她又是不受约束的人，由着叫去，就叫开了！对他倒是个启发，颇有些激动，他说：今天才知道，好看的女人，多是像某一种动物！小二黑说：那也要看哪一种动物。他坚持凡动物的生相，自有它的天理，最后一定达到和谐的境界。小二黑说：蛤蟆呢？他说：古时候叫作蟾蜍，暗指月亮，动物中的贵族，不以俗相论，青铜祭器上的饕餮纹，就是来自它！小二黑笑道：这里藏着一个历史学家呢！他也笑：跟你学的，有句话，近朱者赤近墨者黑！这"黑"正合上小二黑的

"黑"，小二黑不禁看他几眼，想这人有点不像，变俏皮了！沉吟一会儿，说：应该给"小狐狸"后头加一个"仙"字，小狐狸仙！什么意思？他问。看没看过《聊斋》，凡遇上狐仙的，都会移性！小二黑说。他说：我有吗？小二黑狡猾一笑：我并没有说你遇仙。他晓得失言了，被套进去，很有些难为情，自觉还不是小二黑的对手！

时间过得快，《沂蒙颂》已经上演半月有余，离家则近一个足月。团里放他几日假期探亲，报销来回车费，到各矿区所在乡镇采买土产做随礼，无非麻油豆油，花生红枣，新米玉米——上海人称珍珠米。上世纪七十年代中下，物质紧缺，各种食品配额限制。农村虽有统购统销辖制，但天地之大，行政松散，就有余裕。这地方又是人情社会，体制外另有渠道变通，叫是叫黑市，其实过了明路的。小狐狸仙就是小狐狸仙，上天入地，又找补一批，都是稀罕物，肉联厂的灌肠，水养殖站的鱼子酱，双黄鸭蛋，酒曲，打包交付邮车，随身只带几件活物，鸡、鸭、黄鳝、鳖。人还未到，先前的托运已经在了货栈。在家住了两日，那边就来了电报，急召他去救场，因本地的"连长"让观众轰下台，非要看他不可，于是又要拔脚。

仓促起落，总是惶遽的，但他并没有多少怨怼，相反，心里还有点欢喜。夜里醒来，从卧铺欠起身子，掀开窗帘往外看，停车在不知名的小站，昏黄的灯光里，水泥站台显得格外光洁。躺回去又进入睡眠，哨子在极远处吹响，不期然间，车身剧烈摇摆，几乎将他震下地，随即又恢复节奏，过了岔道口。再醒来，晨曦微明，列车员咚咚走过去，钥匙甩得哗啦啦，叫喊着站名，他又听见中州韵的口音，不由一激灵，坐起来了。迅速穿上衣服，去到车厢衔接处洗漱。回来时候，风景变了画面，地平线上，地垄呈扇形辐射过来，仿佛一束光，迅速铺开，颜色就亮了一成。他坐不住了，收拾起行李，走去门口。车走到白杨树间，过去之后是青绿的麦田，麦田过去又是白杨。轮替无数回，光线忽然暗了，旱桥从上空过去，又过去，路轨从四面八方汇集起来，铺了一地，烟雾遮蔽视野，白蒙蒙氤氲中，汽笛又在鸣叫。心跳得厉害，怦怦撞击前胸，仿佛要破壁而出。像是过了很久，又像转眼之间，他下到站台，在早春冷冽的寒意中，轻微地打着寒战。他看见了她，扶了一架自行车走近，终于到跟前，提起旅行袋挂在车把手，一骗腿上去。他小跑一段，跳了几下，坐到后座，车身摇几下，稳住了。沿站台骑去，绕过一辆吉普车，来接哪位重要人物的。让过一个扫地工,前面是几笼小鸭,嘎嘎叫着,早晨的寂寥里就有了些热闹。左右转折,就到了站外,贴着广场的背面进一条长巷,两边院门紧闭,柴灶的烟火味却漫了一路。车辐辘从青石板滚过去,惊动了看家狗,激烈地吠一阵,又静下来。出巷口上大马路,只见那尽头,红日冉冉升起,几乎睁不开眼。他本来没有方向感,此时更加迷惑,想这太阳仿佛总在前方,好像引路人。他要求和她换骑,她就是不停车,还加了速度。红绿拼织的长围脖被风吹散,毛线穗子扫在他脸上,有一股热乎劲。寒战消失,心律回复正常,他问她:怎么知道我要回来?她顶着风放声道:是我发的电报啊!你的电报也是我译的!他忽然明白,欢喜的来源,原来,原来就是为这!

　　她所在的邮政所,曾经是矿务公司的心脏,与英国总部直线对接,截止到二次大战,办公都是按伦敦时间。至今所用的电报机,还是那时候留下的英国货。一九四九年以后,新政府接收,纳入在地管理体系,邮政业务缩小到民用,职工仅三四名,名义上有分工,实际却调配不开,所以身兼数职,都是综合人才。她喜欢电报,觉得神奇,数字和文字互相交换是一宗;点击传送,时空穿越是一宗;再有一宗和电报本身也许无关,但和速度有涉，就是摩托，引擎启动，简直要飞起来！所以专拣收发学和用，她背功好，反应快，腿脚又勤，上手就快。日后教给他，两人做密码游戏，一方面有趣，再方面，隔着数字，许多不好说的话变得好说了。

他和异性交往，总是肢体性的，难免降低感官的神秘，欲望就不顶强烈。如果柯柯对他还有吸引力，不排除荷尔蒙的影响，大约更来自日常状态里的男女差异。而练功房的肉体是被格式化了的，其实取消差异。好比一种职业病，厨子往往厌食；整形师将美貌归纳成"三庭五眼"，也抑制了观赏的享受；艺术家本来提炼生活的精华，结果很可能反生倦意，变成悲观主义。婚姻初始的日子，他也感受到性的乐趣，但时至不久，柯柯受孕，是需求已经满足，或者就是受阻，总之，渐渐淡了。养育占据了女性的注意力，女性且又是一种牺牲的动物，常常忽略自己的身体。柯柯呢，原本就不是感情强烈的性格，很难指望她在房事中主动，正合乎他在婚姻中寻找到的平静，于是，相安无事。很多夫妇都是度过激情阶段，进入长治久安。由于聚少离多，两个孩子与他生分，还有些怕他似的，不肯走近。好在他不是那类恋子的人，就能够泰然处之。

卢克五岁了，头发梳成分式，海军蓝毛衣，西装短裤，白色长筒袜，系带高帮牛皮鞋，见面用英语打招呼；卢馨刚满两岁，穿的小百褶裙，粉红羊毛衫，隐花的连裤袜，小红皮鞋，带子系在脚脖上，是好莱坞电影《红菱艳》的流行款。都是香港的外公寄来的英国货，就像柯柯小时候，寄给她的。两个老的看上去要比实际年龄后生，母亲本来就是长不大的，父亲回到上海，一方面饮食起居，另方面阿郭的调教，洗净西北风霜，重新投胎做人。他和柯柯自不必说，神仙伴侣一对。走在外面，人们决计猜不出这个家庭经历了什么，自己也仿佛忘了，更不会去想未来还会遭遇什么。这一趟团聚，去照相馆拍了全家福。站定位置，余光中，见母亲迅雷不及掩耳，手指在唇上抹一下。摄影师忽地钻出镜头的罩布，厉声道：做什么？母亲镇定说：没什么。那人走到跟前：不可以用唇膏！母亲摊开掌心：甘油！这一插曲并不让她沮丧，反而增添得意。全家福之后，又格外给小兄妹合影一帧。本来就是美丽的娃娃，灯光布置，再经暗房处理，真成了天使。他将照片收进皮夹，带在身边，看见的人，以为出自电影或者名画。

形势确是在好转，不知道来自哪里的，又是什么性质的影响，社会变得轩敞，生出一种轻盈的气氛。他们都是不问世事的男女，所说的"好转"不过是些贴身的事物。比如，马路边的橱窗装饰华丽了，梧桐长出新叶，路人年轻了一茬；服装样式有了更新，流行起一种双层的翻领，叫作蟹钳式，实际可追溯到早期社会主义革命中的列宁装，再要追溯，大概就是西式男装的大驳克；连衣裙也上街了，在合法的三围上稍作修改，就有了女性的妩媚，要知道，上海这地方，连工作服和军装都可以提取时尚的元素；食品和日用配额依旧，甚至更苛刻，但地下交易浮出水面，而且日益兴旺；外埠的邮包通关手续简便；尼克松访华，向侨属发放访亲寻友的签证；回流的知青纷纷开始补习数理化，歇业的老师在家开班私授，因为传说大学恢复报考……他依然忙碌，招生的文艺院团络绎不绝，学习艺术的孩子也是络绎不绝，谁敢说从此没有上山下乡？可不敢拿前途开玩笑。那边的煤矿文工团成为他长驻的单位，甚至试探他愿不愿意入编，这可是全民所有制啊！倘若不是顾虑户口迁移，他大概就应下了。事实上，他基本上算是大半个团里人，不仅教课排练演出，还担任与上海的联络。那头有小二黑接应，两下里疏通关节。团里额外设艺术顾问位置，申领开支，合总起来，抵得上两个大学毕业生的工资。柯柯容忍他两头跑，过着分居的生活，很大程度是出于经济的考虑。随时局和缓，花钱的地方多起来。而且水涨船高，花得越多，需求越多。父亲母亲消费的习惯渐渐回来，下午的茶会复起，座上客上了岁数，带着劫后余生的惶遽表情，相貌也都改样，好衣服在箱底里放久了，散发出樟脑的气味，就显出年头，可别后重逢总是欣喜。柯柯原本行事节俭，不是贫寒的节俭，而是有算计，现在，随着手头余裕，便染了些摩登习气。她学会西式的焗烤，从旧画报看来三十年代女星的发式，名称为"柏林情话"，还有奥黛丽·赫本的丝巾系法，小孩子的早餐是牛奶面包，两粒钙片一粒鱼肝油，有自己的睡房——这就让人发愁了！亭子间住两代人，即便他常年在外，一大两小也是拥挤。她和公婆商量讨回三楼大间，不是私房吗？公公无数次说过凯司令两张扑克牌的故事，一张"六"，一张"十"，不是要落实政策吗？但很快发现，和公婆讲什么都是白讲，他们一脸茫然，好像听不懂。公公回答："只听楼梯响，不见人下来！"再要说，婆婆就发言了，提出换房间，老的住小的，小的住大的。话到这里没法再说下去，只得打住，另想办法，这样，就想到一个人，阿郭！

柯柯内心对阿郭有防范，觉得介入这家人太深，不定有什么企图。但她不得不承认,阿郭有办法。阿郭早看出柯柯的戒意,自她进门,自己便一点一点退出,是避嫌也是起了隔膜。但等柯柯找上门,就知道有事。

阿郭告诉她,私房退回眼下还没有统一口径,几处先例全是重要人物,属特事特办,比如统战对象,比如房主向上层写信,得了批示,等等。她公公的事是极小极小的一件,哪一项里都嵌不进去,有关部门无法可循,恐怕爱莫能助。柯柯对宏观局势没什么认识,但她善于从具体局部着眼,她说,当时收房子他家只两口人,后来进了她和孩子三人,老公公又回来,证明人已经脱罪,正式上了户籍,就是三世同堂,应酌情考虑;再讲,他们不是不讲道理的人家,平白无故驱赶,三楼大间里的户主,晋升新任,分配住房,已经迁出,留下老奶奶独居,分明是占房的策略,应该退回,这是一桩;底层三个子女中有两个插队落户,人口减少近一半,也可清退一间,所以是有余地的。阿郭说,据法理说话,没一条用得上,只能情商了!柯柯道:我说的就是情商,阿郭叔叔最通人情世故了!阿郭笑了,心想,要论人情世故,瑟的一家捆绑起来也抵不过这一个。柯柯也笑起来,想自己找对人了。多年过去,这两人才说上话,也因如此,彼此更加警惕。

最后的结果，底楼人家让出楼梯口的小间。只六平方的面积，却有一扇大窗，对了天井，本是仆人房，现只做吃饭用。除阿郭斡旋，还有实际的考虑，就是房租的开销。阿郭暗中运作，重新划价，几乎占总数三分之一，于是下了退房的决心。没有达到柯柯的预期，但聊胜于无，柯柯娘家的底子，就是这么一小点一小点积起来。那边搬走，这边即请来保姆，原先婆婆陪房娘姨的儿媳妇，房间回到原初的用途，生活的格局似乎也跟着补上一个角。

与家中的繁琐相比，他在外埠乐得清闲，更重要的是和大麦，几乎朝夕相处，却没有一点倦意。她那张小狐狸脸，藏着多少诡计，白天日光下，瞳仁成一条线，黑夜里变得滚圆。笑容也是，众人跟前只是觉得着的快乐，私下里的却有悬念，仿佛对你说：等着瞧！你就乖乖地等着。头发掠到耳后，耳轮动起来，像兔子。按科学的说法，属"返祖现象"，他眼睛里，却是魔术，她奶奶不是最爱上海的魔术？从这个角度，说"返祖现象"没错。头发梳平梳齐，分左右两把扎起，底下那个小脑袋瓜里究竟想的什么？一会儿这样，一会儿那样，把人都弄糊涂了，这糊涂也是可乐的。头昏目眩中，忽地开蒙，天地清明，原来是她呀！不只是单个的她，连周围都是神秘的意志。问她的名字从何而来，女孩子呢，为什么不叫"小麦"？"小麦"是大姐啊！她说。二姐叫燕麦，大妹荞麦，他打断说："荞麦"也很像你！她手指头一点：这你就不懂了，荞麦什么季节的作物？夏粮和秋粮之间，一线线空隙里，就像我妹，顶着我硬挤出来！他不全懂，问：夏粮和秋粮哪里去了？大水淹了！她大笑道。大水早不淹晚不淹，为什么偏偏这时候淹？她更笑了：大水不来，哪里种得下荞麦？他说：如此说，荞麦还拜大水所赐。她收起笑，严正脸色说：这就是天候，雨季、潮起、山洪、地心引力，懂不懂？脑子不够用了，没有答案，只有问题：那小妹叫什么？麦穗！她说，麦子收完，捡个漏！他真为这家人折服，起名字起出这些景象，可他更喜欢她的小名，"三"。用老太太的中州韵，发"伞"的音。"伞""伞"，叫的就是她。过些日子以后，他才意识到这个名字里的预兆。按上海人的习俗，送礼不能送"伞"，为什么？谐音"散"。他和她，注定要散。人在事中，哪里会想结局。

他成了她家的常客。小麦、燕麦都在恋爱，她们的男友也是常客，群群伙伙的，轰隆进，轰隆出。他年纪最长，应喊"大哥"。但二十岁看三十岁,几乎长一辈,所以,又叫"叔叔"。和她们父亲站一起,又回到下辈人,混着叫一气,最终跟着"三",直接称"上海人"。一旦人到齐,就成了年轻人的天下,父亲母亲早早退去自己房里,一是清净,二是知趣,让孩子们自由。老太太却喜欢热闹,扎在里面,多少是个妨碍,都有些躲她,唯有"三"和他,是欢迎的,再带上荞麦、麦穗两个小的,也凑起半屋子人,老实坐着,听训话和讲古。老太太的"古"并不古,还很现代,并且华洋参半。洋式的有"三"自小听的训诫《块肉余生记》,耶稣复活,此时再听一遍。不知是否年龄长了,知识也长了,故事的气氛完全不同。新添有福尔摩斯探案,柯林斯的《白衣女人》《月亮宝石》,这些故事小瑟也曾经从书上读过,或者听茶会上的客人议论,但从老太太嘴里说,却仿佛另一个。和"三"的感受其实一样,那就是强化了悬疑和恐怖。多少有取悦他们的意思,中原地区,春秋时期的鲁国,在孔子的道统里,属"子不语怪力乱神",老太太却背道而驰。讲到蛛网密布中,老新娘裹着腐朽的婚纱,独守空房;黑夜的烛光摇曳,绅士神色迷离,捧着月亮宝石徘徊……讲述人眼睛放出光,脸上浮起红晕,仿佛活回去,变成青年,又像反过来,走向往生,成了精,座上人都有些害怕。两个小的搂在一起，他们则手拉手。中国古话《红楼梦》，要点不在宝黛情史，而是来自大荒山无稽崖青埂峰的一僧一道，此时二人摇身一变，变成灵媒，专事天人之间传递消息。荞麦也看过一些书，顺势说起《聊斋》，被她奶奶截住话头，说那里的狐仙没有根基来历，不过谵妄而已，都是厉鬼，她老人家说的可是人，有前缘的人，是唯物主义——这句话有点石破天惊，要知道，老太太可是跨世纪，并且跨地域，身在内陆产麦区，面朝英伦早期工业时代，这就是"康白度"。

说到此，停下来，看了他，问：上海那地方是唯物主义？突然被问到，想了想回答：也不尽然！老太太倒好奇起来：那么说，也有魅？又想了想，说：有一部电影，叫作《夜半歌声》，相当骇人！老太太叹口气：魅不尽是骇人，有它的意思！说到电影——不禁笑起来，唯物主义的魅原来是电影，说到电影，有一出叫作《鬼魂西行》，看过吗？他点头，看过，又摇头，由老太太说，就又是另一出了。那鬼魂什么时候遁形，知道吗？他不敢说知道，只是听。必等平了冤屈，冤屈这样东西，千年万载，十万八千里，都灭不掉，唯"昭雪"一条道，你们知道"六月雪"？这样，话说到窦娥事上去了。一串二，二串三，直说到听的人一个偎一个,昏昏然半睡半醒。窗外飘进草木苦涩的清气,熟枣子啪啪落地,燕巢里唧唧哝哝,大的给小的喂食。屋子里是女孩子的发香,老太太烟卷吐出白蒙蒙的氤氲,浮在玻璃灯罩底,投下乳白的光。

情,是冤的变相!老太太接着说:都是苦果,一是善缘,一是恶缘,比如,绛珠草受神瑛侍者甘露,还泪以报,才能平了这一桩孽债;杜丽娘得柳梦梅一晌春梦,则是还魂,有情人终成眷属,诗说,报之以木桃还之以琼瑶,指的就是这!老太太在鸡蛋壳里掐了烟头,最后一句话:情比冤深!为什么?他赶着问,丫头们都睡着了,打着细细的鼾。老太太回眸看一眼,这一眼就像刀子:冤是别人强加,情是自投罗网,叫作心甘情愿!说罢走出门去。他想,自己也该走了,月亮都到中天。

在这宅院里,他领悟了天地的大。从天台翻上房顶,脚下就是堆栈,禁闭不听话孩子的黑屋子。她早已经不怕它,甚至忘了恐惧,不是没记性,是长大了。小孩成大人,一路过多少奈何桥,喝多少孟婆汤。踩着屋瓦,脚底咯吱咯吱叫,人仿佛到了天里面,星空呈现巨大的弧度,地球真是球状体。她说,每人都有一颗星,哪一颗是她?他问。天机不可泄露!她回答。他说:那么说来，我也是了，也藏着天机！那星星稠密极了，还不停地钻出来，或者说，是他们钻进去，一重一重，渐渐地就成了里面的一颗。只不知道哪一颗，又仿佛每一颗。流星掠过去，是他还是她？飞到天际，遁入无形，不见了。再有一颗掠过去，接二连三，交互错乱。流星雨！耳边响起"三"的声音。陡然落地，回到原形，还是他和她。下露水了，她换了说法，人变成草，一株草顶一颗露珠！他向以为"流星""露珠"是语文的修辞，不想原来是有实物的。他还以为"银河""鹊桥"是童话中的人和事，不想也有实物。现在知道，虚空也是物质的，全然不同的一种。他是生活在现实中的人，都市里全是现实人生，就是老太太说的唯物主义，到了这里，却蹈入另一种形式的物质生活，无法命名，但铁定存在，星空就是证明。昼伏夜出，明暗相济，说它虚空是因为分不出你我他，所以用"混沌"这个词。他读过《圣经》，下午的茶会上，女宾们时不时念叨，"地是空虚混沌，渊面黑暗"，上帝方一造人，就跳到亚当夏娃，好像是她们的熟人，变身坊间八卦，风流韵事。躺在瓦片上，却回到陶土，和成泥，做一个我，做一个你，你中有我，我中有你！

小瑟变成哲学家，谈爱是在形而上，比如数字，这又涉及电码。那一个在动乱中上学,有几时正经读书的,自己都不好意思称高中毕业,这一个呢,名义是大学,但属艺术专科,文化课原就是副业,再一荒废,就全还给老师。在他们,所谓数字就是最基本的一二三,好比小孩子的拍手歌:你拍一,我拍一,你拍二,我拍二……他们自创许多玩法。两人的生日相加,得数定作幸运数;屋顶的筒瓦,横排竖列,被他们数个遍,总和也是幸运数;前街的电线杆子,后门的系船桩,一座座桥,桥洞的眼,得出无论什么数都有意思在里面!否则,为什么不是别的而是这个?就像摩斯密码,每一组数字对应一个字,一个字对应一件事物。城里的巷子,巷子里的院子,院子里的水井,井沿的树,最多是枣树,其次槐树、杨树、柿子树、榆树、银杏树——比较少,要是有,总是两棵两棵相对而立,从前一定有寺庙,她告诉他,她什么都懂。寺庙没了,树还在,可不,那一截断垣就是证明,断垣上有模糊不成形的字迹,就数它!这数字渊源深了去了,都追得上大荒山无稽崖青埂峰,说到此,两人都停一停!车站发出和到达的班次,那就靠耳朵听;经停的站名,名字里的数,也暗藏玄机:二案,三岔口,四甲坝,五港,六堡,八斗岭,十字铺,十一圩,三十里店,八百里桥……三棵树!看到没有，他说，"三"最多，到哪里都是你！所以，你跑不出"我"！她说。我才不跑呢，就在"三"里面！她得意道：画个圆，圈起来！于是，圆周率又来了，三——还是"三"，小数点后面无休无止的数，他说：我就在这里，又长又乱记不住。不对，她说，我记得住！一口气背下去：14159265358979323846，点、点、点……我就在点点点里。她又说不对，点点点是卢克和卢馨。两人就都沉默了。

她只在照片上看见过卢克和卢馨，一个男娃娃，一个女娃娃，真想一口吞下去，她说。可他却想吞下她，并不是"秀色可餐"，而是通灵宝玉的意思。俗话说"开窍"，她就是那个窍！他变聪明了，一点就亮。原本是个懵懂的人，和周围都隔着一层膜，其实是寂寞的，要命的是自己并不觉得。当然，许多人，甚至大多数人都在寂寞中，比如母亲，比如柯柯——奇怪的是，他极少想到柯柯，大概因为柯柯和他属同类，都与外界包括彼此隔膜。父亲呢，是膜中膜，寂寞中的寂寞，但谁知道呢？也许由量到质，就换了维度，他从来没有企图了解过。阿郭无疑是开放的，弹性比较大，但也不意味着通透，这膜够严实的。膜外面的人大约有大孃孃，豆豆老师，高中话剧社的女同学，剧中名叫作玛柳特卡,她离得多远、多远啊,视力刚要触及,又远去了,怎么也捉不住,气球飞上天。北方的十月的天空,气球的海洋,人们都在欢呼跳跃,奋力摆脱地心引力,他忽地起来一个大跳,可还是看不见女同学。那是另一种物理的膜,密度却是同样的,彼此之间没有通路可言。他就像一只蛹,居住在自己吐出的丝里,做成一只茧,现在,破茧而出,又做成一只蛾子,这可不是吉祥的比喻,比"伞"还不吉祥。半蚕半蛹的嬗变中,他一味挣着脱身,不去想脱身出来是自由还是新的囚禁。他离觉悟还远呢,只顾着高兴,一个大跳接一个大跳,在练功房里转圈。看他无牵无挂,就像孩子,一个已经挂上风霜的大孩子。也不是任性,说实在,他从来没有性情,有一点点性情,也就是追逐快乐的本能,顺延积习而来,区别在于现在的快乐更快乐。这增量的快乐里面,却有一些异质性,类似形而上,在他早已经稔熟的实体之外的愉悦。虽然还谈不上认识,停留在直觉的阶段,恰正是他的兴奋点,无论如何,他开始尝试一种抽象的生活。

爱情这东西,是占两头的,就看哪一头起事。从形发端,就要达到无形,反过来,无形出发,就是有形。他们到底也不能超出大的常规,最热烈的时刻,婚姻是避不开的话题,可不是吗?

全家人都以为他是单身,奶奶暗示性地说过一句:让"伞"到上海去!老太太总是最狡黠,是探路,也是放筹码。这两人都听不懂,他历来少一根筋,缺乏常情;她呢,想都不曾想,注意力全在卢克和卢馨,他们来这里还是在那里。至于柯柯,那是谁呀?不知道的当她骄傲,稳操胜券,也是,但不全对柯柯,也是对他,对自己,对所有人,就是不对卢克卢馨。

有一晚,演出回来,他已经搬到她家,但是分房睡。她依然和妹妹们住一头厢房,他住另一头,奶奶的外间,老派人的规矩。这两个人,是天真,又是颠顶,同时也是自私,但都是乖孩子。一人骑一辆自行车,她总是在剧场等他,朔风中,呼啦啦向前。夜间的路面,沥青镀上一层釉,光亮平滑。人们都回家了,末班车驶过,投下明晃晃的窗格子。桥上却有稀朗朗一圈人,骑过去,放缓车速,探头看见,依着桥栏放个包袱。凑近了看,包袱里是个婴儿。路灯光里,小脸青白,眼睛一张一合,有人轻声说:快死了!他没回过神,她已经下车,弯腰抱起包袱。一手端着,另一手握住车把,踢开脚架,跨上去,一溜烟骑走。他在后头追,大声问:你要做什么?风吞了话音,把他呛着,她已经远得看不见,只得奋力追赶。就这样,一人前一人后骑到下坡口,松开手闸，简直飞起来，就像有许多时间过去，终于停在河沿平路。她这才回头看了他，头巾褪到后颈，露出毛茸茸的脑袋，眼睛里汪着泪，喘息道：我起好名字了，勿论男女，就叫如意！

显然，"如意"从卢克卢馨而起，她不知道那两个名字的由来，只是循字音排列。到家发现是个女婴，很合"如意"，其中似乎有天造的心思。那"如意"连吸吮的力气都没有，姐妹几个，找来针筒，调匀奶粉，注进小嘴，居然也活了。看女孩们围了婴儿打转，就像过家家，神情却是隆重的。他目睹过柯柯的母爱，可这一回却有新的发现，可不是吗？婚姻养育本就是成人游戏，做着游戏过活，活着才不至于是件枯乏的事。

七

　　现在，上海的家成了客栈。客栈还供起居饮食，他只点个卯，虚应差事，就不是客人，而是古代的散官，所以，更接近公府。最先起疑的是阿郭，想这不喜欢外埠的人，怎么热衷跑码头的营生，定有绊脚的人或事。江湖上，千难万险，归总起来不出两个关碍，一是饮食一是男女。社会主义消灭私有制，"文化大革命"又推进一步，连"余孽"都横扫了，眼看世界大同，饮食一部齐平，就没有纠葛，余下男女，是个大防。阿郭十二岁出来乡下，沪上讨生活，做小当差。多是新贵人家，华洋参半，按今日说法，即半封建半殖民，纲常松弛，风气开放。看他年幼，留在内室打杂，替女眷跑腿。渐渐大了，有眼色，口风又紧，就成了扈从的角色。阿郭从不懂到懂，不通到通，有什么秘辛躲得过他的耳目！有意套小瑟的话，可惜连套话的机会都少了，那人一闪身就绝了踪迹。明摆着疏远了，阿郭难免失落。走过俄国舞校的公寓大楼，玄关里鸡雏似的小儿女挤成一团，气味也像鸡笼；罐头大王的宅邸，做了政府机关，门口设了岗哨，立着持枪的士兵；下午的茶会，听母亲嘱咐，送一颗酒心巧克力放在手心，转身速速跑开；北火车站，人头攒动中，相跟着挤出检票口，小小少年离家一年半，已经染了粗汉的习气，两个旅行包一前一后搭在肩上；还有他租借的排练厅，院团从五七干校返回，传出丝竹弦管……变化正悄悄来临。阿郭郁闷地走在街上，到处都是那个人影，又到处不是。有一次迎头撞到小二黑，想问他人去了哪里，试了几次到底开不了口，别人把他当小瑟父亲一样，真正的父亲倒都不认识，寒暄几句过去了。这是他与小瑟最近的距离了，而且，他几可断定这西北人知道某些隐情，眼色闪烁，急切要走，分明就是回避，不由激愤起来。等到柯柯来找，才感觉释然，平静下来。

柯柯电话打到阿郭单位，两人约在不远处街心花园里见面。

柯柯还带来一条香烟，产地正是小瑟去的内陆城市。阿郭欣然收下，当场拆封，取出一支，柯柯送上火，点着了。双方静默着，都在等对面人说话。屏了一时，到底柯柯先开口：他不在家，阿郭叔叔也不来了！这样的开场，话没到，事情却到了，阿郭不禁折服，但也不让，立即回道：阿郭叔叔不去，就是天下太平！话里有话，柯柯当然听出是逼她服软，偏不接茬，只顺着说：阿郭叔叔不愧定海神针！这就有挖苦的意思了，阿郭好笑，和我弯弯绕！面上并不露，说：此一时，彼一时！柯柯还回去：三岁看老，要论根性，还是阿郭你知道！这一回，去掉"叔叔"的称谓，直接叫"阿郭"，当自己人的说话。少奶奶年轻！阿郭倒换了旧称呼，心想，"阿郭"是你叫的吗？少奶奶不知道，根性这东西最经不起世道变迁，所谓沧海桑田，你是没见过老瑟当年的样子！柯柯微微一笑：罗汉不是一日修成的，听婆婆说，阿郭刚到上海时候，才十几岁，一步一步也走到今天！这就不大客气了，阿郭也是一笑：修成修不成，要看机缘！柯柯"哦"一声。

话扯远了，又是掉过头，落到凤怨，都快绷不住，有些变色。稍停片刻，柯柯说：我没有阿叔命好，也没阿叔的慧根。两声"阿叔"叫得他不忍，是求饶的态度，是个识时务的人，不如顺势下了台阶：是小瑟命好，讨了旺夫的太太！柯柯说：谢谢夸奖！揶揄里有几分真心，彼此双方都放下芥蒂。推磨似的推了一圈，回到原点，其实是一个心思。柯柯说：他和阿叔最好，父母倒生分了。阿郭说：那是因为讨了媳妇忘了娘！柯柯说：我心里有数！阿郭说：你我都不敢说"有数"的话！柯柯意识到自己入了套，打个愣，一同笑起来。静了静，阿郭的烟也吸到头，说：要回办公室了，等会儿有人找。分明是拿乔，谁求谁啊？柯柯唤一声：等等！阿郭身子转了一半，停下来看她。柯柯唤道：阿郭帮我！这一个"阿郭"情急中脱口，叫人不好计较，正过脸，看定对面人，那人说话已经变声：我男人连连往外地跑，过年都不回家！阿郭说：他做的这行，新派叫作演员，老派就是吃百家饭，自然要走四方！柯柯冷笑道：吃百家饭不怕，怕的是独一份。阿郭问：哪里有独一份？柯柯抬手点点他胳肢窝夹着的香烟：就在这里！想多了！柯柯又冷笑：我是最不愿动脑筋的人，等人家找上门来，还没睡醒觉呢！阿郭问：听见什么了吗？柯柯收起笑：阿郭是过来人，应该晓得，这样的事情，传得满城风雨，就是传不到枕边人的耳朵！阿郭不禁哑然。柯柯说：阿郭叔叔如果听到什么，务必告诉一声，免得我们做笑柄！阿郭应道：

那是当然的。柯柯的话还没完：他可以不给我面子，卢克卢馨呢？总要顾虑些吧！阿郭说：他并没有什么不妥的行为。柯柯看过去一眼：阿郭还是知道点头尾的！这真的冤枉我了，都不敢说话，稍不留神就自栽自身！他连连摇头，显得十分委屈。柯柯定定地看了足有七八秒钟，移开眼睛，两人都松下一口气。

像小瑟这种没有单位的人，其实最自由，任他到哪里，做什么，谁监督他？人海茫茫，就像一根针，谁捞得起来他？枕边人却有秘密通道，传递出消息，具体的例证一件举不出来，肥皂泡似的，一触即破，放开手，又聚拢了。回想起来，迹象早就有了，比如，房事的冷漠。当然，两个孩子同居一室是客观原因，但到底年轻夫妇，不至于淡泊到几近于无。房事只是婚姻生活中的一项，甚至排不上头等，更严重在态度的变化。最先他主动，向来是示好的一方，她恩赐般地接受，不知觉中交换了位置，她倒要看他脸色。归到客观原因，就是经济的升降，过去是她，现在是他，承担起家庭财政的大部。正是这些具体的条件，蒙蔽了眼睛，让人忽视情感的微妙。这也透露出柯柯的薄弱环节，她是彻底的唯物主义者，过分依赖现实，她终于意会现实是一把双刃剑，收缴"国库"的同时，"私藏"也相应地增幅了，这可是危险因素。回到房事，也是同样，以为儿女就是万全，其他都可忽略不计，事实上，儿女羁绊了女人，放养了男人。柯柯对异性的概念是在他身上开蒙的，他片面化了她的认识。这个精明的女人，对于两性关系却相当幼稚，基本是小学生水平。他不在家的时候，她猜不出他在做什么；在家的时候，睡在身边，猜不出他在想什么，于是反而觉得更远了，完全是个陌生人。

有一次，走在弄堂里，遇到汽车间那个"阿陆头"。认识阿陆头，还是多年前在文化广场门口的一面，传话老同学，带他们进场，惶遽中来去，之后再没有看见过。阿陆头这样的年龄，都是在上山下乡的潮流里，有一时期，马路上难见到这般大小的男女，仿佛隔空一代人。过去二三年，渐渐转了风向，返流回来，也是零零落落，不成气候。下面的几届，在新政底下，补进社会，顶上去，平了缺口，无意间，本来少了的反变成多出的。世事暌违，按说，阿陆头早已经退出记忆，但柯柯即刻认出她来。人没有改变是个原因，连装束都是老样子，旧军装的上衣，掐了腰，两面旗帜样的裤腿，拖到脚面上，也是军装，但颜色已经洗浑，布质也薄了，绰约透出内裤的花样。更主要的原因是，那晚印象深刻。化了浓妆，好像面具，自己的脸依然凸显起来，所以柯柯就能认出。阿陆头也看见了柯柯，没有停留目光，划过去，继续走她的路。柯柯发现她肥大的裤身并不是某种款式所致，以生养的经验，判断至少有七八个月的孕期，难得她行止灵便，脚下生风。应该是头生，按坊间的说法，就是儿子的胎形。柯柯的心忽然往下一沉，瞬间起疑，仿佛周边事物都怀了秘密。

　　明知道祸端不可能生在阿陆头身上，时间地点都合不拢，还有，汽车间的人家，镇日活动在弄口，露天之下，无隐私可言。但是，就算没有阿陆头，还有七、八、九、十……到处都是年轻风流的小姑娘。对，就是风流，阿陆头留下的印象，多少年没有磨灭，就是这两个字，风流。她有一种奇异的道德感，来自禁欲的环境，倒不是指主流意识形态，坊间可是活泼泼热辣辣的情欲世界，单她从小生长的弄堂，就数得着几个私生子，她不也被人疑作其中之一？正因为此，家人对她管束严，上两代女人争相做妇道的榜样。婚姻没有稍许地松动刻板性，方才说的现实主义，更加固定了约范。她男人也没有教会一点新奇的出格，说到底，同样是在禁欲中过来，不是缺乏异性，相反，是过剩，取消了差异。总之，他们不是一对性感的夫妻，甚至都生不出妒嫉的心情。现在，她从阿陆头身上得了一种类似刺激的启发，醒悟到危机四伏。

事实如此,还是存心,她经常遇见阿陆头了。临近分娩并没有让她闲下来,反而是忙碌的,缝纫机搬到太阳地里,踏板风火轮似的翻上翻下;或者收起机头,铺上报纸糊纸盒,这就不是脚而是手在翻花;也有静谧的时刻,她靠在竹榻上,合目想心事,树荫里的脸,罩着花影,摇摇曳曳,显得神秘。有几次,柯柯有意放慢脚步,企图搭讪几句。阿陆头知道什么,又会告诉她什么吗?柯柯真有些乱阵脚,都不像她了,她向来是镇静的,最知道自己要和不要,最终又能有的。晚上,一众人聚在大房间里,公公教两个小的说英语,现在,老的小的用英语说话,她听不懂,听不懂才让人得意,才是她的家和家人呢!她替婆婆卷头发,先分成竖行,横挑一绺,卷发纸裹起,再挑一绺,热毛巾使房间气温上升,烫发精的氨水气味弥漫开来,开始有一点呛,慢慢习惯了,也是暖和的。这一幅画面,含有一点伤感,过往不堪回首,日子总算熬出头,有了财路。此时此刻,柯柯的心里,就会浮现一个人,很奇怪的,不是孩子的父亲,而是自己的。那个从未谋面的男人,母亲和外婆绝口不提,仿佛寄身在按时的汇款和邮包,还有邻里猜度的目光里,她平生第一次想到,父亲可能,或者无疑另有家室。

阿陆头闭着眼睛也认得出柯柯。他们这一家是弄堂里的名人，虽然落拓了，但邻舍们说，"瘦死的骆驼比马大"。新娘子进门那一日，压了声气，还是张扬开了。新人从一辆轿车里下来，借了暮色潜入，先是尾随几个小把戏，再跟进女人们，到后门口，已成阵势，沓沓地上楼，吵着要吃糖。婚房做在亭子间，瞬间挤满，阿陆头进不去，留在楼梯口。阿柒头人小，钻到最前面，从桌上水晶缸抓一把糖，再钻出来，分给姐姐。吃着糖下楼，迎面又是一拨人。她还记得柯柯的身影，浅灰薄呢半身裙，白衬衫束在腰里，外面披一件粉红羊毛衫。晚秋的季节，入夜时分，气温下降，她抱着双臂，有点瑟缩，又是娇羞，贴着新郎倌前胸，速速地迈步。从插队地方回家，几年时间过去，上海的水土养人，依然簇新的一个人，童车里的小娃娃，也像塑料人，一点瑕疵没有，阿陆头自己却觉得换了一世人生。

跟着高年级男生一起去的，不是起先说的内蒙古，而是掉一个头，前往云南。因是军垦，以为有戍边的使命，那时候，年轻人都有从戎的理想。男生姓杜，长得老气，具有领袖型人格，大家喊他老杜。也是贫寒出身，比她还更逊一筹。她的父母虽是出力的营生，但在公职单位，有劳保福利。老杜家要按"中国社会各阶层分析"，大概属于"流氓无产者"，但这"流氓"不是那"流氓"，是相对于产业工人的经典无产者而言。父亲原本一爿小煤油炉厂做工，母亲无业，专司家务。大跃进时期动员不在城里吃闲饭，一个人的工资也养不活全家老小，便回了原籍，倒和阿陆头老家涟水挨着，泗阳。起头还好，乡下地场大，田土这样东西，有种有收。小孩子是散养的，女人也挣工分，父亲会打算盘，做了生产队会计。到三年困难时期就不行了，眼看着人饿毙，自己家里也丢了一个小的，不是饿死，是掉到河里溺死。才知道，农业几乎是被社会放弃，自生自灭。于是，呼隆隆又回到上海。从这点看，老杜父亲杀伐果断，是个有魄力的人物，老杜就像他。走的时候，他父亲留了后手，几个小孩的户口，半间披屋，靠了山墙加盖的。地板上架床，床板上支桌子，桌子上摞板凳，硬是塞进去住下了。接下去就是找饭吃，煤油炉厂并进大隆机器厂，原先的员工驱散大半，更不要说早已经脱职的，可不还有其他吗？从四目荒凉的农村出来，看上海四处活路，印刷厂里切纸边，木器厂搬方子，肉联厂拉泔水，建筑工地支脚手架……于是，两个老的拆纱头，女人去做保姆，省下吃口和铺位，同时也是节育，免得再生养。小孩子到底受了磨炼，齐打伙给牛奶棚割草。农村这地方真是教育人，他们家早十年就懂得了。老杜是老大，那年九岁，方才上一年级，和八岁的弟弟和七岁的妹妹同班，只过一年，就跳一级，再过一年，再跳一级，就与同龄人平齐了。考初中那年，社会上兴起阶级教育运动，重点学校优先录取工农子弟。老杜不是工农谁又是工农？就这样，他踏进这所贵族学校。三年初中，又直升本校高中，尽管有出身成分的好条件，但他一刻不松懈课业和操守。十五岁初二，加入共青团；十七岁高一，破格为候补共产党员，即将转正时节，"文化革命"发端。

老杜他一心跟随潮流，政治上其实很单纯，基本来自原生家庭的生存经验。靠一双手换衣食，没有带来大富大贵，却也没有欺骗他们，他的学业成绩就是证明。这合乎当下社会意识形态，也保持了正直的秉性。就是这朴素的信念，让他站到保皇派一边，这场运动的幕后初衷，本不是年轻学生能够了解的，更何况草根阶层。现实很快颠覆了他对革命的想象，派系斗争上升为主导，思想对垒演变成内讧。无论哪一派，上层都由干部子弟占据。他们穿着父辈的戎装，领上肩上留着徽章的痕迹，马靴打着铁钉和铜皮气眼，腰里扎着牛皮带，课本里说的长征途中用来果腹的就是它。原来，无论造反还是保皇，都覆盖在一个巨大的分野之下，那就是权贵和庶民。革命没有消弭阶级差异，反而更加强化。形势如此暧昧，老杜满腹怀疑，尽管马克思推最可贵的品质是"怀疑一切"，他将许多格言抄写在笔记本，并且写下心得，可依然不能解除怀疑的折磨。母亲帮佣的家庭是山东老区的南下干部，在工业局做领导。从他那里，他感受到平等和民主。母亲称东家"同志"，张同志，李同志，吃饭上桌，小孩子的衣服自己洗。他有时去看母亲，也被邀上桌。他们显然很喜欢这个上进的少年，提许多问题，要听他的回答。红卫兵兴起时候，送他一件旧军装，前胸口袋上有一个弹孔，子弹让怀表挡住，保下一命。张叔，他这么称呼，张叔说，不是送你衣服，是送你历史的记忆。他收起没穿，一是不舍得，二，他不想让人以为趋炎附势，这会亵渎张叔的期望，怀疑什么都不能怀疑张叔。

做了一阵逍遥派，这日子不好过，满城的标语、大字报、高音喇叭、丰庆锣鼓，宣告夺权胜利，紧接着又一轮夺权。连夜晚都是沸腾的，庆祝北京来电的游行队伍，旗帜、标枪上的红缨、腰鼓槌的绸子，就像一条彩色的河流，哗啦啦奔向前方。他却站在岸边。他拾起割草的旧活计,早早起身,去到西郊的草场。好久没来这里了,牧草经过多少代枯荣,总是新一茬。坐在石头墩子上,吸完一支烟,这是革命的遗产,抽烟。太阳升高一尺,草尖上的露珠收起,他站起身挥两下镰刀,草秆在刀刃上松脆地断裂,就知道是时候了。弯下腰,眨眼工夫,身后倒下一片。他掂掂手里的家伙,好使得很,从小练就的手势一点没有生疏呢!纠结的草棵里开出一条道,进到深处,草屑飞扬,在阳光里变成晶体。小虫子嗡嗡地振翅,画着一轮一轮的圈。远处传来男女孩子的叫喊和欢笑,直起身子,看见小影子掠过去,精灵似的,又像太阳黑子。空气在波动,推向地平线。他看见了自己,却是在苏北平原,脚下是红薯垄子,收割过了,盘缠着藤蔓秧子。孩子们的小黑手就在里面翻找,摸到一个小纽子,便摘下来,扔进背篓。背篓渐渐重了,压着肩膀头,勒得生疼,心里却十分快活。他再回不到那日子里了,他有了心事。正午的草场晒得起烟,小孩子都走远了,却生出无声的振频,仿佛静谧的回音,其实是自己的脉动,让他生畏。回望方才过来的公路,倚在树下的自行车,连铃铛上的锈迹都历历在目,却有八千里路云和月,天地真是大啊!

割草的劳动度过十天，便应同学邀约，出发大串联。派别争端抛在脑后，形势翻过去翻过来，许多新名词产生，他都不怎么懂。奇怪的是，并不使他脱节社会，反而有回到人间之感。他们的目的地是北京，刚上路即失去方向，先是北上火车摘下两节车厢，挂上西去的班列，他们正在这两节，稀里糊涂到了成都。之后就是一阵乱走，搭到什么是什么。重庆走长江过三峡，上岸武汉，过武当山到西安，再到洛阳，太原，保定，石家庄，这是大路线，中间经无数不知名的小站，到北京已是隔年的三月。天安门的接见结束了，大串联的热潮也到收尾之势，火车站整肃秩序，他们大约是最后一批免费的乘客从京沪线一路回上海。车厢里很安静，至少半数凭票上车，出公差的成年人，供销员一类的，习惯旅行生活，随身的携带就能窥见经验。人手一个同款的人造革黑皮包，就像古彩戏法的大袍子，眨眼间出来一样，眨眼间出来一样。睡衣裤、薄毛毡、茶缸、毛巾，铝制饭盒里面装了干点，自行车锁将皮包提手和行李架扣起，换了拖鞋，皮鞋用鞋带系在茶几腿上，摸出小枕头，放在后颈处，双手抄起，鼾声即起。早晨，火车走在最后一程，他们睁开眼睛，倦容全无，洗漱完毕，梳齐头发，脸上还擦了香脂：跑码头的男人，都有些女人气的。然后倒净搪瓷缸里的残茶，空饭盒里装上沿途买的零食，带给家中的女人和孩子。一件一件收起来，又是皮包一个。这情景预示生活回到原先轨道，恢复了常态。

他这一走就是半年，见了世面，自然山水，人文历史，还有现实社会。他亲眼目睹山头林立、满城硝烟的场面，这是武场。文场即大字报，他抄录两个笔记本，收集一大摞传单，有铅印有油印，也有手写，旅行袋里塞的就是这些东西。旅途的间歇，稍作休整，阅读和分析，最后归纳成两个字：盲目！而他又何尝是清醒？总之，他平静下来，形势似也趋向稳定，大联合的呼声很高，学校入驻工宣队，也是控制局面的迹象。在校生尚未复课，新生已经进校，年级班级以军队连排编制，各组织遣派辅导员，协助班主任，实务上了议事日程。派系间的分歧不知觉中淡化了，之前学校的党团员骨干分子，此时又回到主流，他得以受命，组建文艺宣传队。

老杜早在宣传队之前，就认识阿陆头。前面说过，汽车间里的起居有一半在弄堂口铺陈，好比向马路行人作展览。眼见那个最小的受欺负，大一点的姐姐脱兔般弹起，抓住施暴者后颈，摁倒地上。他们家也是多子女，底下有弟妹需要保护，他常是以伸裁的方式,这时候见识到以牙还牙的效率,但也知道他是学不来的。一是缺乏敏捷的身手,二是观念,他崇尚文明,是那种好孩子。他惊讶这女生的野蛮,却不反感,觉得有意思,可见道德评判因人而异。这片街区的孩子一笼统划入他们学校,多少有不平,当年虽然享有阶级政策的待遇,也还需要个人努力。但看见她在其中,做了小校友,竟释然许多。来面试宣传队,仅走个过场,心下早就应许了,以后的活动中,处处罩着。她浑然不觉,他又表现得含蓄,直到毕业分配的一刻,才得机会,两人的关系推进一步。

一九六九年末,沪上毕业生去向的政策更激进了,六八届初高中全部下乡,坊间叫"一片红",没得选。好在,老杜的弟弟妹妹在上一期分配中有了下落,根据"一工一农"的原则,一个进造船厂做工人,另一个去了黄山茶林场,在地安徽,行政所属却归上海农场局,就有回归的指望。串联的经历拓宽了老杜的视野,所以并不惧怕甚至向往外面的世界,暗地里庆幸有年长的弟妹留在上海及上海近边,可帮助家务,解去他后顾之忧虑,尽可以放心远去。于是挑了极北的内蒙古,游牧和征战,都是浪漫的,市井中人无可想象。后来转头云南,则出自现实。内蒙古插队落户，云南国营农场，每月发饷。他是长子，到底不能推卸责任。父母进入老年，不能像壮年时候出力。母亲那边，张叔张婶从运动开初，便只领每人十二元生活费，责令保姆离职，有一段，两人隔离审查，几个孩子还上他家吃饭。老杜去内蒙古，阿陆头去内蒙古；老杜去云南，阿陆头也去云南。她们新一届也囊括进"一片红"的覆盖之下，阿陆头对地域没有概念，就分析不出利弊，要说有意见，就是不要去老家，现在，有人愿意带她，便跟定了。虽然后知后觉，却是有轻重，老杜对她关照，她是感激的，也信任他。这样，他们到了一个叫作腾冲的地方。一去四五年，中间没有回来，盘缠是个原因，不如寄给家里；还因为道路险阻。四周都是树和藤，砍刀斩开缺口，转眼间合拢，把人裹起来。传说中的食人花，大约就是这样。其时，回到上海，自己一个人，肚子里另一个人，住下来，再没提走的事。

柯柯下回看见阿陆头，坐着小板凳，伏身大木盆，一上一下搓衣服。身子卸了重负，又回到苗条和轻盈，晓得生养过了，却没看见她男人。心里好奇，转而想自己，男人不也是看不见影子？有什么话好说。再下回，汽车间门口，推出一架竹子童车，半躺半坐三四个月大小的婴儿，头剃得溜光，皮色黑亮，眼睛也是黑亮，努力挣着起来，车轱辘都动了，滑行到路中间。她看了着急，连忙过去扶住，嘴里喊：阿陆头！阿陆头从门里出来，不禁吓一跳，不是被小孩子的危险吓着，而是想不到她喊她。愣怔一下才伸手接过童车，说道：谢谢！柯柯问：是你儿子？她说是，两人就算说上话了。

阿陆头问：爷叔好吗？柯柯说：忙！阿陆头说：忙好啊，男人嘛！听她小孩充大人的口气，不由笑一笑。阿陆头叹口气：男人的天地忒大了，都沾不着边。听起来，真像是经历过什么事。柯柯收起笑，问：小孩爸爸呢？阿陆头不说话了，知道有难言之隐，这些女孩子跑到外边，有许多故事在坊间传，柯柯不再问了。在柯柯的见识里，外地是可怕的，眼前的女人和孩子就是证明。后退一步，拉开距离，生怕受玷辱似的。阿陆头是什么人，当然看得见，"嘿"的一笑。柯柯有点尴尬，敷衍地摸摸婴儿的头，正对了一双杏眼，这孩子就像妈，眸子明镜似的照出对面的看他的人，变形的，好像铁勺子凸面的投影。不禁瑟缩，匆匆离开，背上却停留着阿陆头母子的眼睛。野种！她暗自骂道，野地里生，野地里长。阿陆头看她走远，拐弯进横弄。嘴角挂着微笑，半讥诮，半得意，想这些人做梦都做不到小孩他爸爸去什么样的地方，做什么样的事情。她其实也不完全清楚，但有一条，他们都是食人花芯子里爬出来的命，结下孽缘，走到天涯海角也解不开。阿陆头听不见柯柯心里的话，却接上了茬，女人都是有天赋的，生来知道人和事的分界线。

下一日，柯柯又去找阿郭了。约在凯司令，柯柯先到，点好咖啡蛋糕。阿郭迟一步，入座时顺便扫一眼周围，多了几张生面孔，那个绕着桌子出示扑克牌"六"和"十"的先生不见了，取而代之以倒卖外汇券的黄牛。服务生是原来的，但见老了。桌上人不是小瑟，换了小瑟太太，形势就大变了。阿郭面露怅然，柯柯估得出阿郭的心情，就不兜圈子，开门见山了。从包里取出一个白信封，推到对面，阿郭推回去：什么意思？车旅开销！柯柯再推过去。阿郭没有拉锯，又问一遍：什么意思？柯柯说：劳烦阿叔出一趟私差！什么私差？阿郭有些作态，明知故问。把人带回来！柯柯说，又取出一个有字的信封：地址！阿郭看一眼邮戳：时间是过去式，不定在这地方！也是作态，无意间却漏了馅，明知道就是这地方，是个知情人。柯柯笑一下：找不到人不怪阿叔！又跟一句：我是最好找不到！阿郭一时答不上来，两人就静一会儿。柯柯说：阿叔就当外码头玩一趟。阿郭想起去北京领小瑟回家,一晃十几年,真好比古人说的"白驹过隙"。他留下有邮址的信封,将先前那个拍回去:车旅我有!柯柯按住阿郭的手:我也有!阿郭抽一下没抽动,感觉到这手的力气,僵持一会儿,慢慢松缓了,对面人说:哪里来的钱,还到哪里去。这话有些凄楚,以为她要哭,但眼睛是干的。阿郭将两个信封叠在一起,收进夹克内袋:到地方就给回音。桌上的茶点一动没动,奶油结成块,两人起身走了。

阿郭他是惯出门的人,无须做什么准备,请三天事假,连上周末,隔日就上路了。一早发车,算下来,晚饭时便可到达。终点站是乌鲁木齐,远途客辎重多,动员亲朋好友前一夜就来排队,率先进站争抢行李架。等他一手提包,一手托个饮水杯对号入座,好比埋在了箱笼堆里。启程之初,还能保持清洁,列车员送水收拾也勤快,中午的客饭两荤两素,排在铝制饭盒里,餐车供应小炒。晚餐就潦草了,中途上车的旅客在车厢衔接处打了地铺,再向两头走廊蔓延,火车开始晚点。他从人腿间插进脚,挪到车门。列车员可不像他体恤下尘,直接从人身上踩过去。火车进站,只见月台上人群蜂拥,全速奔跑,有人跃身一跳,攀上车门,抓住把手,仿佛铁道游击队。想这只是旅程的三分之一不及,还有两个昼夜,不知什么情景。车门哐啷打开,掀起踏板,夹在上下车的人和包裹里,打了几个转身终于落地,发车的哨子已经吹响,方才知道经停站的紧张。定下神,左右顾盼,视野里一片肃杀,天桥上拉了素白横幅,隔壁月台进来的列车,车头分披两幅黑纱。目力所及,不是黑就是白,恍然记起,车厢喇叭播放的,不是哀乐又是什么?人声喧哗,报站声时不时响起,原来,最高领袖逝世,举世进入国丧。

出站要一架三轮车,向信封上的地址去。街上行人很少,四下里静得很,只有车辐条刺啦啦的转动声,车站里的鼎沸远在地平线那边。蒙了国孝的街市显得清明,黑白布幔勾勒出房屋建筑的二维图,遮盖了它的凋敝,将古城变新了。他想起一句话:若要俏,常带三分孝!有公共汽车开过,车身也蒙了黑纱,窗口里灯光明亮。三轮车放了闸,一路滑行,原来上了一座桥,这又下去了,平地走一段,就停在一扇院门跟前。交付车资,打发走三轮,凑着铁皮罩子灯,对照了地址。抬头看去,门上有一对铁环,握在手里觉出重量,是黄铜无疑。轻叩一下,再叩一下,院子里传来回音,住了手静等。不一时,听见脚步,清脆有磬声。阿郭已经知道这户宅邸大有来历。正暗中思量,门开了,里面的人背光,看不见脸面,石板地上有投影,此时月亮升起来了,是个女子。问他找谁,得了回话,便引他进院。月亮地里,对视一眼,明白了谁是谁。

其实,早在三天前,就有预感,她和他到头了。那日,派出所民警上门问弃婴的下落,要领了走,说捡来的东西一律归公,听没听过"三大纪律八项注意"?警察是个年轻人,和这一片居民本来就熟,嘴贫得很。她的嘴也不饶人:头一条不拿群众一针一线,我是群众,你可是官兵!警察说:那是针线吗?分明是个人!她说:人也是东西,人物,人物嘛!警察说:勿管是人是物,都要归还原主。她说:原主是谁,你还是我?说话间,已经走到屋里。婴儿睡在柳条筐,盖着毛毯,粉红的小脸,她说:我们各自叫一声,看她应哪个!警察叫"喂",她叫"如意",这就占了理:你是无名,我是有名,名正言顺!话扯远了,都忘了本意,只图嘴头痛快,来去几轮,最后还是回到法理上,人领走了。她提出条件,这孩子的名字不能变,就叫"如意"。警察不敢不答应,正色道:勿论如何,这孩子在你手里活下,救人一命,胜造七级浮屠,定有福报!提了篮子出院门,往吉普车里一钻,没影了。街坊告诉说,有人要领养,所以追过来。她并不是

儿女风云录　　　　　　　　　　　　　　　　　　　183

真要养她，自己还没出阁，怎么带孩子？且不说落户口，配粮油，一连串公文图章。内心里却有个占卜的念头，人一走，便觉不好。自以为留了个后手，就是"如意"的名字。日后去派出所查，哪里查得到，领养的人家恨不能将自己名姓都改了。随即，想起先前和他的数字游戏，两人生日年月相加，尾数是个"九"，本以为是个幸运数，一旦除以她的"三"，不是一干二净，没有余数。还有圆周率小数点二十位，再后面的点、点、点，说是卢克卢馨，不料生出"如意"一场事故，在虚空茫然中收场，也是怪她，动了运数。他们终究无果。再有，流星、露水、她名字的字音"伞"，都是兆头。他们没有前缘，哪怕到了三生石，也不会见面。上海那地方，奶奶不是说了，是个魔术，他就是"大变活人"的"活人"，一眨眼，又变回去了。

阿郭到的当晚，说他一身的火车气味，急切洗个澡。这还不简单，矿务局自己就有澡堂，但为了表示欢迎，要带他去一个更高级的地方。孔子不是说，有客自远方来，不亦乐乎！阿郭想这小瑟到这老旧的地方，染了冬烘，也成了古人。两人去的是部队营房的浴室，地处兵家必争之地，驻军九个师，各有文艺宣传队，业务上的往来很多。这天，上下都开会，收听通报，安排治丧事项,浴室只他们两个。雪白的瓷砖,一池池水,清得发蓝。隔间一排十数个,有喷淋,有盆浴。他们坐进池子,蒸汽扑面,浑身舒泰。阿郭说:怪不得你乐不思蜀,原来是桃花源。他不言语,雾蒙蒙的,人都化了形。阿郭又说出四个字:俗缘难断。他答了两个字:明白!两人再也无话,痛快洗了澡,大池子,小池子,盆浴,喷淋,全尝试一遍。末了,他说了一句,她家不知道他有妻有室。这回是阿郭答两个字:明白!

下一日,阿郭与小瑟一同去局里。国丧期间停止一切歌舞演出,都在学习,也不知道接下去形势如何,所以并不留他。结了账,领出劳务,还给一份鉴定,都是好话,可算善始善终。阿郭到哪里,无论公事私事,必要玩一玩的。于是,由小瑟陪同,去了几处古迹,多已经长年失修,荒废不成样。唯一座纪念碑维护得好,可阿郭对革命历史又兴趣了了,没有驻步。倒是路经一片野湖,得他赞许。足有数十个西湖大小,烟波浩渺。芦苇荡深不见尽头,水草蔓延,只听水鸟的咕呱,却不见有飞影,天是无边的辽阔。阿郭说走累了,就找了块干地坐下,看水面的涟漪。鱼类和管涌,在深潜处勃动,激烈时忽地破出一个口,转眼间又平复下去。天色转了颜色,一层层地红过来,是火烧云,轰然一声,禽鸟在空中集结,向湖心岛而去。晚霞铺开,水天方才有了分界。两人起身,说声"走",离开湖畔,再回头,渔火星星点点。

回程中,在鼓楼下老字号"三珍斋"晚饭。阿郭到后厨亲选一条鲤鱼,过了秤,厨子问怎么做,回说按当地习惯。又点几样卤菜,四两洋河,吃喝起来。阿郭说,南方出产丰富,菜品新奇,但凉菜比不上北方。地处寒带,食物经得起存放,因此生出各种调味,久而久之,就形成菜系。小瑟提问说,上海人惯常不吃鲤鱼,阿郭却偏偏点它,是什么道理?阿郭说:黄河鲤鱼自有不同,不是说鲤鱼跳龙门,龙门在哪里?壶口瀑布,壶口瀑布在哪里?黄河,此地黄河故道,可说是正宗,就想尝一尝。半餐饭的工夫,鱼上桌,尺二盘子,覆厚厚一层青白辣椒元荽,红的红,绿的绿,拨在一边,翻出鱼肉,则是玉白。两人都叫一声好,下了筷子。小瑟说:倘若阿郭与奶奶对话,一定有意思!阿郭问:哪个奶奶?回答:她奶奶。心下明白"她"是谁,并不说破,只埋头吃鱼,又喝了一盅酒,说:看院落,明显排场大!这就打开话匣子,说起这家的起始来历。阿郭喜欢听掌故,听得越多,越觉得知道的少,进步就是这么来的。下半餐饭的时间,都是小瑟说，阿郭听，没有一个字涉及那个"她"，阿郭也没有一个字问到"她"，都默认是个禁忌，不能触及。说话人脸上泛着红潮，也是酒上了头，阿郭竖起大拇指：奇人奇事！称自己很愿意拜见，领受面教，小瑟则答应促成。酒饭饱足，剩下一整屉蒸饺，给了乞讨的老婆婆，这地方四处都是求食的人。也不白拿，拉段弦子，擦鞋，搬重物，火车站排队代买卧铺票，算得上一种营生。

第二天正是周末，小瑟事先和老太太打过招呼，晚饭时带了阿郭过去。偌大个圆桌，坐满一周。老太太说远道来的客，陪在上座，下面是小瑟，另一边儿子媳妇，下首五个姑娘，年龄差不多，看上去一般齐，可他只用余光就认出"她"来。阿郭阅人无数，又善归纳总结，知道那个"她"不简单，以世人俗见，或许叫作"狐媚"，现代人的科学观，是"场"，用他自己话，则属"异数"。老太太的寒暄，一半听见，一半从耳边滑过去，心思跑到别的地方。他想到这城市的古老，多少春秋事迹，英雄忠烈，斗转星移，沧海桑田，地上地下各是阡陌纵横，千沟万壑，一是地质期，一是新开元！钟灵毓秀是好听的说道，邪门却是妖孽成化，原本期望的高手过招没有上演，气氛反倒有点冷和僵。幸亏菜肴多，铜拎攀的瓷缸子，长烟筒的炭火锅，堆尖的牛羊猪，鸡鸭鱼，茄盒子，藕盒子，奶油白菜，焖豆角，黄姜土豆，就顾着吃了。酒没喝多少，已经肉醉，迷离中与老太太眼神对上，心中不由一凛，醒了一半。小瑟让他瞒着内情，其实人家全知道，知道了也不说，静观事态变化，阿郭纵然有一身能耐，斗得过老祖宗吗？这地方绝非久留之地，就怕脱不了身，跟跄站起，举起酒盅，敬给老太太：后会有期！老太太仰头干了：相见不如相忘！阿郭又是一惊，已知道的彼知道，已不知的彼也知道。人已全醒，却不得不佯醉，磕磕绊绊，由小瑟扶着，离席出院子。

星期日一早，两人上了火车。三天时间，人们臂上都佩了黑纱。列车员的制服帽圈，镶了黑边。他们也做了准备，外套袖子别了一方黑布，上车就脱下来，挂在衣帽钩，显眼得很。说话行动掩了声气，静悄悄的。他们乘的是卧铺，矿务局没什么办不到的。火车出站，晨雾还未散尽，遍地起着白烟，路轨在迷茫中延伸，只听车轮的撞击声。阿郭发现小瑟在哭，颇觉意外，因从没见过他的眼泪，这就叫"男子有泪不轻弹，只是未到伤心时"。起身去茶炉接水，让那人安心哭。火车走过铁轨盘桓的地面，城区里驶一段，到了郊外。两边的庄稼熟了，农人肩着锄具走在田畈。太阳跃上地平线,刹那间天地清明,汽笛鸣响,传远了。以为加速,铿锵的节律变得轻快。阿郭回到卡位,上海是最后一程,人们或是到站下车,或在铺上蒙头大睡,车厢里很清寂。阿郭说:上回带你从北京回家,也是我!他收了泪,微笑道:是的,阿郭总把我当小孩子。阿郭看他一眼,觉出有变化,不知变在哪里,似乎沉静些,正思忖,那边又说一句:不让我变坏!阿郭嘘一口气,原来在这里等着!于是沉静里有了机锋。没有接他话头,两人缄默着,列车员提了钥匙走来,报告停站,车速也在放缓。是一个小站,名叫符离集,名特产烧鸡。月台上的推车追着在底下跑,急骤地敲着车厢,两人奋力推起双层窗,交割买卖。很快,卤香味扑鼻,车又动了。

八

　　即便阿郭不出马,他和她也到了收尾。前后撑足一个月,时局就发生大转变。说是人事,更可能是天道,而天道最终又落回人事,所以,他们草芥般的琐碎,说不好也是一点成因。要不,只是顺着走,怎么就到了历史的节点？他回来不几天,便宣布国葬大礼,机关学校工厂街道都安排电视会议。他家除柯柯有公职单位,其他几口都在居委会,借小学校一间教室,提前半个小时坐定等候开场。大人小孩都静默着,倘若出声,只须手指压住嘴,便收敛了。大殓开始,全体起立致哀,他看见前排的阿陆头,抱着个婴儿。仿佛背后有眼,转过身看见了他。多年不见,都有改变，可还是认得出，因为太好认，总有一种独特性，从时间和阅历中穿透出来，凸起在表面的痕迹上。默哀完毕，各自坐下。丧礼极是漫长，小孩子没了耐心，难免哭和闹，就驱回家去，安静些的则睡着了。终于结束，从暗黑中走出，顿觉天高气爽。小学生在操场上站队，降下的半旗风中鼓荡。步道边青草摇曳，蒲公英绽开，飞絮处处。仿佛叫停的一切又恢复动态，比先前更活跃有生气。

虽然身在局部，但还是有预兆。他发现，社会上学习音舞的热情在退潮，来沪招生的文艺院团日益减少，取而代之的是数理化补习。还是那些下乡青年，来了就不走，挟着书本，搭伙结伴去到某个老冬烘的亭子间，昏黄的低支光灯泡底下，额头都触到纸面上。他去找小二黑，学校的琴房都在上课，那些老师脸相带有瑟缩的表情，是受拘禁的日子的遗痕，超重负荷也伤害了肢体功能。工农兵大学生多半野路子，要从ABC来起，但教和学却都是严肃的。小二黑也在上课，让他在宿舍等。中午两人在食堂吃了饭，告诉他教育将实施新政，所谓新政其实就是旧规，一句话，恢复高考，向年轻人开放学业之路，相应之下，上山下乡收梢在即。他蒙着头脑，离开小二黑，骑出二三站路，方才悟过来，明白自己差不多是失业了。

开始，尚有旧学生，渐渐地，几个大的不来了。从他们的动向得知，地方歌舞团都在收编，老人员遣散，更莫谈新进。财政大幅裁减，自负盈亏。飞鸟各奔林，能走的且走，走不了的撑到哪里算哪里，到底保留全民所有的编制，算是福利时代的遗产。地方是这样，部队更加杀伐果断，军区以下文工团解散，或复转，或改文职。辗转得到消息，那矿务局文工团也撤销了，好在是大企业，人事安排有余裕，都在办公室做科员，还有到总局上班的，就算回了上海。同时间，知青回城却多了渠道，父母退休顶替，病退困退，单调对调。不几日，中考开场，后生也随了前辈去跟老冬烘背书，所以，两个年幼的孩子也退了。当时都是托了人来疏通关系，方才收下，他收初学者比较谨慎，怕把他们教坏。此一时彼一时，原本的谋生之道，如今成了奢侈。家长们难免有愧色，他只说理解理解，等人走清了，收拾收拾，自己走出来，心里就有一阵空洞。

这一年余下的日子，便是残局，翻过去，果然大学开始应试招生，应了小二黑的话。他曾经就读的中学，开了考点，那一日，正走到大门口，只听铃声大作，考生汹涌而出，转眼灌满大小马路，原来是收场的时间。行人都停了脚步，看他们经过，年龄在二十和三十之间，衣着朴素，面相老成，多是眼镜族，洋酒瓶底厚的镜片底下，却意气风发。和那些文艺考生很不相同，学习音舞的男女总是靓丽的，但是，风尚已转，换了人间，这一代的弄潮迎面而来。

回到上海，家中一切如常。和以往每次外出归来一样，父母略问些寒暖，言下之意进账如何。儿女依然生分，柯柯呢，脸色平静。他多少有些忌惮，准备着受诘问，却始终未提。并不让人释然，反而添了心事，所以很怕与她单独相处，躲着她。日复一日，依然没发生什么，他倒恍惚起来，难道真的什么都没有发生？又不敢相信。时不久，大喜从天而降，将注意力移开，那就是之前人们用扑克牌卜卦的消息，一个"六"，一个"十"，终于兑现。他们家得到两项补偿，一项是父亲平反，撤除"反革命"罪名，按当时工资标准发还差额，并且提升退休金级别；另一项来自老家，截停的定息，系数交付。老人虽已经过世，但留下话来，倘若小儿子改好了，他的一份依然归他，事实证明他并没有错，倒是受了冤屈。兄长依嘱执行，还是托阿郭传话，约在"绿杨邨"酒家吃餐饭。母亲记仇，大难当头，公婆与他们切割，就由小瑟陪老瑟赴宴。那边除北京的大姐缺席，其他都到场：大哥，大嫂，二姐，二姐夫，加上阿郭，还有一个姨婆，终身未嫁，一直在他家生活。睽违二十多载，当年青壮，如今已入晚境，倒都没有脱相，还是一家人的模样。终究命数不同，运数也不同，各有志向，其实已在陌路。坐下来不知从何说起，面面相觑，全靠阿郭从中调停，和谐气氛。曲终人散，只当从此再无聚首之日，谁料得到，不几年以后，山不转水转的，再又重遇，相守相依，这就是血亲的缘分。

  这些日子，全社会充斥着拨乱反正的气氛。也是发还工资定息的激励，柯柯重启索要房屋的计划。那底层天井后面的小间失而复得，好比第一次撬动，咬紧的板结松开了。趋向是有利的，但不能坐等，还需发挥人的能动性。纠偏的条文缓慢而隐秘地下传，是为防止动荡，也确实有困难，所以只能一人一事，一事一例，很大程度取决于消息灵通。然而，不是有阿郭吗？阿郭不仅近水楼台，及时收获善政，而且长于变通。加上外力，就是柯柯，在后面顶着，只能进不能退。现在，柯柯做了全家的代表，因是意志最坚定的人，其他——按阿郭的话，都是"缩货"。这句沪上俗俚粗鲁得很，本意指房事不举，泛用开来，倒无以为然。《红楼梦》里绛珠仙子林黛玉不也说过"银样镴枪头"的话！事实上，这类事故，既涉外交又涉内务，唯有柯柯能和阿郭对上话。阿郭的策略时迂回，时直取，柯柯就跟得上。阿郭不得不折服，想她不像女人短见，也不似男人浮躁，称得上人中的翘楚。将小瑟带回，她没有细问过一个字，阿郭想说，就也不知道从何说起。女人真是莫测！那小狐狸仙，也是莫测，但在明面上，眼前这个却是幽深不见底。他想起头一回看见柯柯，顿生戒心，后来渐渐放缓了，淡忘了。人就是怕接触，好是它，坏是它，印象更迭交替，一层盖一层，看不清真假了。有时候，猝不及防地，生出疑窦，随即又摁下去。他对自己说，给出去的要回来，无论情理法，哪里不对了？

替小瑟家做成这件挠头的事，阿郭颇有几分得意，得意自己的铺陈。当时挑选占房的住户，考虑只在日后相处。到此时协商置换，想不到更有一种便利，就是好商量。不像某些人家，本来是鸠占鹊巢，如今却得了理似的，借了清退的政策，狮子大开口。房主身份越高，批来的条子越有来历，价码就无限上升。反过来，没什么名目的，因为开不出条件，索性不理睬。瑟的家原属于后者，他们有什么呀，上海滩这种户头多了去，屡次革命中失掉大部资产，剩下一点尾巴，其中才有几个能进政协、民主党派，得一脚地位！底盘上的早已经分崩离析，大化小，小化无。可是，他们有阿郭呀！阿郭其实不是一个，而是一类，有点像掮客，将批文换实物，实物换批文。鸡生蛋、蛋生鸡地繁衍开来。这城市你可以说藏污纳垢，亦可看作有生机，再是计划经济，也挤得出一点自由市场。用时代话语，就是旧社会的残余，一旦气候适宜，便复活了。不过，他们的阿郭除了生意经，还有一份忠诚，老派人的伦理，否则为什么不帮别人帮他们？自小在外国人府上做事，秉承的阶级传统。

即便好商量，那几户都不是难弄的人，所提要求也占理，无非扩大几平方面积，煤卫相对独用，保持原有地段，具体落实起来难度却不小。新建住宅极有限，首先满足老干部增配，新干部达标，统战人士主张产权，其余只能在现有住房里调配。这城市开埠以来，历经无常命运，财富消长往往一夜之间，麻雀变凤凰或者反过来，所以，就有韧性。瑟的私房里几家外来户迁出，恢复完整的一幢，已经到三中全会的第二年。卢克卢馨都上了小学，一个三年级，一个一年级。柯柯领了保姆，主仆二人花费数月时间，将空房间收拾个大致，添置几件家具，他们一家移上三楼。公婆二楼不动,底层做回客厅,午茶会重新开张。可惜客人所剩寥寥,有过世的,在这样的年纪,称不上寿终,但遇上乱世,就不能按常理说了。还有甚至更多移民在外,香港地区或者美加。如她们的家世,外洋多少有些亲疏,一旦开放,便络绎去国。所以,茶会复起,倒和姻亲走动频繁,柯柯的母亲和外婆成了座上宾。下午二时许,大的上班,小的上学,老的去公园下棋,两家的母亲带一个太婆,围桌而坐。小瑟陪在一边,煮咖啡,倒茶水,端点心。仿佛时光倒流,回去三十年前,那一帧西洋油画,名字叫作"沙龙"。画中人都上了岁数,太婆打着瞌睡,脑袋垂到膝头,一惊,睁开眼睛,错愕的表情,好像方才是醒现在是梦,叫一声"乖囡啊"!问叫哪一个,就露出笑容:你们全都是!母亲说:我们都老啦!娇嗔的语气,少女似的。小瑟想,他母亲就是永远的少女,长不大的!太婆说:在我跟前,都是囡!向小瑟眨眨眼睛,透露出狡黠,天生的老妖婆,也是永远。三个女人中间,柯柯的母亲是顺从时间,跟随走的,老就老了,不挣扎,从容不迫,老得好看。化学烫发挽在耳后,有几绺白,脸上敷了薄粉,没什么描画。穿一件浅灰开襟羊毛衫,细格子呢裤,手里握一个黑缎金线珠子包,素净却不寡淡。因她衬托,他母亲的头发明显太黑，唇膏太红，衣服腰身太紧，披戴就重了，像个芭比娃娃，老了的芭比娃娃，反而泄露年纪。泄露自己的，也泄露他的。西洋母子图上的小男孩，天使般粉红的脸颊，翘鼻子，圆润的陷个小窝的下巴颏，受地心引力影响，一律拉长，下垂。他甚至有了隐约的眼袋，颈部的肌肤略微松弛。坐在沙发椅的扶手上，胳膊环着母亲的肩膀，好像要做她的小爸爸。他的岳母说：真是乖儿子！母亲仰起头，拍拍他的脸，母子都有些难为情，移开眼睛。

他又成了闲人，两个孩子都比他忙碌，脸上带着郑重的表情，上学，下学，写作业。小学校在弄口临街房子里，街心花园就做了操场。有时经过，看见卢克卢馨奔跑游戏，举行升旗仪式，驻步一时，两个人明明看见，却装不知道，只得无趣地走开。柯柯早出晚归，轮到值夜班，白天闭门睡觉，动作放轻手脚，比不在家更寂寞。房子收回以后，名义上整个二层归父母，三楼归他们，事实上，只柯柯带了孩子住上去，他依然留在二楼的亭子间。夫妇单独相向的时间几等于零，更谈不上性事。他们都不是欲望强的人，和儿女同屋起居，又受拘束，渐渐地惯了。再有，也许更主要，谁也不说破缘由，彼此起了隔阂。无形中，他被排斥出小家庭的生活。

回到上海,他一直等待柯柯发难,阿郭不就是她遣去的,怎么能说不知情?免不了有一场风暴,可是,格外平静。有几次,老人孩子出去了,家里只剩他们俩,柯柯开口,还未出声,心跳就加速,以为最终审判来临,结果说的房子。房子还回来怎么使用,装修费用怎么分摊,以及家用项目承担,他们早已经AA制。他唯有说"好",自己是过错的一方,知会他就是客气了。阿郭上门的脚头勤得多,三个知情人,说的还是房子。这就更可疑了,大有声东击西的意思,仿佛在嘲弄他。脆弱的时候,他恨不能打开天窗说亮话。临门一脚,又退缩了,因为不知道接下来的情形,不如保持现状,暧昧是暧昧,可已经成为现实,就接受吧。

时间过去,那一段故事渐渐远了,到底模糊起来,简直是场白日梦,没有真实感。他放弃应对柯柯的准备,知道她不会开口说什么了,却并没有因此释然,反而,变得瑟缩。柯柯在家,他压低声气,同时竖起耳朵,万一派遣做这做那呢,可不敢耽误片刻。要进大房间拿一件用物,原则上这也是他的居所,难免有些个人的置放,定会敲门。柯柯看见是他,露出惊诧的表情,使人羞赧，但下一次，还是会敲门。父亲补发的工资和祖父的定息，分他的部分，悉数上交柯柯，要用钱再向柯柯伸手，而他从来没有必用钱不可的时候。私下里向阿郭打听，哪里能赚外快。阿郭说，现在兴起国标舞，开辟不少舞厅，场间穿插表演，他心里升起期望。可是阿郭沉吟一下，接着说：男女做对，还是避嫌为好！他已经是有前科的人了。

镇日坐在家里，他最闲，又最忙碌，因谁都可以差遣。接送孩子上下学，父亲移交给了他，卢克卢馨总是挣脱他的手，一跑一跳走在前面，跟在后头，像个杂役，孩子们看不起他！全家人在客厅晚饭，这是一日里他和妻儿相处的时间。卢馨抱怨说她名字笔画太多，一个字可拆成四个字，要求改名。他脱口说：叫"如意"！话出口，自己都吓一跳，柯柯扫过去一眼，神情很奇怪，不是气急，而是得意，仿佛说"果不其然"。被人窥破，也被自己窥破，原来都还在呢！他借故上楼，回自己房间，又觉得欲盖弥彰，好比自供。旋即下楼，回到客厅。大人们正说服卢馨，暂时克服困难，长大以后会喜欢，这名字内含好多美意，曾经有好莱坞女星，汉语译名也用这个字。他悄悄退出去了。

那个叫"如意"的婴儿，他都没有正眼看过，已经消失得无影无踪，名字也不知道去了哪里。好比夏夜的流星，划过天际，留下拖尾，最后寂灭于虚空。形而上也来了，有些可怖，可是，拓展了人生。要不是它，凡事一对一，二对二，出不了边界。说实话，他不是那类情深的人，俗话叫作情种，要不，怎么受得了别离？那个人，在他不只一段风月，是在感官之外，还是那句话，要不，怎么扛得住一刀两断！那样的欢天喜地，回想起来，不是平常道理，而是——往大里说，宇宙黑洞；小里说，《聊斋》里的蚁穴，夜里亭台楼阁，白昼则树底下一抔土，出来了，就回不去。生活照旧，难免屈抑，但也安稳，现世中人总是苟且的。

他渐渐平静下来，延续大半年的光景，柯柯就去香港探亲。连她母亲都不知道，什么时候与香港的父亲有联系。等要上路，方才告诉两边的家人。卢克和卢馨很不高兴，他们还没有和母亲分离过，可是，有祖父母，外婆和太婆，还有他！最初一两周的作闹之后，不得不老实下来。幼崽的适应力很强，出于生存的本能，还有寻求快乐的本能。又过一二周，他意外地发现，两个小人主动与他接近了。虽然都说"隔代亲"，但另有一种常情，那就是孩子们也许甚至更加倾向青壮年的长辈。祖一代尽照顾的义务不错，但做玩伴就勉为其难了。这种需要最先由卢克提出，学校开家长会，饭桌上讨论谁去，卢克指着他：你去！态度倨傲，而且少规矩，他却被钦点似的，激动地红了脸。这一回，卢克没有和他前后走，并齐了牵着手，和其他小朋友一样。于是，又有一个发现，幼崽是一种趋同性的动物。这新的认识，并不让他扫兴，反觉得安心，父子关系更可靠了。接下来，卢馨也点名他开家长会。

现在，星期天，他会领他们去看电影。早早场的电影院坐满孩子，儿童片有限，翻来覆去就那几部。动画片还有趣，最怕是战争或者反特，胜利进军号响起，全场沸腾，跟了节奏拍手，吵得人头脑痛。儿童演员小大人的说话也让他生厌。后来，他把卢克卢馨送到座位，退出来在马路上消磨，临近剧终再进去带他们回家。除了看电影，他们还去公园，他一个人坐着，他们两个跑开去玩。草坪保养不足，这里那里，裸露出黄色的地皮，池塘壅塞了落叶，树木长久不修剪，枝条横生，景色不免荒芜。但蓝天白云，风清气爽，总是心情怡然。小孩子追逐蝴蝶，弯腰看蚯蚓拱土，危险地倾着身子，去够水面上的枯荷，小鱼蹿上来，吓他们一大跳。带来的玩具倒弃在一处，刚买到手的气球也飞上了天。他没学会和儿女交道，难免感到寂寞，百无聊赖，但是，令人意外的,并不厌倦。有别人家的孩子,把球踢到跟前,拎起一脚,球飞起来,在空中打旋,仿佛他自己,体验到自由的心情。

有一次,公园里来了一个卖风筝的小贩,也不吆喝,就地捡出一架,托着走出几大步,向上一抛,上了天。小孩子仰了头,围了转圈,卢克卢馨也在里面,时不时回头看父亲一眼,卢馨跑回来,小手在他膝上搭一下,又离开。不禁软弱了下来,招来放风筝的人,也没还价,买下一款蜻蜓。两个小脑袋凑近了,看他整理线轴,带着乳香的呼吸吹在耳畔,还有头发,丝一般拂在脸颊。后来,风筝升起来了,蜡线吱吱地响,他被拉着撒开腿。小孩子呼啸着跟在身后,到底看的多,买的少。风筝上带着哨子,哨音悠扬,像什么?汽笛!他听见卢克叫喊"爸爸",卢馨也跟着,"爸爸""爸爸",眼泪都要下来了。晚上,他搬到三楼房间,换下他们的祖母。按理,柯柯走了,自然是父亲和孩子睡。但没有人提,就不确定他们要不要他,更不确定,柯柯的意思是什么。其时,形势似乎明朗了些。经重新调整,卢馨睡哥哥的小床,卢克和他睡大床,原以为要费一轮口舌说服,但两人都没有异议。并且,看得出,他们都很兴奋,叽叽呱呱地斗嘴,他完全不懂,插不进嘴去,儿童自有一套隐语系统,只觉得有趣。他们越说越激烈，终至打起枕头仗，赤脚踩着被褥，转眼又改成蹦高比赛。发声喝止也止不住，最后一个一个捉住，摁进被窝，方才安静。月亮照在窗帘，将迷迭香图案投进房间，一大两小就在幢幢花影中入睡了。

生活滋长出乐趣，不仅在于本身内容，还因为年龄。他三十六岁，经历了世事，走入中年，身心趋向安宁，却不知道往哪里索取。这一段施行父亲的义务，心底变得澄澈，仿佛云开雾散，前路清晰起来。自小在母亲的羽翼之下，后来反过来，他就是母亲的羽翼；结婚成亲，生儿育女，没有让他成为一家之主，而是，处处受辖制。无论哪一种，都是被动。现在好了，一觉睡醒，睁眼看见周围，知道自己在哪里，又要做什么。他注意到墙粉涂到画境线和踢脚板上，找来铲刀一点一点剔清；门窗的合页松动，螺丝起子一个一个紧上；甚至墙转弯处有一个洞，他锯了块斜角的木板，正好嵌入，一丝不差——这房子是由柯柯主持装修，工人多少有点欺她是妇道，家里的男人又不做主，只听命搬运。他给地板重新上一层蜡，家具也上蜡。他体会到手的灵巧，善于操纵工具，见过没见过的，拿起便会，仿佛老熟人。这是从父亲那里得传的天赋，父亲的工具箱让他惊讶，简直是百宝箱，那么多的枢机,一推一个隔断,一拉一个层夹。心里跳出"魔术师"三个字;老太太说过,上海是个大戏法,戏法人人会变,各有变法不同。不觉笑了,继而又有些凄然。他翻出一架辛加电动缝纫机头,安在桌上,接上电源,向母亲讨了一匹沙发布,竟然缝制了新窗帘。旧货店买来一张小圆桌,房间就有了中心,晚上,他和卢克卢馨围坐一起,各做各的事情,将他们的小家从客厅里剥离,自成一体。卢克卢馨已经习惯甚至于喜欢上父亲,他不像母亲事事要管,而且严苛,也不像祖父母的放纵。他们不怎么怕他,却也不是完全由着性子,一些规矩在松懈,比如,刷过牙不能吃东西,小孩子最喜欢在床上享用糖果糕点。英语课三天打鱼两天晒网,他们都说普通话。父亲那种北京腔,又受过戏剧训练的普通话,用来念童话书,就像电台里的讲故事节目。早上可以多睡一刻钟,因他自己不能及时起床;晚上则晚睡一刻钟,也是因为他自己,没有早睡的习惯。母亲从香港回来,卢馨的长头发剪成短式,两人有了蛀牙,按祖母的说法,都说一口官话。

柯柯带回好几口箱子,为了多带行李,归途是乘沪港轮船。在厅里打开一部分,父母卧室又铺一地,到三楼还有一房间。卢克卢馨一头栽进去,好像阿里巴巴进了山洞:衣服,玩具,化妆品，吃食，日用，连缝衣针，封在塑料套里，都带了十来条。来不及收纳整理，还因为柯柯没有挽留，卢克卢馨也没有，瞬息间忘记了父亲，黏上母亲。当天晚上，他下楼去自己的亭子间。第二天，第三天，依然在亭子间。接下去的一周，二周，起居回到原先的模式。晚饭后的闲暇时间，本是全家团聚，现在还是，但仅只象征性的，柯柯和孩子们稍作停留便离席。三楼的小茶桌，柯柯填进他的位子，他则留在客厅。小孩子真是无情的动物，女人也是，赢面都在他们那里。或者反过来，他们有情，谁抵得过母和子的缘分？与柯柯对决，他总是输家。

　　晚上，饭后小聚的格局，其实有预演的性质。当时不觉得，甚至于，母亲更欢迎这样的分而治之，她一直对柯柯发怵。父亲与儿媳的关系融洽些，但终究有内外，在一起不觉得，自处时候就感到松弛。至于小孩子，这两个大人都没有亲身经历过养育，多少让他们嫌烦。而且，阿郭是不是受到感应，好一阵子足迹稀疏，又频密起来。他也觉得小孩子啰唆，况且，不是别人是柯柯的儿女，他有点怕柯柯呢！好了，现在楼上楼下，各设一摊。这四个人有不少话题，叙旧当然算得一项，够大半个晚上，新人新事，又是一项，常常忘了时辰，直至夜深。主要阿郭说，众人听,他想插嘴却插不进。在家一年多,却仿佛脱离社会很久,日复一日,又快又慢,没有参照物,时间就变形了。听阿郭说话,方才知道世界变化,单是他们这条弄堂,就已经不认识了。过街楼上的住户,儿子刑满释放,俗称"山上下来",华亭路摆服装摊位——华亭路,一夜间成服装一条街,外国人都要来看时尚的风向,那儿子大发了,摊位转让,到南京路开公司;反过来的是前弄人家,工业局干部,牛棚出来第二天,孩子直接从安徽农村去到北海舰队当兵,当到营级复转,专职三产,电器之类的,涉案走私,判了十年。只这两件官司,即可对照出时代的变更,好像上海滩新一轮开埠,弃儿和王子的故事。走出弄堂,沿街马路上的传奇更多了。小花园里补丝袜女人的小姑娘,向来不大规矩,叫作"拉三",锦江饭店大堂搭识外国人,去到美利坚合众国;后街披屋里倒马桶的阿姨,亮出身份,当年掩护过中央领导,接到中南海享福去了!父亲过足耳瘾,背地里说:曾经有一种市井人物,叫作"小热昏",一边卖梨膏糖,一边唱新闻,后来都上了广播电台,"阿郭有的一比"。有一日,阿郭忽压低声气,指着窗外,说:你们知道汽车间阿陆头吧?大家说知道,怎么了?这阿陆头在弄堂里算个人物,长得好看,又有点小本事,小时候进少体校，中学里到过文化广场演出，谈了个男朋友，是造反派的头头，出门几年，带回个孩子……邻舍之间传闻，编得出张恨水一路的报载小说。他更竖起耳朵，要听阿郭细说。

缅共，听说过吗？阿郭的眼睛从三个人脸上扫过，表情都是困惑的。全称缅甸共产党，由共产国际直接领导的社会主义联盟成员。在座人像被施法，定住了。稔熟的阿郭也变陌生了，他是谁，从哪里来？在云南和缅甸边界的原始森林里，你们知道，那里的植被厚密，好比一堵堵墙，转过去，不提防间，看见有人蹲着，和斫柴的边民无两样，其实是暗探，专司招募年轻人入彀。只对一对眼神，再三两句话来回，心里就有数，是不是自己人。阿陆头的男人投奔那里去了！阿郭最后说道。他们是普通市民，生活在楼宇间的一线天之下，世界革命忽然间降临，到了弄堂口。事情并不因此变得具体，而是更抽象。阿郭继续说：你看她闭口不提小孩爸爸，好像没这个人！母亲脱口一句话，听起来幼稚，其实却很在理，她说：共产党的天下，她怕什么呢？阿郭被问住了，顿了一下，复又回过神：他们是有派系之争的，关键时刻你死我活！父亲恍然道：我们农场里大有剔出来的异己，当年重庆谈判的我方人员坐监，敌方的人倒坐了上位，就叫作你中有我，我中有你！母亲呵斥：又乱讲话！阿郭则摆手：这还是派系内部此消彼长，还有外部的，你们说，美国是帝国主义吧，它也有共产党，淮中大楼就住了一位，老太太，我们供养着，叫作国际代表。母亲"哦"了一声：我好像看见过，时常牵一条狗。阿郭说：她家烧饭娘姨就住我们同事隔壁，儿子集邮，都是老太太给的，国际代表的工作就是收信写信，联络各国同党同派人士！上海市井里的政治，总是隔壁的隔壁，邻居的邻居，这样，阿陆头的传奇又变回到日常生活。大家都松下一口气，危险解除了。

阿郭就有这本事，从最近边的事物延伸向极远大处。八十年代初期，"七重天"进口商店门口，交易兑换券的黑市价里，透露出对外贸易的趋势；西郊机场路上的汽车牌照，写的是哪一级的高层莅临，将出台某项新政；再有，当年法租界某一幢洋房清退住户，意味着昔日的大亨纳入统战范围……他们这个小沙龙，因为有了阿郭，就和宏大历史有了联系，反过来呢，大历史又输送谈资，否则，就太无趣了！

海量的消息中，"缅共"的一条吸引了他的注意，但也谈不上十分耸动，汽车间的人家，不就是共产党的群众路线？他想起那一年在文化广场门口，和阿陆头邂逅，小姑娘穿一身没有领章帽徽的军装，腰间束着皮带，领他们穿过人墙，她的背影，就是个战士。现在的阿陆头，居委会看国葬电视之后，还见过几回，手里牵着孩子。孩子已经会走，好比小一号的阿柒头，她则像她的母亲，那个标致的苏北女人，总是在弄口忙碌，见人就笑，脸颊上露出笑窝。母子俩匆匆走着，小阿柒头几乎被她带离路面。生育没有让她丰腴，反而清瘦许多，笑窝陷下，变成凹塘。发育期的生硬粗粝不见了，依稀回到幼年时候，他想起路灯底下蝉翼似的人影。但又有一种老成，超过实际年龄。他默算一下，她大约在二十二或二十三岁。这样的岁数里，经历千里流徙、丛林瘴疠，结婚失婚，还有"缅共"，相比较，他们这些人生，就平淡许多了。

有一天晚上，小二黑给一张内部电影票。这时候，大量新老电影从资料库流出，涌到社会上，各机关单位联系片源组织观摩，往往一连两部放映，散场回家近十一点，赶上最后一班公共汽车，到站时看见阿陆头。原来二人同乘，一个前门，一个后门。一直保持这距离走到弄口。路灯底下，他发现她的着装很奇怪，上面一件宽大的套头衫，底下露出裙边，裙边下的黑色长袜,脚上却是一双跑鞋。头发梳得很齐很平,贴着头皮紧紧窝一个髻。他忽然意识到她穿了一身拉丁舞服,鼓鼓囊囊的背包里装的是舞鞋、发饰、化妆品。她走得飞快,跑鞋的胶底落地无声,飘似的远去。他加快脚步,小跑着跟上,就这样走进弄口。汽车间的门半在地上,半在地下,眨眼工夫,前面的人遁身般无影无踪。他想起阿郭说的舞厅里的表演,阿陆头大约就在做这个,能不能介绍他一些渠道!可是,柯柯那边怎么交代?柯柯至今没和他挑开,那场事故算过去还是没过去?前情未了,就不敢再生出新的,他真是叫女人给拿住了。

再过了半年,柯柯发声音了,两个字:离婚。自她香港回来,两人就没有面对面过,所以,还是请阿郭传话。阿郭说:有一句老人言,宁拆十座庙,不毁一桩婚,是要伤阴骘的!柯柯冷笑:要说拆婚,怪不到阿郭叔头上,是我们自己造的孽,借你一条路,无非不想两边尴尬,好聚好散!阿郭说:要不借呢?柯柯央求地喊一声"叔叔",阿郭一挥手:我不是"叔叔",是"老娘舅"!柯柯就知道阿郭应下了,"老娘舅"专断家务事。柯柯知道阿郭的脾性,最好逞能,终究会做这个难人。

话传过去,他先是吓一跳,随即,很奇怪的,仿佛头顶上的一把剑斩下来,反倒落定了。他实在等得太久,已经麻木,无论什么结果都愿意接受。有什么比悬而不决更折磨的了!很可能出于一种惩罚的策略,你让我不好过,我也让你不好过!这么想多少有点阴谋论,也是被逼的。他方才体会到日子的难熬,小心翼翼,惴惴不安,真是卑屈,一旦意识过来,简直泪下。于是送回四个字:悉听尊便!柯柯还是两个字:谢谢!这边三个字:不客气!阿郭就像穿梭似的往互。表面上的客套,事实上,谈判在推进。柯柯的字数就略多了几个:有什么条件?回答是反诘:我能有什么条件?柯柯说:我就不客气了!一个字:请!

阿郭想起第一眼看见柯柯,在光线昏暗的厨房,浮凸一张玉白的脸,单睑的眼睛,散淡的目光,慢慢聚拢,聚拢,变得犀利。他心里一咯噔:是个角色!后来接触多了,背景变化,印象叠加,最初的面目便淡下去。现在,到底水落石出。柯柯说,两个孩子归她!小瑟嘴硬:好!紧接着,与孩子相处的景象涌现眼前,胸口一紧。可话已经出口,骄傲心又起来,不收回了。过一天,柯柯那边又过来话:三层楼归她和孩子。小瑟悲怆地想:人都没了,要房子有什么用?于是又是一个"好"字。阿郭说"慢",小瑟却说"快",快刀斩乱麻!阿郭说:房子是老人财产,至少要经他们手吧！小瑟轩昂道：我不能让我的孩子去睡马路！阿郭说：谁让他们睡马路了？私底下还是问了老瑟和太太，不料这两人更加豁达，说，这房子是媳妇争取归还的，给她就是了。阿郭有生以来经办的头一桩离婚官司，没费周折的，顺利结案。两边都谢了他，但阿郭却并不满意，因过于轻描淡写。复盘一遍，发现事端的由起，竟没有一个字提及，没有因，却结了果。其实，一切早在柯柯的掌握之中，他们都是布局中的棋子！

离异手续办完，柯柯和孩子依然居住在这幢房子里。柯柯轮岗到另一个地段医院，因年龄关系，免去夜值，做常日班。来去路程较先前远，中午赶不回来，孩子就跟祖父母和父亲一起吃饭，晚饭则回到母亲那边。三楼晒台做了厨房，接进煤气和自来水管，就可独立开伙。做了什么特别的菜品，则让卢克或者卢馨送去楼下，反过来也是。有分有合，相安无事。比较明显的变化是，柯柯的娘家人不再上门，客厅里的午茶会，换了客人。也不知怎么起的头，老瑟家的人逐渐有了走动，倘要追究，还是和落实政策、发还定息有关。兄弟们矜持着，女眷，即大嫂、二姐、姨婆，有时单个造访，有时带几个陪伴。母亲也去过那边，因是大家庭，总归拘束，母亲还有点怕叔伯，不如自己的小家自在。久别重逢,虽然同在一个上海,可这城市一条街就是一个社会,多少亲故老死不相往来,又有多少陌路相逢,都要话说从头,说也说不完。老瑟小瑟父子很快成为多余的人,难免牵涉到这两个,怕听了去生嫌隙,就打发他们做这做那,好避开耳目。次数多了,自然猜出女人们的用心,顺水推舟,乐得自己逍遥去了。

老瑟多半找阿郭,小瑟呢,一个人走在马路上,想他已经一无牵挂,似乎连自己都没有了,无所思,无所想,颓废得很。小二黑知道他单身了,几次介绍学生给他做女友,手里似乎有大把的人选,有离异,有未婚,未婚中分大龄,正当嫁龄,甚至豆蔻年华,少他十几二十,几乎两代人,倒不挑剔他。问小二黑为什么不给自己留一个?小二黑觍着脸说他正有一个!他半戏谑半认真道:你挑过了再给我!对方就骂:好心当作驴肝肺!小二黑已经好几轮了,至此定不下来,西北人荷尔蒙分泌旺盛,对男女事要求过盛。他则相反,无有一点欲望,是婚姻失败的阴影,是曾经沧海难为水,抑或二者都是,又都不是。总之,提不起来精神,都怀疑自己有病,也清楚并没有,只是无有一点心思。谢绝小二黑的好意,同时提出请求,就是哪里的舞场需要拉丁舞者。小二黑说,场子有的是,但聘用往往以"对"作单位,先要物色好舞伴,我这里正巧有一个,不妨试试!听起来,事情又绕回去,他不由害怕,赶紧退了。其实心里已经有了人选,就是阿陆头,决定找她,让她带进圈子。回到家里,看见柯柯,她正上楼,有意无意,回眸看一眼,这念头又按捺下了。

一个屋檐底下,进来出去,即便不碰面,还有动静呢!拘束久了,都不知道什么是自由独立。其他人,包括孩子,几乎没有过渡的,就有了应对,随心所欲不逾矩。每月水电煤数字下来,由父亲按人头和灯头分账,再由母亲与柯柯交割;保姆也是共用,上午楼下,下午楼上,工资也是拆账的方式;孩子放午学,来吃中饭,下半天向爷爷问功课,妈妈下班,后门一响,人便冲了出去。接着,始料未及地,发生一桩小事,卢克敲开他亭子间的房门。他发现儿子长高了,心里生出欣喜,抬手扶了男孩的肩膀,感觉到少年人纤细的骨肉。儿子躲了躲,让他的手滑下去,说道:妈妈要我来拿生活费!他"哦"一声,想自己怎么忘了,从钱包里数出几张整额的纸币,交到卢克手里。卢克的另一只手即送来几张零钞,显然事先算好,预备下找头。他不由苦笑,原来已经两清,还以为是一家人。即便梦醒,依然不敢造次,与柯柯失和从男女事起，此类情节必要谨慎，否则，便坐实了嫌疑。不还没说破吗？就可有当无。这里有个悖论，正好将他辖制住了。

卢克索讨生活费是个开头，提醒他手紧。样板戏的风潮过去，地方军队的文工团都在缩编和撤销，他们的销场迅速萎缩，几近于无。他久没有进账，积蓄即将见底，政策归还的家资，凡他名下的，都给了柯柯，没留下一点私房。父母那边的与他无关，每月还需交纳食宿。母亲是用惯钱的人，十来年的拮据苦坏了她，如今就需格外补偿，同时变得悭吝，因为领教了钱的要紧。不仅他，连父亲都要付膳费。那几年的宽裕迷惑了他，以为用之不尽，本来不是会计划的人，就有许多无当的花销。财政匮缺陡然间发生，猝不及防，他悄悄把一只英纳格手表和蔡司照相机送去旧货商店，因急用钱，照相机是现售，手表寄售。过了几天，父亲敲开亭子间的门，交给他赎还的手表，告诉说，男人身上必要有三样用物：手表、皮带、钱包，少一样就露出落魄相了。让父亲窥见端倪，窘得很，也打定了主意，要找事做。巧也巧，就在这时候，阿陆头自己找上门来。她的舞伴出国投亲，需重新物色。他们这个圈子，都是固定搭子，不作兴拆档，所以，这段时间，只是救场，当"替补队员"。虽也不少做，临时合作，出纰漏不至于，但终究缺乏点激情。拉丁舞需要火辣辣的热度，没有它，一招一式，推拉进退，就成了体操。并且，从长计议，吃这碗饭，搭档是少不了的。就这样，想到了他。她早已经风闻他们夫妇离婚，并且，还起来一种说法，恐怕连他自己都不知道呢！弄堂不仅是信息的集散地，还未卜先知，就是说，他女人早晚要去香港。出境潮的大背景下，这种流言也是比较自然的。事实上，阿陆头有点怕他女人，那双单睑里的眼睛，有一种审视的神情，仿佛穿透一切。还有，她与自己搭讪，分明话中有话，什么话？一定与她男人有关。在此，阿陆头有更加隐秘的心思，她觉得，不只觉得，而是肯定，他，她称呼"爷叔"的这个人——那天晚上，夜间公交车上，她看见他了。走在几步远的身后，临近子夜的街灯底下，掉根针都听得见，何况脚步叩击路面！他没有叫她，她也没有回头，其中就有一点点暧昧不明，是男女之间，又不全是，正够拉丁舞用的。这么说吧，他们圈子里，搭档不全是夫妇甚至情侣，但却有默契，对，就是这个，默契！

九

开始时候,是阿陆头带他。他们提早进到舞场,灯光音响的师傅去吃饭,服务生尚未上班,只酒水柜有人,开了射灯。借那么一点亮,他们在舞台热身。拉丁舞在这城市谢幕多年,如今多半从录像上模仿,可说自学成才。如他这样正规练过几日,即便旷日持久,但也算得上沧海遗珠,只几个步子,便显出山水。没有比较还好,一旦比较,阿陆头就露出"红卫兵"的风格。他这么称呼,阿陆头倒也不动气,只说我们这些人哪里能和你们比!我们什么人?他说。阿陆头说:资产阶级,见过的世面大!他回道:无产阶级的世面更大!阿陆头问:怎么见得?世界革命还不够大？他反诘。两人逐渐稔熟，言语戏谑，心情随之轻快起来。这一个说：世界革命干我何事？那一个答："缅共"就与你有干了！话一出口，就见阿陆头变色，来不及收回了。阿陆头沉郁地说：你们这代人不会理解的，说了也听不懂！他就知道他们是两代人。代和代并不单纯以年龄分，更体现在变局，生活日新月异，时间都是压缩的。静默一时，继续舞蹈。阿陆头到底从小练体操，有点腰腿功夫，红卫兵的舞蹈也不乏技术含量，跳过几则土芭蕾，身体还听使唤，改得就快。一时扳不过来的地方，靠了反应敏捷，及时响应手势，便遮过去，这就是他带她了。几个来回的磨合，场上就见山高水低。舞场的老板，其时叫作"承包人"，专过来寒暄，他们稍加敷衍，赶下一个场子去了。

八十年代向下一个十年挺进的日子，计划经济过渡市场经济，许多新政悄然出台，带着一种羞赧的表情。兼顾道统和革命，在两者之间摇摆，就看你怎么解释了。某种程度上，属修辞学的领域，就像方才说的，"老板"和"承包人"的关系。名和实好比鸡生蛋蛋生鸡的前后顺序，有时"名"先迈一步，自然有了"实"；有时反过来，"实"先走一步，"名"却后退一步，就不显得唐突。历史上所说的"改革开放"，就是这么迂回地实现,不知道绥靖出多少产物。关停并转中,腾空的厂房车间,开出排档和商店,或者区隔开来零租,商家的木牌挂满整面墙,都是有限公司。这年头,有限公司呈井喷之势,经营范围有的没的,摸不着边。江边码头的仓库,一夜之间铺开批发行,粮油布棉,大小五金,日杂百货,南北干鲜……经营套用改革先锋"小岗村"的模式,成本自负,利润分拆,各得其所。城市中心区的机关闲置场地,开舞场再合适不过。没有废气和排污,没有油烟明火,也没有限制运行的载重卡车,而且,世面上正兴起社交舞的风潮。相应而起,单位和社团的联谊活动特别踊跃:节庆假日,竞赛颁奖,培训业务,职工大会,往往配置一场舞会。以往多是在食堂,油渍斑斑的水泥地,尚未散尽的饭蒸汽,扩音喇叭里放出舞曲,怎么都不像的。于是,就要租借专门的厅堂管所。承包人通常是机关的后勤,向来头脑灵通,人脉发达,否则,决不敢揽这瓷器活。七点开场,领导先说话,这是必走的程序,勿管底下人有没有耐心,熬住熬不住。好容易结束开场白,热烈鼓掌,掌声未止,音乐已经响起来,那电子的节奏,击打着人的神经,再也坐不住了。后来领导也识趣了,收缩甚至于取消,免去赘言,直接进入主题。大众化的舞会大约三段式,每段一个课时加课间休息，喘口气，喝点饮料，下一堂正好开始。间歇中，表演上场，以拉丁舞为主，节奏和难度依序加强，比如伦巴、吉特巴、桑巴，最激烈的"斗牛"，标准速度每分钟六十二小节，叫人目不暇接，较少有出手的。其后便是慢板，好莱坞电影《魂断蓝桥》的《地久天长》，也像经典画面，一盏一盏灯灭，台上台下共舞，一曲终了，散场。从七点到十点，八十年代的夜生活基本和晚加班的时段相等，这只是序幕，正片还在后面。

音乐响起，一阵战栗从尾椎骨起来，升上去，直到后脑。他都能看见伸出的手指尖在灯光里颤抖。过去的日子，放电影似的，一帧一帧眼前走过。校长夫人裙摆里的气味，香水和着积尘，还有皮肤的分泌物，俄国人的体味真重啊！骄傲的季丽娅，头顶着发髻，插一朵芍药花；北方阳光投在木地板上，跳跃的舞鞋，豆豆老师啪啪地击掌，穿透过钢琴伴奏；"玛柳特卡"——二宝，喊他"中尉"，中尉，你看见过胸罩吗？B罩八十公分；柯柯家临街阳台底下，清明上河图似的市井；黄河旧道，桥下的大宅子，瓦顶上的星空，稠得呀！看进去，再看进去，极深处有一双狐狸眼……他都要哭出来了。袖口的流苏晃动，仿佛一串串流星，划过天际。对面的人，拉过来，又推出去，在手掌底下打旋。用力有点过猛，战斗型舞蹈的遗风，已经好些了，更好些，好多了，是个聪明人，聪明的下一代。他不禁微笑了，那历历在目的情景，不过在一代和另一代之间。他已经从那头渡到这头，追上新生代的背影。他听到掌声，原来已到收尾。头顶的灯灭了，回到黑暗中。池子里亮起来，不是大亮，而是幽微的晦涩的光。他忽然同情起那光里的人，走着刻板的舞步，迟钝地转身，错了节拍，撞个满怀，踩了对方的脚。池子四周的桌上，留着喝了一半的饮料，饮料里加了颜料，也是庸俗的红蓝绿，湿漉漉的桌面，揉成一团的纸巾，他庆幸自己不是台下人里的一个。

　　他和他的搭子，计算舞会与舞会的路程距离，演出时间，尽量排足场次。当然是从收入计，同时，也许更重要的是快乐。他们一晚上最多可跑三或四个场子，赶巧了还能上第五个，终场。这时候，换上自己的衣服，但舞台灯光将他们与下面的人群区分，仿佛芸芸众生中救赎出来的男女。舒缓的旋律让他们休息，乐极生悲似的有些伤感。安静地相拥，轻移脚步，那些花哨的招数全用不上，却是走心，仿佛一对恋人。事实上，相隔万水千山，不只是上一代和下一代，还是遭际，谁知道她去到哪里了，原始森林里的食人花，还有"缅共"？仿佛潜意识里的感应，不约而同地，能量积蓄，迅速达到饱和点，一跺脚，向音响师打个响指，"斗牛"起来了。鞋跟敲击，一叠声的，平息下来的场子重新沸腾了，阑珊的灯火复又大光明，却看不见人，只有裙褶、流苏、羽毛、琉璃珠里的风。变成风，他们彼此也看得清清楚楚，鬓边的红花，袖口上的银扣子，旋涡里的芯子，通常叫作风眼。速度真是个好东西，它将铁定的时间和空间拆解开，零散遍地，再一股脑席卷上天！所以才要有舞蹈这物事。过瘾啊，舍不得停下，舍不得音乐到头，终止的刹那，汗水倾泻而下，仿佛站在水里。

走出门外，凉风习习，人还在缱绻里，恋恋不舍。走出三四站路，呼吸方才均匀，回到常速。两人忽变得饶舌，抢着说话，勿管对方听懂听不懂，只管自顾自地往外倒。除他们俩，马路上已经无行人，说是不夜城，海关大钟还是数着钟点。马路末班车呼啸而来，陡地刹停，售票员拍着车壁叫喊：上不上，上不上！撒腿奔跑，一跃而上，车已经开动，穿行在路灯的拱廊里。

弄堂里很快起了议论，坊间少不了好事者。双方的家人都有耳报神，虽也觉得有失体统，毕竟不犯大规，无从说道。一方单身，另一方呢，好比守活寡，就作看不见和听不见。唯有他们自己明白，不是那么回事情。舆论之下，反而放开，说都说了，还怕什么？不像先前的遮掩。最尴尬的倒是柯柯，离婚不离家，本就有几分窘，何堪以男人的新风流故事，成了世人眼里的弃妇。柯柯总归是柯柯，照常进出，上班下班，周末领孩子去外婆家，大人孩子穿戴整齐，神情怡然。难免的，与汽车间阿陆头打照面，脸上一点不挂，颔首微笑，对方不由瑟缩起来。市井有一则老少咸宜的对策，叫作"千凶万凶，不睬你最凶"，百试不爽，弄底和弄口的两户人家，被好奇心放过，转而寻觅下一期节目。上海的里巷，最容得下离经叛道，柯柯从小就在这处境中。话说回来，谁又能自许最守纲常，没有一点私生活？弄堂其实顶不规矩了，那些窃窃私语的女人，看野眼的男人，大人骂小孩，小孩彼此相骂，哪里有体面可言？事实上，阿陆头和柯柯，都是过来人。她们所以那么坦然，就是得之弄堂的教化。一代一代的儿女们，传承下来，让这坊间里巷越来越寡廉鲜耻，变成大染缸。

邻舍里也有几个新老夜客，这城市的夜生活向纵深推进，进到腹地，晨起暮归的人们，偶尔也会越犯常规，涉足禁区。欢场上的歌舞，在保守的市民，总是有堕落的气息，可是，谁没有冒险心呢？其实，就在这中产阶层的居住区域，某一幢老洋房里头,灯光通宵达旦,汽车川流,静夜里只听车门闭关。还有,不知什么时候新起高楼,稍不留心,漏出电子乐声,隔壁的门窗都震动了。再就是,马路上忽涌出红男绿女,夜半三更,从哪里来的呢?或者,走得远远的,只当你不认识我,我不认识你,都是陌生面孔,可是,猝不及防,台上登场的男女,正是同一条弄堂里——绯闻就是这样流出来,越过多少个街区流回家来,已经换了故事。

说起来,已经是离婚第三年,卢克十二岁,卢馨十岁,香港那边,替母子三人办了单程。也许是为补偿多年的失养,人老了,也会变得念旧。本来也要柯柯母亲一并过去,但被拒绝了,说要照顾老外婆,也怕过不惯,他们的年纪,一动不如一静,所以留下了。她母亲是个识趣的人,半明半暗的身份,很知道进退。临走,柯柯叫她代管三楼的房子,这件差事多少有些尴尬,但也没得推,她不管谁管?也就是她,心里多少难看,面上却处之泰然,不躲闪,也不招摇。大约每个月一趟,趁早不趁晚,家里有人,不会以为偷摸着来似的。阿姨在厨房烧饭,寒暄几句。阿姨保持原先的称谓,"亲家姆妈"。昔日的亲家楼梯遇见,虚邀一声:吃过饭走吧?她回答:家里还有一张嘴嗷嗷待哺呢!两边就都笑一笑，走过去。有一次他在家，出于礼貌上去打招呼，她母亲看见流露出欢喜的神情，从提包里取了照片给他看，是卢克和卢馨。他没想到小孩子长得那么快，卢克穿白色的校服，小少爷的模样，卢馨的校服是海军式的衣裙。从校徽看，都是英国皇家系统的名校。他看着都不敢认，不像是自己的儿女。将照片合起来送还回去，她母亲让他留下。朝南的窗户大敞，积累多日的隔宿气放出去，换来新鲜的，房间里充斥一股生辣的味道，是家具木材、地板蜡、墙粉，还有灰尘混成的。说话起着回声。看她母亲将打开的窗一扇扇关好，扣上，拉起窗幔，光线合闭中，莞然一笑，这笑容叫他想起柯柯，原来这母女是极相似的。他同样想象不出是那人和自己做了夫妻。时间，还有别的一些什么，例如经历、见闻、所思所想所感，遮蔽了过往的日子。退出房间，连这房间都是生分的。锁孔里的钥匙转了两圈，拔出来，下几级楼梯，经过亭子间，推了推房门，看是不是锁好，再继续往下走。他送到后弄，看她母亲走远，厨房里的油烟味叫他想起，吃过多少她们家的饭菜。在走廊夹道里的煤气灶上，他这样身量长大的人都进不去，可是珍馐美味一样一样端出来。

排除惆怅的心情，这段日子堪称完美，是他一生中的高光时刻。重新有了收入，柯柯和孩子去了香港，她父亲做主，从此免去他的赡养费，理由是，香港人哪里要内地人养。倒也是，向来是内地人靠香港人接济，反过来就失身份了。于是，他的财务状况趋向丰裕。这是物质生活，精神领域里，舞蹈更给予一种身心的满足。他买了新行头，白色的缎面银丝手绣，流苏去掉，金属扣去掉，滚条去掉，这些点缀品显出廉价，素白的一身，暗地里看不出，一旦进到追光，倏忽间龙凤呈祥。阿陆头是一身黑，独出心裁的，戴一双黑色半指手套。有时候对倒，他黑她白，圈内称作"黑白档"。偶尔地，跳"斗牛"，她着一身红，那才是惊艳。殷红和墨黑，只看见一团团光色，人在里面，变了形状，成了精灵，就又是"黑红"。电视台举办拉丁舞比赛，同行间都在鼓噪，他们也动了心思。他不怵别的，顾虑只在年龄，其时，三十九岁，正在四十岁的线下。上海滩出名的几对都是知道的，年轻是年轻，正因为年轻，没见识过真正的拉丁舞，舞校里又未开设这一科。衔接的开缝处，他称得上老大，事实上，也只是三脚猫，谁让历史有那么多断头呢？

他们报名，填写表格，领来日程，接下来的是练习。舞会开场前的热身显然不够，再有，他们必准备几套秘密武器，就要防止泄露，于是，移到他家底层客厅。柯柯和孩子不在，人口清简许多，茶会不了了之，父母亲知道儿子靠这个作饭碗，也不便反对。其实，他们都是新派人，对跳舞本来就没有偏见，最初不还是他们送他去俄国学校的？唯一的忌讳是汽车间人家的女儿上门。昔日看弄堂人早已经入了公职，但老住户习惯里，依然是杂役般的角色。下水道堵了，雨棚漏了，煤气灶打不起火了，都是找他。谁家保姆回乡下，是找他女人替工，产妇月子里不能沾凉水，也是他女人帮着洗尿布。经过一九六六年的运动，也没有消除阶级的差异，说来也不是什么大事，不过一点点小成见，彻底克服有待时日。就这样，客厅让出来，到了下午，门铃一响，收拾起来回去二楼，就当作不知道。要说不知道是假的，电声放起来，低音炮一下一下击得门窗动摇，邻居家都要敲门喊，轻一点，轻一点！他们就是听不见呢！但等音响关停，后门打开，"砰"一下关上，就又听得见了。紧接着，口哨声起，三步并作两步，跨着楼梯上来，儿子变得快乐。不由自主吁出一口气，轻松下来，无产阶级总是让他们紧张！

这是阿陆头第二次走进他家门，距离上一次，几乎一个世代的时间。她还是个孩子，小得让自己狐疑，有过这样的事情吗？

可千真万确发生了，留下不连贯的印记，凉森森的气温，柚色地板和家具的反光，夹竹桃的摇曳的影，还有触觉，他拉直皮尺，手指尖在脚踝、手腕、腰间，蜻蜓点水地一点，下楼的时候，推着她的背，隔了布衣衫，也是凉森森的，他的脚几乎踩着她的后脚跟，就像一种舞步，嗒嗒嗒下去。门在身后关上，司必灵锁"嘀"一声，就站在后弄水泥地上，斜阳射过来，照着眼睛。封闭在记忆深处的碎片，释放出来，散在四下里，薄脆的质地，透着亮，新的覆盖且是坚硬和结实。不知原本如此或者变化所致，房子里生出一种杂沓，房门开闭，窗户开闭，市声涌进，又止住；水壶让蒸汽顶起盖子，壶嘴的哨子尖啸；天井里的落水管空洞地响着，然后轰然落地；静了一时，听得见喊喊的，后窗里的私语。家什用物是多还是少了，地方显得局促，同时又仿佛空寂，其实是凋敝。窗幔显然旧了，稍一动便扬起飞屑，在日光里打旋，日光是苍白的，像那种薄雾天的太阳。留声机的唱盘转起来——为平息邻居的怨艾，换下音响，这老古董，韶华时代的遗物重见天日，舞曲从唱针底下流淌出来。沙发茶几推到墙根，移动脚步，试探地，仿佛要检查地板能否受得起重力。逐渐滑行，跳跃，空中转体，落地，再跳跃，转体，落地，速度起来，克制地心引力，变得轻盈。髋部灵活极了，生出一对触角，又生出一对，就像那种多触角的软体动物，在长久的进化中直立起来。乘着惯性，眼看就要失速，他及时收住，她几乎踉跄地原地弹跳几下，站定。不！他说，唱针继续在纹线里行走，不！他想起校长夫人，有时候，他几乎觉不出她动。还想起北京的苏联专家，按在他的胸脯，说：不要动！他指了指心的位置，说：这里！他发现自己像外国人说中国话。过去若多年的情形涌到眼前，他方才明白，但说不成话。他发现，许多懂的道理无法表达，不懂的却可以滔滔不绝。唱针终于走到尽头，吱吱地空转，停了停，他说了一句：我们不是运动员！

　　再一次开始，他们都收敛了幅度，能量在限制中聚集。阿陆头不能说她真的领悟什么，说到底，她总是野路子，是在舞场里学习的拉丁舞。但她感染到他的情绪，有一种伤痛，不明来由，却触动她，谁没有伤心事啊！两人泪汪汪的到了曲终，互相不敢看，躲过对方的视线。院子里的喇叭花爬上墙，老房子添了新气象，小孩子游戏的嬉笑和新歌谣，居然也在节拍，窗玻璃上的夕照一闪一闪，晃着眼睛，这就有些回去了，回到曾经过的时刻。

　　他们练得不错，秘密武器也有了，保不准出奇制胜，但也让人眼睛亮。海选不消说顺利通过，初选也无悬念胜出，这就到入围赛，阿陆头却不辞而别。他去找她，无数回路经汽车间，踏进去则是头一遭。推开虚掩的门，下几级台阶，落脚水泥地坪，竟有相当的面积。目测横宽和纵深，几近一幢楼房的占地，并且，也不像外面看起来的暗黑。向马路一列气窗，网着铁丝格子，天光从那里透露。房间尽头敞开一扇门，正对了谁家的爬了藤蔓的山墙，显然是一个夹弄，隔成天井，太阳直射下来，好像舞台的布景，不太真实。初来乍到，他还不能十分地辨别方位和结构，内部又用合成纤维板划分小单元，之间留下一些通道。不知道要找的人在哪个格子里，对空喊几声"阿陆头"。没有回应，停留一时，再喊两声，光线略微转移，是暗了还是更亮。倒退着上了台阶，转身撞上一个人，逆光站着，显出修长甚至纤弱的轮廓，还有近视眼镜的镜片，张口喊一声"爷叔"。正犹疑着，那人又说：我是阿柒头！他"哦"了一声，恍悟过来，却更纳闷了，因想不到阿柒头长大了会是这样。汽车间出来的孩子，不都是干力气活的？

面对面站在太阳底下，阿柒头尤其白皙，皮肤仿佛透明，像个女孩子。相比之下，阿陆头倒像男孩子。他想起小时候，大的抱小的,好像老鼠衔菜头,不觉笑了出来。两人谈了些近况,知道阿柒头中学毕业分在郊区农场,后来考了理工大学,就业沪江造船厂,平时住在宿舍,周末回家看看,不料父母回老家探亲,哥姐又都不在,却碰到了爷叔。听起来,他知道阿陆头和他搭档跑舞场,就问姐姐到哪里去了。弟弟的脸色沉暗下来,避开眼睛,看向别处,那里是车水马龙的大街。不知道什么时候起,车和人都多起来,街角变得拥堵。停了停,阿柒头说,姐姐带孩子去云南了。他紧问一句:是看小孩爸爸去了吗?阿柒头又不作声了,就不好再追这话题,只问什么时候回来?阿柒头说:吃不准。两人陷入无语,站了一时,勉强道几句客套,走开了。

一时间没了方向,往弄堂里走几步,又折回头退到马路上,决定去凯司令。过两个路口,红绿灯变换,正迈下街沿,忽听身后有人喊"爷叔",转过身去,还是阿柒头,急步走来。赶紧收起脚,等他到跟前,阿柒头压低声说:姐姐说爷叔向来照应她,好比师傅!他说:哪里啊,做搭档也是缘分!阿柒头的眼睛在镜片后面急促地眨动,像是怕光,又像是忍泪:不要说是我告诉你的,姐夫那边出了大事!他有些吓到了,一动不动,听对面的人说下去:姐夫犯了大法,不定是死罪!他回来一点神魄:不是去参加缅共吗？阿柒头苦笑：爷叔只知其一，不知其二，据说他们那边的经费有些从毒品里出，姐夫卷进贩毒案了。他不由战栗起来，越来越剧，抖个不停。所以爷叔，不要再来找姐姐，免得受牵连！阿柒头最后说了一句，匆匆走开，消失在视线里。人潮推他向前，又推向后，打着旋，回到原先的地方，再又下了人行道，忽然车喇叭大作，轮胎在沥青路面咯吱咯吱摩擦，尖锐地厉叫，自行车铃响成一片，他发现自己一个人站在马路中央，四周的人和车全刹停。交通警吹着哨子从车阵中绕行过来，他身上一紧，拔腿就跑，不管有没有人挡道，奇怪的是，障碍物自动让开一条道，脚下踩了风火轮似的，一往无前。人声沸腾，笑骂、叫喊，还有拍手鼓掌，警哨穿透耳膜，他听见自己的笑声，哈哈的。大笑着拐进一条小马路，到了寂静无人的背街，穿了无数条长短弄堂。星期天，人们都出去玩耍，家里的人则在午休。喘吁吁止住脚步，终于甩脱危险，可是，有什么危险呢？周围一个太平盛世，电影院门前张贴大幅海报，华服美景，俊男倩女；人群出来新流行，蛤蟆状的太阳镜，蝙蝠衫喇叭裤换成牛仔系列，水磨的面料；理发店里的冷烫精气味，不是氨水的刺鼻，而是花香型；易拉罐飞溅的泡沫，阳光熠熠的下午，停滞的时间重新流动起来，就像断片的电影接续上了情节。

身前身后都是守法的市民，犯罪在不知多么远的地方，极尽想象也到达不了，仿佛时空的另一纬度，和他有什么关碍呢？偏偏提着一颗心，蹑着手脚，时不时回头看一眼，转角处一探头。云南那地方从来没去过，此时却变得一步之遥。想起阿陆头曾经说过"两代人"的话，还有"阶级"的话，之间的沟壑也是一步之遥。差一点，差一点被拉下水了，以拉丁舞的名义，推拉推拉，旋转成一朵花，脚灯和顶光交集处，细齿木梳篦成漆似的黑发，发际的绒毛缀着、裸背上沁出的汗珠子——他忽然想起上海弄堂的一句俚语，"玻璃木梳眼泪水"，泪汪汪的眼眸子，透得见人影，丛林深处看过来，看过来！心突突地跳，从凯司令门口走过去，遇见一些熟面孔，招呼他，他也回应了，然后擦肩而去。这时候，太阳西去，光线变得平顺，主干道的人车疏阔了，星期日接近尾声。脉动放缓，头脑清明，走上回家的路。

拉丁舞电视大赛的事不去想它了，连舞场都有好一段不去，圈内人以为"黑白"拆档，不乏有试探填空的。他也曾生出找搭子的心思，半为生计，另一半是为弥补，没有阿陆头，总是失落的。但是，很快发现，舞蹈的热情湮息了。并不在于舞伴，而是这件事本身所致，它激不起兴致了。疾速的节奏里，他会想道：究竟什么人，出于什么原因，设计这些违背常理的动作和步伐，有意和身体作难？他几乎笑出声来，越想控制越控制不住，脸红筋胀，几乎乱了套路。走神的情形时不时发生，舞伴旋转出去，险些没拉回来，拉回来就过了节拍，幸亏他有经验，凭空造几个动作，对方又看不懂了，总之，错中错几个乐句，方才接上路数，继续下去。还有过大脑短暂空白，分辨不出左和右，四条腿倒过来倒过去，绊了好一阵。别人看不出来，以为本该如此，但骗不过搭子，先是惊诧，想老师不会出这样级别的岔子，圈内人如今都称他"老师"，随即看见他诡异的笑容。每每发生状况总是这样的笑，便觉得是存心，耍弄人吧！于是愤愤然的，猛推一把，歪打正着，拉丁舞要的就是这个，恨爱！这些临时搭档，普遍比阿陆头年轻，在她们傲娇的眼光中，他看见自己的年龄。因为身体长年运动，也因为遗传，父母都是显后生的人，他保持着紧致纤长的身形，没有松弛的迹象。也是那个时代的影响，校长、校长夫人，甚至豆豆老师，都是四十朝上，外国人又格外容易见老，就有五十多接近六十的相貌，可是毫不妨碍跳出"斗牛"那样激越的舞步，他们就像那些没有年龄的人。可是时间在压缩，五六年就是一个世代，他开始生疑，发现头颅变大了，眉棱、鼻翼、咬肌、下颌，都在扩张，眼窝陷下去，露出眼袋，这种趋势越来越明显，意识到自己已经过了社交舞的年龄。

他在镜子跟前花费时间多了，看见皮肤纹路变阔，露出毛孔，手和脚也变得粗大。隐约听说有一种脑垂体引起的病症，叫作肢端肥大，终将导致整个面容和身躯变形。事实上，只是消瘦，太阳穴瘪下去，额头窄了，颧骨高耸，下颌拉长，五官移了位置，连耳朵都受牵连，变得招风。疑病症也是原因，忧虑夸大了差异。他还是他，但从"他"里面又新长出来个"他"，带着股野蛮劲，向外撑，撑，撑破皮囊，成另一个人，他怕这个人。剃刀涩得很，走不动似的，稍一用力，剃须膏的白泡沫里泅出一线红，流血了。就有几天不敢出门，拒绝邀约。等伤口长合，结痂，痂退去，再走上街，梧桐树换了新叶，路人也换了新生代，更加傲娇的，不看他，仿佛是个隐身人！这就让他不甘心了，为了证明自己的存在，重新揳进视野，他比之前更频繁地外出，穿着越加奇特，黑色的紧身衣裤，罩一袭斗篷，也是黑色，脚上一双黑靴子。因为久不见日光，他变得格外的白，不是那种细致的透亮，而是大理石样实心的白。黑白对照，怎么漏得过人们的眼睛,很快就有了诨号——"郁金香芳芳"。其时,多少年积压的老电影陆续放映,阿兰·德龙饰演的《黑郁金香》风行上海滩。上海这地方就是摆脱不掉殖民记忆,一点没有气节。临时替补的活有求必应,如今,这样的活多得很,即便没事,也到舞场点个卯。电子音乐倾顶而下,他却兴奋不起来,似乎身处另度空间。唯有一次心动,因女舞者让他想起阿陆头。阿陆头有一种特殊的进攻的姿态,咄咄逼人。下场后,经理点一叠钞票给她,她接过来,拦腰一折,送进肥大的军裤口袋,也像阿陆头。有人称赞她跳得好,回答说:混枪司!"枪司"是英语CHANSE的谐音,用在这里是"混江湖"的谦辞,不定本来的意思,上海多的是这样的洋泾浜,阿陆头的口头禅。他微微一笑,绰约看见旧人,还看见过去的自己。

长得好看,又吃舞蹈饭,常是自恋的人格,他也是。所有对外形蜕变的焦虑,归根究底,来自一种预先的恐惧。自小长相悦目,内心对老丑既鄙夷又同情,都不敢想,有一天会变成他!不能说他过度敏感,到底还是有迹象,外人未必觉察,却逃不过自己的眼睛。他数得出脸上的皱纹,手背的扁平疣,不是老年斑是什么?再有体能,比眼见的更清楚,音乐戛然止住,掌声尚未响起，唰地静下来，耳朵里灌满潮涌般的脉跳，是他的喘息。后来，过程中，这声音也破壁而出，不知幻觉，还是真实，前者后者都让人受挫。渐渐地，他意气消沉。可是，更现实的问题来了，除了这个，他还能做什么？不做这个，从哪里进账？小时候学这个只当好玩，没承想做了饭碗，所以，还算一件幸事。具体的处境多少转移了注意力，让他在某种程度上，放弃了自己。虽然是颓唐，但也让人轻松。他衣着修饰马虎了，穿着拖鞋就走出弄堂买东西，弄堂这种建筑格式，模糊了内外的界线。紧身衣换成宽松款，还是黑色主打，就像僧人的缁衣。头发依然留长，准备随时补场，平时不塑形，不喷发胶，耷拉着，盖了半张脸。跳舞的人总是夸张的姿态，戏剧化的，于是，便有一种落拓不羁的潇洒，吸引路人注目，他自己，反倒不在意了。

柯柯的母亲定期来给三楼开窗通风，取些东西或寄去香港，或带回家自用。所以，房间越来越空，直至四壁全清。最后，她母亲找到下家，将一整层，包括一大一小加卫生间，晒台上的搭建，一统售让。八十年代中晚期，一部分人先富起来，房产也商品化，能买得起的毕竟少数，不知什么地方物色到的买主。一个粗阔的男人，带女人儿子和老母，搬进的家什有几件不成套的红木，其余均是杂碎。藤条箱、板柜、竹榻、高脚木盆里盛着几叠蜂窝煤，所以就有一具生火炉，可见从什么样的住宅出来的。头一天，那老母就送来一只野生甲鱼，他家阿姨竟没弄过这道菜，就看老母一下掀翻甲鱼，菜刀正中劈开，横过来切一道口子，三两下剥皮揭盖，伸手掏出苦胆，挤破了，全身抹一遍，自来水冲干净，放进砂锅，余下的就是开火炖煮。细看去，老母并不怎么老，手脚利索，脸面光洁，头发乌黑油亮地抓一把，绞几下，木簪子别在脑后。这发式，还有老布衣裤，把她穿老了。住下来几日，白天父子俩出门，留下婆媳两个女人在家，烧饭打扫。也不知做的什么营生，听阿姨说，新来的人家，菜篮子和厨余垃圾，日日有甲鱼。有一日，他和父亲按母亲吩咐，将二楼的一张沙发搬到客厅，练舞场不是停开了吗？老瑟小瑟吭哧吭哧挪到中途，楼上的男人走下来，一搭扶手，拎起来，甩到背上，三两步下去，到指定地方，轻轻放下，落地了，显见就是干力气活的人。早晚总是一件旧军装，领和肩上有徽章的印记，多半当过兵，大小还是个官。除这些偶尔的过往，平日里连照面都少，因此，渐渐地，仿佛忘记楼上的入住，又回到原先的日子。

他常去的舞厅在市中心西区，本是电影院后门的自行车棚，占了弄底的空地，一并圈进改造装修。承包人是一个跑片员，说他跑片其实只是谋生的权宜之计，因历史上有旧账，参加过国民党的三青团。上海解放，很识相地蛰伏在家里，等形势平靖，恢复正常秩序，电影院招募跑片员，就去应聘。一是有一辆现成的自行车，二是这样的散工无需加入固定的社会组织，后来的遭遇证明是个误会，不说也罢。总之，八十年代市场经济勃兴，心思活络起来，先试试水，承包一个角，开录像厅，竟有盈利。于是就胆壮了，做了现在的舞厅，跻身先富起来的人。上海人信奉闷声大发财，他极少与人说自己的家事，所以，只当是个跑片的，不知道他父亲早年在工部局交响乐队吹木管，太平洋战争爆发，西洋人遣散，同乡介绍，到小学做语算老师，直至退休。如今又浮出水面，外滩饭店老年爵士乐的萨克斯管，就是他老先生！他虽然什么都不会，耳濡目染，家中又有些旧唱片，一九六六年红卫兵破四旧风声一起，连夜裹上油纸，装进蒲包，放在公用厨房自家的灶具底下，一放就是十年工夫。结果并没有人上门查抄，未雨绸缪却是必要的，凭这危机意识，一家人度过许多不可测的风云。在那修院式的简素时日里，单是晚上闭了门窗，听父亲吹牛，算得上艺术教育。如此，像电影中的简·爱，回答罗切斯特会不会钢琴,"会一点点","一点点"尽够他用在生意上的了。聘请乐队,挑选乐曲,置办音响,最重要的,他给舞厅做了一铺弹簧地板,不仅为舞客,还是为电子乐减震。同样原因,内壁用的是录音棚的材料。造价上去了,但免去周遭居民的投诉纠纷,要知道,这地方可是在人口密集的居民住宅区,他还信奉和气生财。

他每说话,必以英文"I say"起句,不知谁开头,就称他"埃塞俄比亚"。坊间多有小聪明,抓得住特征,特别擅长言语里的机关,这诨号有趣又叫得响,还有时代感。七十年代初,中国与埃塞俄比亚建交,然后又援建坦桑尼亚,这地方就有人往非洲去,将那里的国名带回来。事实上,即便去过,也未必清楚"埃塞俄比亚"在地球的哪个方位,历史沿革,人情风貌,但觉得这几个字爽口得很,上海人嘴又利索,渐渐地,连舞厅一并有了名气。埃塞俄比亚身量矮小,长年戴一顶礼帽,脸就罩在帽檐的暗影里,一般人少有机会看清眉目,所以多半不认得他,以为是个杂役,只有常客才知道是老板本人。靠边上的茶桌专属他用,来和不来都留着,有时候见他在桌上对账本,不用电子计算机,而是用算盘,手飞出花来。十个指头颀长白皙,像女人家的,所以就先认得了他的手。轧平进出,合上账本册子,服务生过来收拾桌面,端来酒和冰盏子,音乐的间隙里,听见摇曳的玻璃杯里,冰块清脆的碰击声。凡请上桌,递过酒单,随便点,就是熟客。有派出所的户籍警,文化局的科员,卫生大队队长,与埃塞俄比亚互称"朋友"。做事业,就是要广交朋友。除明面上人物,还有走暗道的,比如,座上那个剃光头的,兴许刚从"山上"下来,也叫"吃人民政府的饭",指的是官司;另一个,戴金丝边眼镜,西装革履,嫌热了,松开领口,袖口撸上去,隐约可见刺青;妈妈桑样的女人,抽骆驼牌香烟,威士忌不加冰块……这时候,茶桌就有些梁山泊的意思了。

这一天,小瑟被领到埃塞俄比亚这里,不经他点单,直接送上香槟,细长的玻璃壁,布着细密的气泡,灭下去又生出来,活物似的。东道主举一举杯敬他,他举一举回敬了。拉丁舞是个好东西!他循声看去,不相信似的,因为头一回听见埃塞俄比亚说话,尖细却圆润,而且有穿透力,爆棚的音响仿佛辟开一条通路。他想,旧时文才们的"雏凤清音",大约指的这个。对面人接着说:千变万化,总起来两个字,一个"推",一个"拉",按中国的理路,则可称作"太极",老师你说呢?他不知道怎么接话，答非所问道："老师"不敢当！正如众人言，埃塞俄比亚这回以"I say"开头了：I say，太极将推拉的锐角化解，变成一个圆，老师会打太极吗？他抬手挡一下：阁下才是"老师"！哦，就叫你小瑟吧！看起来，对面人很知道他，再又继续：太极拳所有动作都是球形，将推拉融入行云流水，更高一筹！他倒听迷了，杯中的气泡全平息了。圆是最高境界！埃塞俄比亚总结，举杯碰一下，只听"当"的一声，身上竟打了个寒战，头脑却清醒了，想：叫我过来有什么事呢？这就显现他务实的本性，不能相信老板请他喝香槟是为清谈。那人仿佛看得见他的私心：I say，香槟和拉丁舞一样，重在搭档，好搭档！听着这话，觉得主题将要出来了，可是不，埃塞俄比亚喝尽杯中物，站起身退场了，最后一句是：我和 Boy 说了，任你点什么，都由账上结！来不及婉拒和道谢，人已经走出老远，绕过桌子，消失在门后面。

　　接下来的几回，都没有遇上埃塞俄比亚，桌子空着，射灯的反光停在上面，好像预告重要的情节上演。差不多忘记的时候，却不期而遇。这一日，北京的大嬢嬢来，亲戚们在酒楼订一间包房宴请，他出来招呼客人，远远看见走廊上，埃塞俄比亚在抽烟，两人都看见了对方。人海茫茫中的邂逅，多少有前定的因缘，否则为什么不是本人，偏偏他和他？他们想走近去，却走不近，总受到阻断，正是上客和迎客的时间，十来步的距离，好比关山度月。终于面对面的，有些激动，停了停，不约而同出口：好久不见啊！就知道彼此都去过，又都错过。埃塞俄比亚告诉说，他大半逢单日去，这一向恰恰到外地走了走，所以脱了几班。他正好是逢双出勤，单日要陪父母亲打牌。自三楼搬进新住户，就改茶会为牌局，他家三口加楼上老母。因主家姓姚，就叫姚妈，上海人常是用来称娘姨的，母亲尝试唤作"姚太"，她本人却不惯，又叫回"姚妈"。姚妈白日里忙家务，晚饭后才有空闲，首场开局在双日，就顺延下来。隔天一场，大家都同意，各家有各家的事，不能全部套在一起，过去的茶会，十天半月才一聚呢，如今已经算得上放纵了。这段日子相处，他们渐渐了解楼上人家的营生，有几回进出弄堂，遇见那男人骑黄鱼车拉了旧木器，送到隔邻底层住户的院子里，越过院墙看见里面搭了玻璃钢的雨棚，作临时堆栈。同样的情形，还有几处，就知道是租赁。连阿陆头家的汽车间，都存放过几样，有整件的家什，也有零碎部件，窗棂、屏风、门楣、匾额，据说租金给得慷慨，也不避忌，实话实说，是个坦荡人。种田，读书，当兵，做工，先在乡镇木器厂，后来退出来单干，工农商学兵轮了一遍。如今专做古旧家具，收来的货，修葺了再出售。工场设在闵行，住在这里一是便于收购，市中心小康人家多有些老货，又逢市政改造动迁，就有弃用的；二也是为儿子读书，年前跨区考入重点高中，三年后冲刺大学。虽是手艺人，规模做得够大，似乎并不打算让后人继承家业，那孩子也不像行里的人，生得白白净净，属阿柒头一类。现在的孩子是吃食还是穿着的缘故，看上去都很相像。

站在前厅，看埃塞俄比亚吸完一支烟，约了碰头时间，分别进包房。方才还是陌路，此刻已成故交，正应了"相逢何必曾相识"。下一回见还是在舞场，是埃塞俄比亚迁就他的时间，他倒有点感动。又经几次来回，将心里的疑惑问了出来：上专座的都是用得着的社会关系，自己却是个无用之人，何德何能受此款待？埃塞俄比亚笑了，伸出手指点点他：真聪明！人免不了有私心，要没有，反而会生疑，对不对？他不禁惭愧起来，自觉小肚鸡肠，低头红了脸。要说私心，就是想开个拉丁舞学校，请小瑟做老师！埃塞俄比亚说。他更难为情了，轻轻"哦"一声，不敢抬头。放心了吧？I say——开场白来了，就知道有一番话在后面：私心之外，还有真心，我看你，年纪不大，当然是和我相比，却是个旧人类！什么意思？他抬起头看过去。换句话说吧，是有渊源的人。对面人的手在眼前画了个半圆：这么多的人，好比满天星，别以为一个人就是一颗星，并非！有渊源的没几个，甚至全无，那是天上的星宿，有簿籍的。他想起"三"，屋顶上看流星。何以见得？他问。比如你的名字，小瑟，"瑟"这字就有来历，好比德国贵族的"冯"。他说：那是阿郭混叫出来的。阿郭是谁？埃塞俄比亚问。阿郭这个人——他兴奋起来，打开话匣子，阿郭的事迹真是太多了，三天三夜都说不完，正说得起劲，却被打断：再比如——自知扯得太远，刹住，埃塞俄比亚接着原先的话头：你的生相，Handsome！这是他爱听的，尤其是对自己的外形开始放弃的时候，提起神来。Handsome！埃塞俄比亚重复一遍，他有点惭愧，觉得不配：小时候人们都说我好看，现在塌相了，变得难看。不，不，不！埃塞俄比亚很不同意，摇着手：儿童的好看，是上海话说的"趣"，字面看，就是"好玩"，"趣"这个字有意思；上海话还有一个字也有意思，"吃"，指的"爱"，"吃死你了"，饮食男女，不是"吃"是什么？然而，终究不能等量齐观，这就是上海话的局限性；长大了，出水方看两脚泥，才谈得上 Handsome，也就是从饮食男女到爱！小瑟你，I say，又好看,又是个男人。说罢站起身,要走,停了停再添一句:什么时候,我要见见那个阿郭!酒上了头,他都有点晕,一个人坐着,直到《地久天长》音乐响起,推开桌子,和着人群,脚高脚低地走出去。

下一日,他把阿郭带到埃塞俄比亚专座上。之前,阿郭已经听到这位仁兄的正史和逸事,一半好奇,另一半,也有些生妒。但阿郭毕竟见过世面,晓得林子大了,什么鸟都有。那一头大约也有同样的心情,所以,两边都抱着谨慎的态度。阿郭照旧那套经典行头:贝雷帽、羊绒围巾、细格子呢上衣;埃塞俄比亚也是日常穿戴,永不脱卸的礼帽,立领衬衫,外套棒球式鸡心领毛衣。两人应是同龄人,五十六七岁光景。阿郭身胚壮大,说话也响亮。埃塞俄比亚小去一轮,缩在扶手椅里,出声低柔,像没长熟,仿佛阿郭的儿子。开头三十分钟左右,双方都在试水,进一步,退两步,绕着圈子,没有展开,气氛难免沉闷。小瑟又不是会周旋的人,拉不起来场子,听他们打哈哈,只能干着急。可是,猝不及防,犹如地线火线触及,电光掠过,两人眼睛忽有了神采,话锋锐利起来。

阿郭说:小瑟很服你!埃塞俄比亚说:名字是你起的,罩他一生一世！阿郭说：名字不过是个叫头，重在命数，叫作名副其实！埃塞俄比亚说：存在决定意识，或者意识决定存在，唯心和唯物，辩证法处理的就是这个！阿郭说：您的大名是谁叫出来，又是怎样的造化？对方大笑：我这名好比百家饭，你一口，我一口，红尘里人。这边也大笑：这可不是平凡的根性，罗汉下世，隐在众生相中。埃塞俄比亚收起笑：阿郭这名又出自哪里？阿郭也正了脸色：生身父母，柴米人家，一箪食一瓢水。埃塞俄比亚竖起拇指：这就是正宗道统，"礼失求诸野"的"野"……他在一边发蒙，听不懂他们说话，埃塞俄比亚深不可测，阿郭竟也谈起禅来。那头一拍桌子，这头也一拍，那头一仰脖，见底，这头也一亮杯，见底。他不明所以，只是跟着干，干，干，眼前的人和物都在移动，退，退，退，再进，进，进。最后，让阿郭架走，那人留在原地，从椅背里倾出身子，凭空大了一廓，原来是个高人。

他被阿郭推着走到马路上，电影院的晚场结束了，大门关闭，玻璃门里亮了一盏灯，照在前厅的大理石地砖，外墙上的海报也停了一角光，光里的男女显得暧昧。这个夜晚很奇怪，他想。那些昏黑的弄口，关闭的店面，临街房屋，分明掩了声色，往深处,更深处,按下机关,立马爆出满堂彩。他们站在街边,梧桐树冠投下的影里。这个人——自然指的埃塞俄比亚,阿郭的脸挨着他脸,看起来就有些变形:这个人,只可远望,不可近交!为什么?他问,神志恍惚,一阵清醒,一阵糊涂。你不懂!阿郭将围巾紧了紧,裹住下颏,仿佛受寒似的:会移性情。他只觉得阿郭也变得难懂,甚至不认识。看他呆蒙,阿郭沉吟着,想从何说起,停了停:借上帝的名吧,上帝造人,好比流水线,否则怎么造得过来,绝大多数没有差池,就像你我,但偶不留意,亦会出异类,异类有两种,一种是龙凤,二种是刍狗!他总算听懂一点,问道:埃塞俄比亚属前者或者后者?阿郭见他稍开窍,继续点化:从外相看不出来,危险就在这里!他又糊涂了,本以为阿郭知道答案,结果还要自己去找,紧急中,脱口道:可是他要开学校,请我当老师!阿郭无语,刚开启的蒙蔽,此刻又弥合了。你知道,他忽然着急起来,我现在的经济,饭是有的吃,但没有零用钱!话说到这里,没法进行下去了,两人各回各家。

下一日,在专座喝酒,自然要说起阿郭,埃塞俄比亚的评价是,阿郭修的人间禅。他放下心来,知道印象不恶,接下来的话却又玄了:这禅不好修,得道是大雅,不得则是俗人中的俗人。这会儿酒喝的不多，细想想，阿郭对埃塞俄比亚的说法大致相近，都是高低两端，非此即彼，问阿郭属哪一头，回答也差不多，都是无解，看造化，即随缘。要说这两人旗鼓相当，最是投契，偏偏谁都不容谁。一个明里，让他离那人远；一个是缄默，从此绝口不提阿郭。好在，不在同一个江湖，如不是刻意安排，一辈子也见不着，彼此当不知道。埃塞俄比亚是舞场里的交道，阿郭是家里的，他呢，两头忙。

　　现在，家中一改原先的清寂，变得热闹。从大处看，是自三楼住户搬进以后，小处说，麻将比茶会聚得起人气。牌桌从隔天延展到开六休一，从下午起局，凡三缺一，阿郭就去顶。还有时，父亲和母亲出客，他们的社交频繁起来，因故旧们络绎来往起来，这样，即便阿郭来，还是三缺一，则是楼上媳妇作替补。他们喊她"大嫂嫂"，这"大"不是从排行来，而是尊称。逢到他家办席请客，多半是客户，从这点看，生意往兴旺里走，姚妈和大嫂嫂都不能来，换上几个客人，又是一桌，甚至两桌。也有时候，他请假，去舞场点卯。人们说，去吧去吧，单身男人，外面总有故事。唯阿郭知道这故事的名字，叫埃塞俄比亚。学校并没有办起来，需要许多公文和图章，不如取直径而行。收几个学生,舞厅开场前上课,学费从总账上过,再到他手里,不知从哪一节上变通,到他手里高出常规一截。心里有数,每每要开口,埃塞俄比亚就把话岔开来,推辞和答谢就停在喉咙口了。

十

　　这城市在更新换代，不知觉中，街上走的人，年轻了几茬。上岁数的呢，或者发达成老板总裁，或者落拓下去，形容凋敝，言出鄙陋。埃塞俄比亚的舞厅继续经营着，但退到附属的位置，边缘化了，因为新一轮的开张了。经典的摩登，如"百乐门""七重天"，现代"的士高"，就多了去了。正经舞蹈学校开出"拉丁"一科，还有人专去国外学舞，比如西班牙的弗拉明戈。小瑟手底下的学生原本爱好使然，不求谋职，受旁的吸引，陆续离开，其时有意思的玩意儿也多了去。有二三名保持联系，只是一般的交谊，喝茶吃饭，有外国舞团演出，买票看戏，捎带上他。埃塞俄比亚早已经作了后手,母公司底下,开出子公司:文化交流,影视剧制作,投资咨询,广告宣发,内外贸易,附带时装模特队,这就和他的业务沾上边了。形体教练,秀场指导,他其实也不完全懂,但草创时代,都是边学边干,也自成一体,居然也有了品牌效应。总部在中心地段的商圈租下一层铺面,兼作练功、排练和拍摄,他就在里面上班。事实上,这只占小部分时间,大多是跟着埃塞俄比亚谈生意,交易商铺,租赁写字间,接洽上下家,往往在饭桌或者茶桌进行,还有一两次在赌场——从居民区走进去,转几个弯,进到门里,别有洞天,隔扇、挂壁、匾额、几案,国色天香,中间有个绿绒半圆桌,玩的是二十一点。埃塞俄比亚教他几局,见他不得要领,就放弃了,坐到一边,有小姑娘专门沏茶给他喝。他不懂什么生意经,只是陪坐,像个跟丁,但跟丁的庶务,拎包开车门,埃塞俄比亚绝不让他染指,自有底下人做。所以,他更接近帮闲,或者说清客。这样,就不只是训练、排练、走秀的时间,而是全日制。于是,吃过早饭甚至不吃早饭出门,连着中饭晚饭,在酒店和客户共用,入夜方才进门。现在,酒店倒成了他的家。那几家常去的,前台经理都认识他,服务生自然奉为上宾。这样的地方就是个势利场,好听一点,"顾客是上帝",不好听则认钱不认人。

　　人不着家,膳费却准时缴纳,还有增添,父母那头就无赘言。早出晚归的,觉得出他们过得不错。灶头上的烧煮讲究起来,回到记忆中家道兴盛的日子,那已经很久远了。亲友来往频繁,麻将桌不需要三楼姚妈大嫂嫂充数,单自己人,一桌不够,又添一桌。从下午到晚上,保姆伺候汤水,抽头似的收获茶包,所以十分乐意。只不过次日都睡晨觉,他已经算晚起了,几扇房门还紧闭着,门里人都到了"苏州"。倘若没有外面的应酬,便轻着手脚,生怕惊扰,自己冲杯红茶,坐在牌桌的一角,把早饭打发了。厅里还留有昨夜笙歌的遗痕,未收走的杯盏碗碟,斑斑点点的咖啡渍蛋糕渣,哪位女宾遗落的唇膏粉饼,甚而至于哪一位注射过的胰岛素药瓶。空气里有一股腐味,透过纱窗帘投进的太阳带着倦意,地板上的蜡糊了。他注意到厅里多了两具紫檀木的器物,一具三面柜,一具五斗橱,看着眼生,搁置的位置也不服帖,空间显得局促,还挡了光线。猜想是三楼人家借地存放,可见事业蒸蒸日上,而他们家,别看一派热闹,实际走在颓势。草草吃过早餐,碗碟送进厨房,方才听见保姆房间里有动静。也不想照面,免得啰唆,赶紧出了后门。猝不及防地,清新空气扑面，几乎呛了一口，晕氧似的，有些目眩。太阳照在建筑向东的外墙，于是，街市一切两半。日头直射的这一半里，橱窗玻璃、汽车的镀镍，行道树叶，地面的沥青，外墙涂料里的云母，都在闪闪发亮。另一半里，则是二维的轮廓线，纤毫毕露。要不了多一时，日头就向这边推移，摊平光和热，全景覆盖。天际线呈现弧度，视野球面展开，有一种俯瞰的效果。胯下的自行车乘着风，飞一样，空气中的湿度降解，摩擦系数降低，身心都减了重量，变得轻快。

他暂时不知道往哪里去，上班的人流已经过去，快慢车道都畅通，他的自行车沿大马路骑去，十字路口一转，进了小马路。树荫遮蔽，小学校传出读书郎的吟诵，操场上的沙砾也在发光。再一转，到了背街，前边是街心绿地。晨练的人也回家了，鸟从树顶跃下甬道，一跳一跳地走，还有一只松鼠，这城市竟然有了野物。他下了车，俯身趋近，"嘘嘘"地吹着口哨，那东西一溜烟上了树去，不见了。他扫兴退回，坐在石凳上，午前时光，上一项活动结束，下一项未开始，生活仿佛静止了。昨晚早睡，今晨早起，就有了这段余裕，可是，将它嵌到哪里呢？他们是夜生活里的人，这夜生活在蔓延、扩容、洇染，向白昼蚕食地盘，白昼已经让，让，让了，还是不够夜生活用的。夜猫子不巧闯入大白天，像他现在，其实挺难挨的，自然光刺痛眼睛，饭也不在顿上，睡眠呢，白不黑黑不白的，把梦都挤出去了。麻雀并足横过甬道，又一只黄翅子鸟斜飞下来，太阳才从石凳这边移到那边，到底有了些变化。一个男人推了自行车过来，隔了几步，在另一个石凳停住。卸下车后的小音响，斜背的乐器盒，就地打开，取出几截管子，装好，是一只萨克斯。吹几行音阶琶音，然后调试音响，放出伴奏。从曲目判断这男人的年龄经历，不外乎那个年代，遍地颂圣，歌舞升平，连那古老的内省古城，狭巷里都听得见西洋的管弦。想到这里，心头不由悬起，黄河故道桥下的坡道，石板路上胶皮轱辘格楞格楞压过去，车辐条吱吱叫……男人的技法算得上娴熟，但节奏刻板，他想起曾有一个青年应考单簧管，吹出竹笛的音色，大家都笑了。吹奏者关闭音响，在一个转调的小节反复练习，是个死脑筋的人。那时候，到处都是蛮力学艺术的人。有了这人，还有乐器声，他就不那么孤单，午时的寂寥也好些，时间走得快了，太阳到了中天。他看看手表，估摸差不多点了，起身上车，踩住踏脚，前后持平。年轻时候都玩过"屏车"比赛，看谁"屏"的时间长。看起来，他武功不废，还有几下子。那男人注意到了,伸出手,竖起大拇指,口里还衔着哨嘴,两人就有了交谊。太阳真是饱足,角角落落,分分秒秒,都看得见花开,芯子里的蕊,缀着蜜粉,蝴蝶正在飞来的路上。萨克斯终于越过崎岖的坎,复又打开音响,跟随伴奏,流利向前。他也到了时候,放开手闸,脚从踏板滑脱,车轮几乎离了地面,飞快出了绿地。迎面过来一辆车,喇叭尖锐地叫着,龙头一抖让过,骑上人行道,围着几个走路人绕几圈,再下了街沿,箭一般直射而去。

埃塞俄比亚刚起床,正在洗漱。他坐在起居室,早餐车推进来,热食盘上罩着银盖子;车料玻璃罐盛着果汁,红的西瓜,橙色的西柚;咖啡杯碟和茶具则是韦奇伍德瓷器;蛋杯上的红壳鸡蛋戴着绒线帽;吐司排在烤炉架子;篮子里是羊角面包、苏打饼干、葡萄干曲奇、五颜六色的可丽饼、焦糖布丁、巧克力蛋糕……这是埃塞俄比亚的长租套房,临黄浦江,眺望对岸,新起的建筑群,人称"东方曼哈顿"。浴室哗哗的水流,抽风机叶片旋转,传出埃塞俄比亚的声音,叫他吃早餐。他回答吃过了,心想今天起得太急,和这里的作息脱节了。门上叩了两下,清洁工进来,收走前一日用剩的杯盏,器皿里的残渣和污渍,就可看见一个不夜的夜晚，还是那句话，这里自有一个时间的系统。他站起身，从餐车上倒了一杯咖啡，添进三分之一量的牛奶。咖啡这东西，有魔术的效应，改变生物钟，方才说的，另一个时间系统，就是从它进入。果然，时间倒推回去，重新拉开帷幕，一日之计在于晨，他甚至又吃了点炒蛋。里面的人出来了，携带着薄荷气味，来自牙膏、洗浴液和剃须膏的香型，清除了空气里的积垢。埃塞俄比亚裹在紫红缎面的睡袍里，礼帽摘去，露出真容。原来长了一张小瓜子脸，大圆眼睛，眼角略微下垂，这样，法令线变得醒目，也是向下，但上翘的嘴角又将面部肌肉提拉起来，弧度对应成一个圆，不由想起关于"太极"的说法。在这里，却产生卡通的效果，使他像孩子，一个老孩子。在餐车前坐下，这餐车立即成了金马车，灰姑娘童话里，午夜十二点变回南瓜。老孩子搓了搓手，顾长的十指交错缠绕，再解开：让你搬来住你不来！他笑笑：这不来了，比阁下还早到！埃塞俄比亚也笑：我知道你要做走读生！"走读生"三个字很风趣，又隐约暗藏些许猥亵，就像摘去礼帽的那人裸露的脸，让他心里一凛。那人笑罢了，打开餐盘旁的报纸看起来，忘了面前的早餐。最后，喝了一杯咖啡，餐台几乎原封不动，推走了。从窗口看，太阳停在江心，几艘外国货轮缓缓过去。江鸥载着光，上下飞舞。对岸密集的楼宇丛中，塔吊移动，给"东方曼哈顿"加顶。埃塞俄比亚换好衣服，两人一同出门了。

此时，节奏明显增速，他们变得忙碌，从一家酒店到另一家，一桌宴席到另一桌，一拨人到另一波，别以为他们闲话白饭，无事忙，许多交游结识了，许多生意成交，再有许多恩怨，也种下端倪。写字间不过是个幌子，电话、复印、传真、扫描，一应办公用品，其实是个摆设，即便来到这里，也是喝酒茶点闲聊。有时候，他心中生疑，问埃塞俄比亚，公司花销出去的钱，怎么收回呢？被问的人沉吟一时，反问：你以为"钱"是什么？他也沉吟一时："钱"是消费的凭证。那人不说话，侧耳听着，他也屏息静听。远处传来电焊切割的锐叫，汽锤击打，水泥搅拌车轰隆隆压过马路，电钻直旋进脑袋，到处都在破土，钢筋穿透混凝土，飞跃城市上空。钱在流动呢——那人的声音极温柔，你听听，汹涌澎湃！他不很懂，但受了激励，兴奋起来。曾经有个时代，口号是"做一颗永不生锈的螺丝钉"！那人说。他点头。这句话不过时，我们的钱，就是螺丝钉，换个说法，沧海一粟，你看不见它，可它看得见你，在一部巨大的机器的某个位置，运转，推动，前进！埃塞俄比亚摆了一个戏剧性的姿势，提高音量，变得尖细，一个音破了，像金属划过玻璃。有点滑稽呢！他不觉笑出声，赶紧收住。太抽象了，是不是？看着小瑟，埃塞俄比亚有足够的耐心：具体说吧，银行看你的贷款记录，不是看还贷的情况，而是活跃性，怕的是不动，不动就是死水，良性货币是活水，潺潺不息！意思是钱越用越来，不用不来？他揣度道。对面人笑起来：把"钱"字换作"资本"，这句话就成立了，资本是可繁殖的。看他还是困惑，笑得更厉害了：再朴素些，钱在皮夹子里，一块钱就是一块钱，放进银行，就有了利息，利生本，本生利，于是，消费成了资本。他略明白些，点点头。一块钱微乎其微，每个人一块钱，就大有可观——他再要问，对面却"嘘"一声，刹住话头，窗外的动静又进来了，窗玻璃震得咯咯响，面前人悄声说：资本在循环！道理通了，落到现实处境，依然是，怎么收回用出去的钱！可是，埃塞俄比亚不担心，他担心什么？这才叫皇帝不急急煞太监。

夜晚将临，心情反而轩敞起来。华灯初上，遍地生辉。他们的座驾，汇入车流，烁烁向前。上高架，从摩天大楼半腰绕过，这城市仿佛飞起来。灯光打开另一维度，白昼里隐秘的空间裸露了,原来有那么多的去处,绿地花园里的松鼠、麻雀、黄翅鸟,萨克斯管里的音阶一溜上行和下行,是前一世代的事情,隔着千里万里,又在咫尺之间。镭射扫荡天际,小小的飞行器,夜空里的舟船,渡着星海,黄翅鸟似的。底下是楼宇的褶皱,一层层亮过去,又暗下来,黄翅鸟变成黑鸟,还有夜猫子,举着夜明珠,唱着夜歌。车下了匝道,滑到街上,行道树里藏着不夜城的眸子,幽微的火,印染成紫色的氤氲。衬托之下,橱窗格外明亮,一格一格,好像娃娃房,用物摆件,比白日里缩小尺寸,变成玩具,是游戏的人世间。沥青路面仿佛汪了水,其实就是光。信号灯变换红黄绿,人和车说停就停,说走就走,是推动地球的手。这城市的人多是无神论,不信上帝,但服从命令听指挥,他们都是螺丝钉!

后来,他随埃塞俄比亚去了一趟香港。出发之前,特地到柯柯家,问有什么要捎带。外婆到底老了,不像过去多话,表情依然很生动,眼睛滴溜溜转。坐在窗下方桌边,吃一碗藕粉,瓷调羹刮在碗底,吱吱响。他近前问候老人家,她腾出手,抬起来,从他腰间到自己额头,来回比几下,说:小人国!想起第一次来到这里的情景,窗外的街道、人家、树,还是原样,只不过褪了颜色，因为老旧，也是让周围的新对比的。她母亲准备了一包零食，说香港样样有，想不出缺什么，就带点孩子从小吃的加应子、山楂片、大牛奶饼干，说不定他们还记得。另有两盒珍珠粉，是给柯柯的，那边潮热，容易上火，脸上起痘。她母亲送他出弄堂，有邻居迎面过来，看看他，说：女婿啊！她母亲回应：带点东西去香港！就好比做了一路的澄清。想这些年，坊间又多了闲话。

走到弄口，他请柯柯母亲留步，母亲说：你也稍留步。知道有话说，便站定了。她母亲沉吟一下，开口道：柯柯还是一个人！他有些心惊，不为柯柯单身不单身，而是，预感她母亲将要与他提的事。你不也是一个人？果然，话来了。是的，他说。夫妻总是原配的好！她母亲说，眼睛并不看他，多少是窘的。他屏出一句：是柯柯要分！意思不怪他。她母亲冷笑道：当她十八岁闺门小姐，多少机会等着，香港这种广东人的地方，样貌就不入她的眼！他不禁笑了一声，自己也不知道笑的什么。她母亲又说：少年夫妻，不晓得轻重，现在是有儿有女的大人了！说罢，手在他衬衫前襟拍两下。这动作触动了他，无论柯柯与他如何，这母亲对他没有过一点不是，甚至于，比亲生的还解他心意。停了一时,他说:有数了!对方轻吐一口气,说:去吧!刚要拔脚,又被叫住:你爸妈好像要卖房子呢,是不是?他收回脚,问:有这种事情?也是听说,你要不知道就没有!她母亲挥挥手,他方才辞过。

去香港说谈生意,事实上尽是吃饭,不是请人,就是人请,连早餐都有安排。他们住跑马地的酒店,门口就是马道,铺了绿毡子。翘首望去,可看见香港公墓的梯阶,错落立着石碑。转角处有一家皮具店,其他都是住宅,是个闹中取静的地方。按柯柯母亲给的电话打过去,第一次没人接,第二次换成夜里,有人接了,正是柯柯。她已经收到母亲的报告,所以并不意外,口气很平静。倒是他,起了轻微的波澜,因为声音还是原来的,就像看到原来的人。约定时间地点,即次日,正是星期天,公司不上班,铜锣湾一处茶餐厅。他一步一问,还是绕了弯路,七转八转,回到原地再重新出发,到地方才知道离得极近。香港的街路,岔口多,切得很碎,真叫作"差之毫厘谬以千里",所以耗去许多时间,也还是早到。又怕自己找错,就站在门口等。相邻一间马票下注站,隔了橱窗看墙上的视屏,也不太懂,却见玻璃投上一张脸,似曾相识,回过头去,柯柯站在身后。旁边还有一个男人，穿棉麻西服，金丝边眼镜，雪一样的白发，衬出赭红的肤色。以为柯柯的朋友，结果是她父亲。伸出双手紧握，无名指上戴一枚嵌宝戒，镶碧绿的翡翠，港派得很，出口则是上海话。三人谦让着进店入座，跑堂的立马迎上来，显然是熟客。

交割了东西，除她母亲托带的，他自己也有给孩子的礼物。一人一件手织的绒线衫，是奶奶的女红，爷爷是两本英汉对照小说，《大卫·科波菲尔》《呼啸山庄》。卢克卢馨怎么样？他问。柯柯告诉，两人去美国参加夏令营，否则也会一起来，言下之意并不阻碍和父亲见面。说完孩子便没话了，他们原本不是话多的夫妇，吵架都少吵的。其时，睽违日久，更沉寂了。之前的那点期待，面对面的，也没有了。余下的时间，都是她父亲开讲，初涉港埠，开辟生意，从尼龙丝袜做起；内地大饥荒难民潮，港警一车车拉人，本地民众追着往车斗里扔面包、水、身份证；然后六十年代反英抗暴，年轻人戴了红臂章上街游行，赤手空拳和警察斗殴，能不吃亏吗？他问小瑟，小瑟又没看见过，只好点头——然后内地改革开放，中英联合声明，股价涨落，楼市崩盘，衰到底了，再一点一点缓过来，眼看九七回归，一步一近，唯有重振信心，否则怎么办呢？他又问小瑟，小瑟点头。餐车推到身边，老人家让他们挑，自己取一碟肠粉，素白的两段，浇上番茄酱、花生酱、酱油、醋，凡桌上有的调料都浇一遍，盖了满满的一堆，说：信心归信心，后手也要留，几个大孩子都办了移民，加拿大和澳洲，这边的——他抬起下颔，向柯柯点点，我和他们说，英语最要紧，一定要学会英语！又朝他掉过头：我说了香港的希望，你也说说上海的！他腼腆地笑笑，不知从何说起，她父亲提示：邓小平南巡讲话，浦东开发，经济要腾飞，不定要做亚洲第五小龙呢！他学舌埃塞俄比亚：资本很活跃，到处是工地！她父亲呼啦啦将一盘粉肠销掉，让人想起草创时代人的胃口和吃相，顺手又取一份，说：资本这东西，载舟是它，覆舟也是它，操纵是它，被操纵也是它！他虚心请教：怎么才能变被动为主动？她父亲哈哈大笑：不是一两句话说得清楚，要一两世人生，回头望，"轻舟已过万重山"！他有点喜欢这老家伙，柯柯一点不像他，初次见面已是从前的翁婿，竟生出一点憾意。余光瞥见柯柯，他们说话之间，她拆开包裹东西的一张旧晚报，仔细看着。

会面结束，三人走出茶餐厅，一同往地铁站走。经过相邻的下注店，她父亲说：什么时候带你去马场，最后三秒钟，骑手弓起身子,立在脚蹬上,不够眼睛看的,一阵风,胜负决定,惊心动魄!他只当说着玩,不料周日一早,老爷子真来电话,说到了楼下。跑出去,果然停了一辆红色的法拉利跑车,车窗伸出一只手,挥动着:快快快!他赶紧拉开车门,还没坐定,车身已经动了。驾驶座前的人,穿一身红白运动服,同款棒球帽,墨镜遮了半张脸:稍停一会,警察就来罚款,分秒必争,这就是香港速度!原来是老爷子自己,车里再没别人,问柯柯呢?回答说:女人麻烦得很,不带她!话音刚落,就一个刹车,原来红灯亮了,后面潮涌般压上一片车。之后的路都是这样,走走停停,每一停,就涌上一片,齐齐闪着尾灯。老爷子告诉他,平日里大老板都坐地铁,一到周末,私家车便上路"白相相",又都手生,"抖抖豁豁",亏得香港人守规矩,英国人调教出来的顺民,否则就要撞成"一作堆"!老爷子离家几十年,乡音已是港式,但许多上海话的俚俗,他都不会说的,却屡屡出口。屏在车流里,进不得,退不得,倒说了些男人和男人的体己。老的问:有没有可能复合?少的说:你看柯柯对我,一句多的话没有,怎么复合?老的话里就有几分恨意:她们母女一个样,只认自己"屋里厢"的理,当年不肯跟我来香港,就为个名分,名分有什么意义?唐楼里住的都是有"名分"的，可是没有生活，生活最重要！少的想，自己差不多就是唐楼里的人，不留意生了外心，两头不着，柯柯真是吃亏，惭愧道：是我不好！老爷子"嗨"一声：男人嘛，这样计较有什么益处？听到"计较"这个词，他倒笑出来了。

　　车到沙田马会，已经过午，先吃饭，再去选马。他也不懂，就挑好名字。其中一匹叫"莎士比亚"，觉得有趣，勾下了，又一匹，"七星戴月"，也勾下了。选好了，给老爷子过目，老爷子说：很文艺啊，但是，选马不凭这个！就带他走出去，到沙圈看遛马。那些马在远处没什么，逼近眼前却有一股气势，高大俊朗，有几回朝他喷鼻，一团团热气，几乎将人冲倒。想起柯柯外婆的话"小人国"，不由苦笑，他们都是小人国。老爷子指点看其中一匹，那一匹原地跳着，蹄子刨出一个坑，问他"活泼"不"活泼"？他说"活泼"，再没可说的。见他不得要领，知道一时半会开不了蒙，这时，离这一轮开跑只剩几分钟了，老少两人进去投注，他的赌资一并由老爷子出了，复又出来，到看台上挤了座位。马都退到看不见的地方，举目望去，蓝天上白云翻滚，拥簇又迅速散开，转瞬间碧空万里。跑道阑干边，辟出专区，聚少许人，围一驾轮椅，轮椅里是上岁数的白人，穿绿色制服，肩章勋带，大约有战功和爵位。他问什么人物？回答是马主，话没落音，发令枪响了。真正一眨眼工夫，就到冲刺关头，骑手们俯身弓背，闪电般掠过去。看台上喧声哗然，电子屏幕上的排次飞快移位，决出名次，人声渐渐平息。他和老爷子下注的马掉到不知末几位，底下的白种老人及随从不见踪迹，仿佛从来没出现过似的。他们又玩了几轮，俯首可及的一回，跻身前三，有什么用呢？自古以来，文无第一，武无第二，所以更遗憾。回程路上，距他们十几米开外，跑着一辆马房车，背板开着窗，露出马头，就觉得是那老贵族的马。他和马对视着，密丛丛的睫毛，重叠的双睑，眼睛很沉静，面前走过无数风景，是他们人类望尘莫及。前后相跟走了很长一段路，直到一弯山峦之下，方才分道扬镳。

进了港岛，老爷子还不放他回去，带去太古广场吃大餐，再到一条背街，说要娱乐娱乐。路灯陡地暗下来，阡陌纵横的小马路，时常断头。脚下的路面高低不平，好几回绊个趔趄，若不是老爷子及时捞住，必定摔倒无疑。他们是两代人，可少的远不如老的腿脚健，看他左右辗转，穿街过巷，必定非常熟悉，定是常来常往。推开一扇小门进去，玄关柜台立一个男人，头上悬一盏电灯,顶光里的脸,半黑半白,有一种暧昧。派给他们表格,填写姓名地址职业,他看老爷子龙飞凤舞,没有一个字靠实,全是胡诌。柜台里人并不计较,收进去,再一人拍一张立拍得,瞬间做成护照样的一本,名为会员证,表示俱乐部制的场所。手续完毕,即可入内。一具五六平米的台子,射灯照耀,四周则在灯影里,零落坐了三五人。台上的表演循环进行,无所谓开始和结束。就见一个蓬发女子,看不出年龄,蛇样地扭动。什么舞种也不是,一味地翻转腾挪,身上的披挂一件一件卸下,扔给看客,最终只留一条丁字裤,却着一双高跟皮鞋。跨下台来,走到席中间,流连忘返,等人取出纸币,往丁字裤沿塞进,方才退去。稍歇片刻,上来两位,互相纠缠,又下去向看客挑逗,动作单调重复,甚是无味。他已经困乏得呵欠连天,自己都觉得扫兴,不好意思。衣物尚未脱尽时候,老爷子即摸出两卷纸钞,一卷掖进其中一个胸罩,另一卷让他交割,他装看不见,那女子绕着他两圈,还是老爷子自己打发了。起来走出,稍一转折,已是通天明亮,崇光百货门前,灯光齐发,如同白昼。行人如织,不觉精神又回来些。老爷子感叹道:你知道有支歌,"夜上海,夜上海,你是一个不夜城",张开手再合起,拥抱的姿态:这就是我的"不夜城"！又笑吟道："错把杭州当汴州"，这一句有点古，但意思对得上！本以为老爷子会替他们的婚姻说合，但从头到尾并没有一点涉及，光顾着玩。此时方才悟过来，这一日只为聊解乡愁，上海故城，那里的人都是旧亲。

回到跑马地酒店，已凌晨一二点。他们住一套打通的双人房，尽量轻着手脚，怕吵扰了。迎面投来一束光，原来电视开着，播放世界小姐选赛。背门的沙发上坐着人，他说了声，我回来了！沙发上人没有回头，荧幕的光映在脸上，看不出表情。他像逃夜的小孩子，知错改错，溜进浴室，洗漱完毕，再出来，沙发已经空了，电视没关，聒噪得很。他拾起遥控器，关了电源，霎时静下来，觉得有点气闷，便将窗户拉开一条缝，市声"哗"地涌入，这城市还在鼎沸之时。再拉上，复又无声无息。灯光透不进来，在窗幔上印下模糊的影，万籁俱寂。此时的他，无比清醒，连梦都是清醒的——前面车窗里的马头，眸子里碧海蓝天，一直看着他；绿衣爵士也看着他；还有老爷子，长着一张蛤蟆脸，又像麒麟，好看的女人都像动物，男人何尝不是，他喜欢他；赤身裸体的女人，则是反过来，像人的畜类，却变得可怕！不知怎的，那女人是个男人，就是他，心里一惊，坐起身子。老爷子和他说话：资本，是个好东西，又是个坏东西，好比变色龙；说到变色龙，老爷子摇身一变，分明是埃塞俄比亚的声音，尖细温柔，仿佛风从耳过，凉凉的，在他的脸颊、脖颈、肩膀，沿脊梁骨，一径下去，到腰和髋骨。一激灵，又起来些，站到了地上，地毯的栽绒搔着脚心，麻酥酥的；喝了酒，是鸡尾酒，当时不觉得，其实有后劲，身子发软；他不缺女人，舞伴与他肌肤接触，比夫妻更贴近，于是，就有了抗体，几乎体会不到欲念——他被梦魇压着了，挣扎着，叫不出声，急切之中，眼前忽然大光明。铜锣湾的地面上，人的投影，交互错综，比实体还清晰。汽车从高架桥下来上去，维港的游艇，渔火，镭射，飞行器，一支旋律在耳边响，循环往复，终于戛然止住。他睁开眼睛，晨光满屋，那首歌，一个字也想不起来，无影无踪。

坐在早餐厅，他胃口不错，吃了杏利蛋、吐司、茄汁黄豆，还喝了一碗白粥。埃塞俄比亚只喝咖啡，看一叠早报。日光透过玻璃幕墙，斜照在脸上，一半金黄，一半白。自来到香港，就脱了礼帽，他却有点不敢正眼看，似乎，有一点点猥亵。他想起那句旋律，"东方之珠我的爱人，你的风采是否浪漫依旧"，紧接着，梦里的情景历历走过，比当时更清晰。都是香港给闹的，乱了心智。方才吃下的东西，似乎返上来，胃在痉挛。将刀叉放回吃了一半的水果盘，看见自己的手在颤抖。定定神，嗫嚅一声：回房间用洗手间！扶了桌子站起来，腿也在打颤，用力过度，碗盏盘碟向对面滑去，对面人伸出巴掌挡了一下，脸还在报纸后面。他走出餐厅，进电梯，再出来，房间门大开，清洁工正打扫。飞快地收拾装箱，好在也没有多少行李。新买的没拆包的西装皮鞋；还有手表、皮带、皮夹——父亲说的男人的三件装，少一样就落魄了；最贵重的是一枚翡翠戒，那天见过老爷子，回来向埃塞俄比亚描绘，本是无心，但当日就带去，依着手寸买了，戒面更大，成色更足。他犹豫一下，最后一动不动全留下来。走出房间，从背面的货梯下楼，低头走过总台，他到底付不出房钱以及日日签单的费用，推门招了的士，直奔机场。

离开上海不过一月有余，他却像换了个人。本来日夜不着家，如今足不出户，做回母亲的乖儿子。牌桌跟前侍奉，三缺一的时候顶上去，座上人有任何需要，香烟抽完了，想吃刚出锅的糖炒栗子、烘山芋、生煎包子、小馄饨，女士的润唇膏忘带了，他应声便起，做了听差。如此长大的一个男人，端着小钢精锅，左避右让过马路，贴墙走在弄堂，现在车比人多，而且蛮横，姿态里总有些瑟缩。家门口的人多已经不认识他，他也觉得陌生，仿佛换了一批，其实不过是小的长大，大的老了。有一次听人叫"爷叔"，四下看了一圈，方才发现是阿陆头，身边站了一个上学的孩子，看上去还是像当年她母亲领着阿柒头，大的老一点，小的大一点。她母亲是个俊俏的女人，俊俏的平常人。阿陆头变得平常，走在人群很难辨认，结婚、生育、过日子，藏匿了她的特质，但等某种契机降临，又水落石出。他想起她经历的事故，不由骇然，他自己何尝不是？虽然没有宏大的历史性，而是式微的人生，也称得上颠覆。现在，他简直成惊弓之鸟，无时无刻提防着埃塞俄比亚出现眼前。明知道不可能，可就是怕呢！听到敲门声都一激灵。事实上，埃塞俄比亚从来不曾找他，都是他找他，想起来，真是尴尬。他怕的就是这个，尴尬！

像他们从小有过练功房经验的人，无论异性还是同性，肌肤接触都是常态。渐渐地，敏感度降低了，甚至变得迟钝。舞台上的情偶，生活中成为伴侣的，并不像世人以为的那么自然。幼年在俄国学校，校长纠正他姿势，可将身体摸个遍，很难分辨哪些是必要，哪些带有一点娈童癖，这也是练功房，尤其外国人的练功房里的常态。小孩子不懂，长大以后呢，反而有了免疫力。然而，那天晚上，却很两样，身处流域是个原因，夜深是个原因，喝酒是个原因，具体的人和事更是原因——他想起阿郭，路灯的光晕里，裹在围巾里的脸，对他说：你不懂！阿郭是麻将桌上的常客，看见他，并不说什么，眼神是有意味的，仿佛说：现在懂了吧！所以，他也怕阿郭。如不是三缺一，也不要跑腿当差，便退到自己房间里，听见母亲说：他在闭关！阿郭就笑，笑声里藏了一句话：你们不懂！可闭关有闭关的危险。有一回，他睡着了，醒来正是下午三四点光景，西去的阳光灌满北向的亭子间，明晃晃中，那一夜晚浮现起来，海市蜃楼一般，当时模糊的场景，此时清晰异常。镭射扫过窗帘，天花板上光影变幻，脚底忽涌起一股灼热，迅速上升到肚腹，到前胸后背，再向四肢分流，连指尖都烫了。他又要逃跑了，可是，阿郭在外面呢！

和埃塞俄比亚断了，往日去的场所也断了踪迹，手头很快变得拮据。过去的一段，他太散漫了。交母亲的膳费成倍翻上去，再要降下来就不好意思得很。他把埃塞俄比亚的礼物搜罗搜罗：一架蔡司照相机，一架留声机和黑胶唱片，还有些零碎：望远镜、咖啡壶、万宝龙金笔、几瓶洋酒、一枚错版邮票……埃塞俄比亚的东西都是老货，方兴未艾的新世界里，还没时间纳入新经典，就不好标价，寄售商店大多关门，只能和朋友私下交易。可是朋友，比如小二黑，因为时常受他馈赠，以为是要送他，所以，绕了一圈，并没有出手，倒少了几张黑胶。他已经欠母亲两个月的贴补，保姆那边也没给钱，虽不是名分账，但总归习惯成自然。谁也没有张口，反让人更加羞赧。他变得消沉，晚饭后从父亲烟盒抽一支烟点上，他从来不碰烟，怕手指牙齿变黄，口腔有气味。他们的行当，就怕这个，上场前都要刷牙。可现在不是不需要了吗？母亲看见了会嘟囔一声：不如买点甜的咸的吃吃！说者或许无心，听起来却有含义。他默默吸完一支烟，上楼回房间去了。

这一天，他听见楼上的男人下到底层客厅说话，知道又在谈房屋买卖。柯柯母亲说得没错，父母真是在卖房子，买主就是三楼人家。柯柯母亲只知其一，不知其二，这项动议的前提是计划移民美国。母亲下午茶会的"会员"几乎全去了美国，如今麻将桌是另一批，多少降格以求，难免心里不平。他曾听母亲和阿郭背后议论，某个女宾用勺子喝咖啡，某个女宾的口红染在杯沿，显然是劣质的，还有男客黑皮鞋里穿白袜子。父亲从不参与话题，倘若母亲强求他的意见，便说一声：不容易！王顾左右而言他，又仿佛歪打正着，切中要害。谁都知道，本尊自己就是"不容易"的那一个，所以没法计较了。美国来信总是催促他们去，急切切的，好像三缺一等着人到齐。正当其时，父亲方面的亲属又接上一系。一个远房"大伯伯"，竟然找到父亲在美的出生证明，事情变得可行了。三楼男人走出客厅，上楼回自己家，从他亭子间门前经过，踏着军人走操的步伐，行伍出身，有一股特殊的仪态，和老百姓就是不一样。这一点也体现在行事做派，杀伐果决。换成别人，买卖也许在价格拉锯上周而复始，停滞不前，而这一位，却节节突进。他忽然想到，将亭子间一并打包，他总该有这么一点点权属吧！卖了房子，跟父母去美国——血升上头顶，心跳得很快，他终于想到一桩不敢想的事情！一分钟前，还远在天边，这时候，突然到了眼前。先有轮廓，然后细节来了，哪里有缺哪里补上，越来越圆满。思绪活跃得要命，按捺不住，仿佛已成定局，不是这样又能怎样？他一跃而起，在房间走动，巴掌大的空地，两步一个转身，脚在桌椅间磕碰，真像是笼中困兽。

当晚，便向父母宣告决定，谁知道呢？一夜过后，两夜三夜过后，鼓起的勇气也许就一点一点消失，那样，不是一点退路都没了！他稍作策略，多年来，与阿郭相处，还是得了学习，晓得事情的排序涉及因果，关乎成败。他先不提卖亭子间，只说陪大人去美国。两个老人——他们都入晚境了，远行海外，异地生活总是不安。虽然父亲的出生地，可并无丝毫印象，年轻时候的恣肆汪洋，经半个世纪磨砺，早已收缩；母亲呢，连上海以外都未曾去到，在她眼里，都是乡下，乡下的人和事，除去野蛮落后还有什么？当然，美国不一样，她是好莱坞电影中度过青春年华的一代人，但电影和做梦差不多，渺茫得很，更让人生畏。和三楼人家交割买卖，表面上议价，内里实有些拖延，推迟动作。即便如此委决不下，也从没想过和儿子同行。他们不了解他的生活，婚姻存续中还好些，毕竟不出普遍性的常识，但柯柯和孩子去了香港，他似乎也越行越远，进到另一个天地。这家人代际之间，向来是疏远的。父母与他，他与儿女，几近陌路，既归因于离散的遭际，又多少是一种注重现实的性格。这样也好，少牵挂，感情本是负累，至亲更加一成。世事动荡，好自为之就算得上善行了。看上去，他们过着精致的生活，内心却是皮实的，和农夫有得一比，也因为此，变故未曾让他们太受伤，保持了身心完好。一旦听到儿子有意跟随去国，可说意外之喜，有了依傍，未来变得具体可见。他们讨论着将去的城市，落户的街区，与哪个世家近邻，日常起居如何。你要学开车，父亲说，没有车等于没有脚！还要学烧几道中国菜，母亲说，美国人粗得很，什么都是生食！父亲不同意：只是吃不惯，不能说人家不好！母亲反诘：家里总要开伙，天天下饭店怎么开销得起！当然，当然！父亲迎合着。说到开销，自然牵出钱来。父亲母亲的表情沉郁下来：我们守着死钱，需一分一厘算着花！他卖乖地说：我可以打工，端盘子、洗碗、派报纸！两个老的舒出一口气，紧接着意识到要靠儿子了，不觉感到一些凄楚：但是，无论如何，父亲说，房子要得个好价钱！终于谈到房子，三个人都静一静。自鸣钟打了十点，过了入寝的时辰，谈话的兴头也低落了，又坐一刻，起身各回各房。

次日晚上，没有如他以为的，接续昨天的话题。父亲看报纸，母亲接了个电话，就放不下来，等电话结束，电视剧又开始了。屏幕的光影投在脸上，明暗交替，房间里充斥着角色的说话，还有音乐。意识到他们其实在回避，他的加盟某种程度上坐实去美国的计划，同时，也更接近卖房子的目标。他呢，因为自己的私心，难免发虚，坐了一时，上楼回房间。可是事情真不能再等了，夜长梦多，过这个村，没这个店，中美关系，国界开放，还有大伯的想法，都充满变数。又过一天，就在饭桌上，他开口了：我的亭子间索性一起卖掉！他特别注重"我的"，好比主张产权。母亲说：本来也想把二楼出手，但是老话说，落叶归根，总要留个退步吧！母亲将亭子间并入"二楼"，有心或者无意，表示领土完整。他接过来说：你们的大房间不能动，亭子间却可以放弃，既然走出去，就没了回头路！这一遍他突出的是"你们"，话说得再明白没有了。他惊讶自己竟然具备谈判的能力，是来自一种潜质，还是向埃塞俄比亚学来的，在外面混总归有所得。母亲沉吟一刻，说：也好，使用面积附带公摊部位，就增值了。他简直不相信"增值"两个字，出于母亲口中，这才叫活到老学到老，市场经济的时代，每个人都在进步。相比，父亲就弱了，也是在沙漠地方待的，文明退化。是的，我和你们合起来议价！他又强调"合"这个字，就让人无法忽视，"议价"的措辞则显得专业。自家人谈生意真是麻烦，话都不能说开，暗藏机锋。后来，终于将三楼老板逼出一个称心的数字，就面临拆算的问题。这一回，不得不摆上桌面，所谓亲兄弟明算账。

一种算法是按面积计，一是一，二是二；另一种比较复杂，如母亲先前说的，公摊部位的分配，弹性就大了。亭子间从理论上也有附加值，加入进来，每平方价格不是涨上去了吗？但从设施看，它又没有专属，卫浴、走廊、过道，都不在独立使用范围。父亲依然不参与，只他和母亲面对面。开始还是平静的，但因争执不下，逐渐趋向激烈。也不是吵嚷而是讲道理，彼此述说自己的困顿。母亲从父亲判刑起始，独撑市面，最后迎来一个老贫的人，几近半个世纪已经过去；他的故事简短一些，单身北上舞蹈学校，吃尽大漠风沙，世人冷面，直至中年，孑然一身，两手空空。母子二人合起来一整部家族史，主旋律为失去，失去，失去，所以，最后的一点剩余，人生的托底，谁都不能让。这也是有产者的悲哀，倘若彻底的无产阶级，像汽车间的人家，赤条条一身，白茫茫大地，要争只能争自己，便无风无浪。阿郭被叫来调停，这中人不好当，应了手心手背都是肉的老话，一头旧交情，一头小兄弟；一头看着老去，一头看着长大。左右看看，还是小的该让老的：你年轻，还赚得动！他不由苦笑：奔五的人，怎么敢说年轻！再往深里劝，回话也更狠：余下的日子长，才要积蓄！这样的说法先是伤了老人，觉得来日无多，二是伤自己，想不到就临了坐吃的境地。他向来没有后顾之忧，不是乐观主义，他才没什么"主义"呢，而是过一日算一日，其时不免感到凄楚。谈到谈不下去，双方都负气挂免战牌，阿郭也没有办法了。不期然间，他转了心思，让步了。谁都不知道，只有他知道——在电影院里，电影院成了避难所，小二黑还记得他，常送些内部票。走进放映厅，暗成漆黑，便忘了烦恼，但等片尾曲响起，场灯大明，烦恼又回来，比之前更加压迫，但下一回依然要去，就像瘾君子。他看见了埃塞俄比亚。电影已经开始，迟到的人弯腰寻找座位，侧影投在银幕上，礼帽下、鼻梁、下颌、衔在嘴里的烟斗，一幅单笔画，英国小说的石印插图人物，不是那人是谁？他悄悄起身退出影院。之前，三楼老板私下里允诺，单给他两万元，他慷慨激昂地推辞，说自家的矛盾自家解决。这天，他主动上楼应下了。

接下来是一系列繁琐，文件的来去，身份公证，表格填写，预约面试。某个细节不合规格，打回来，推倒重来，再是公文、证明、填表、预约，还需要美国国务卿签名，竟然也签来了。时间过去半年，父母的签证下来了，他却没有消息，不知卡在哪一个节骨眼。猜想是年龄，不上不下，不是老也不是年轻，最有嫌疑占用全民惠利，成社会负担。商议让老的先走，他随后跟上。

因为有了留守，出行变得简便些，始料未及间，他的签证却下来了。于是，阖家举迁，就有连根拔的意思，事情又变得急骤起来。购买外汇额度，半国家半黑市；收拾东西，寄存、弃用和带走；告别亲友，明里暗里，欲说欲止，多半个世纪的经验，养成谨慎的习惯，防患于未然，万一，万一什么？什么都可能。这才觉得真要走了！

二楼大间的保留是必要的，总有一些难于取舍归置的物件，也是念想。父亲还好，他这一生，多是漂泊，不过再移一处地方。母亲就不同了，出阁离开娘家，便在这房子里兜兜转转。经年蚕食割让，龟缩到国中之国，究竟还是那个小王朝，螺蛳壳里的道场。只是流泪，一点忙帮不上，还添出许多慰藉的义务，幸好有阿郭，三楼的老板又是个豁达人，全款都已到账，没有一声催促。他一心要走，就顾不上伤感，最后的几晚，挤到大房间里，箱笼收齐了，一溜站着，留下的家什蒙上白布单，也是依墙。母亲早早上床，面壁而卧。父亲摆弄一架手装的幻灯机，他为孙儿做的，饼干盒里，整齐排着幻灯片，抽出来，拧亮了灯，投在白粉墙上。他想起柯柯，小孩子玩腻了丢下，却始终为她喜爱，闲闲坐在桌边，一帧一帧放着图像。那时节，电影院里一片肃杀，哪里有墙上世界的姹紫嫣红。光影里的脸，扇动的眼睫，即使平淡如柯柯，也是有心情的。他生出轻微的悔意，没有在香港抓住时机，也许，也许可能复合呢！不只她母亲表示态度，她父亲更大有促进的意思，他喜欢这老丈人，看得出，老丈人也喜欢他，那个夜晚真叫作，别时容易见时难。

十一

东京转机,看见一个男人,走过他们的候机口,一手一个白布包,颈上挂第三个。布包的颜色和形状,像是骨殖的装殓。于是,男人的表情和步态显出肃穆。十八年以后,时间过得飞快,仿佛一晃的工夫,十八年过去,他也像那个男人,带着三个人的骨殖,坐在机场。父亲,母亲,第三个——多次回想这情景时候,常以为是自己。那些气馁的日子,想起的都是不祥的征兆,结果是父亲的"大伯伯",收藏父亲出生证明,为他们作担保来美的那个人。

父亲的"大伯伯"其实是那一系里,排行最末的姑母,从小骄矜,不知由谁起头,讨饶地称她"老伯伯"。她一生没有婚育,是不愿受妇道的约束,也是没有遇到合适的人,侄男侄女便沿用谑称,一直叫"大伯伯"。大伯伯读的是护士学校,在旧金山一所公立医院做事,父亲就是出生在这所医院,第二年随父母兄姐登船回中国。上世纪二十年代的上海,人称东方巴黎,有许多机会,后来的事实证明,祖父夺得先机,家业平地而起。他应该叫"姑婆",但姑婆染了美国的风气,让他叫名字,悉妮。悉妮八十岁,住唐人街一幢三层小楼,是开洗衣店的先人留下的祖产。鼎盛时期,同住有七八个家庭,有近族,亦有疏亲,广东台山原籍的人就这样一户一户带出来。光阴倏忽,老的过身,小的离开,渐渐散了,最后只剩悉妮一个。美国人都很独立,她也是,公立医院的退休金很过得去,又有各项保障,真不必靠人。天有不测风云,上下楼梯,踩空一级,从二层跌到一层,股骨受伤。这年她虚龄七十三,中国有句俗话,"七十三八十四,阎王不叫自己走",不禁有些害怕,悉妮到底是中国脑筋,从此,就开始筹划养老。安老院是无论如何不考虑的,雇仆佣的人工也无论如何开销不起,于是,想到请亲属同住。国内外遍搜,想到上海的他们。屈指算起来,这侄儿,其实没差她几岁,六十几不到七十,联合国关于年龄分段的新规，正值中间层，太年轻的她不敢领教，有代沟。新大陆的公民，最忌讳老和病，这是他们的阶级观。她一辈子要强，不想在最后的日子受小崽子白眼。常听国内传出消息，这里的新闻也有报告，那里的人和事，大多不堪。邓小平主事好了些，但还不是千方百计要来美国？几乎家家华人都担保几门亲戚，仿佛回到上一代的情景。她算了一笔细账，住房是现成的，膳食有限得很，等申请到永居，自有一份社会福利，就抵过去了。医疗是个问题，可她在公立机构退休，亲属享有部分保险。总之，只要签证下来，政府决不会让人流落街头。支出只在担保费用和单程机票，比较当地的人工，还是划得来太多。至于后来添出的那个人，让她重新打一遍算盘，结论是利多于弊。一个青壮到底有益处，门户安全，跑腿，出力，修理——这百年老房子，一会儿电跳闸，一会儿水管堵，夹墙里老鼠做窝，木结构的接缝都松动了，就因为一块翘起的楼板让她摔倒，意识到老境将至。人还没到，活计已经排好了，还有，余下的时间，可促他打一份工，挣自己的零花钱……得自家族遗传的生意人秉性，异族人中间生存，又是单身女人，凡事都需想周全了。

果然，正是在悉妮的计划里，不过调换了角色。修理的任务由他父亲一手接过去,疏通了管道,还在坐便器安装了抑制反溢的阀门;弃下旧线路,另排新线,以及保险丝和空气开关;门窗扶正,楼梯加固,老鼠洞堵上,夜间再不会有异响。陪护的活不是预先设想的母亲,而是他们的儿子,第一眼看见,就改了主意。母亲的乖孩子,现在成了悉妮的,倚在膝下,不用开口,要的东西就递到眼前:一杯热茶、一碟子曲奇、报纸捎带上眼镜、跳棋盘——两人面对面对弈。而且长相英挺,让她想起父亲,即他的曾伯祖父,从台山出海,打下天地。虽然是旁系的旁系,却仿佛一个模子脱出来。悉妮自小心目中的枭雄,打天下的人,唐人街上的台山帮大半由他带出来,人称老太爷。有了这个榜样,什么男人能入眼?让他推她去教堂,自从股骨受伤,就坐上轮椅,等上海一家来到,更不肯下地了。教堂里的兄弟姐妹,大部华人,让开道看他们走过,有一种不真实的效果,戏剧场景似的。正是悉妮喜欢的,众人瞩目,在她的安排下,他受了洗。这样,母亲便分配炊事。她连自己家的厨房都极少进去,一辈子靠人做了吃,最不济的时候还有阿郭,隔三岔五地替她侍弄灶头。头一天开油锅就引发火警,第二天是煤气泄漏,第三天,剖鱼割了手指头。不得已,儿子与母亲换工,可她聊个天都聊不起来,

儿女风云录

还起心底怕这老姑婆。头发染得漆黑,这家人不分男女老幼,一律毛发旺盛,年轻还好些,到这个年纪就以为发套。底下一双铜铃大的眼睛,睫毛卷上去,这才是假的了。蓝色的眼影,大红嘴唇,大红蔻丹的十指,仿佛要抓了吃她!况且从来都是人陪她,她哪里陪过人?柜子上的台钟停了似的,一动不动。让男人替她,门铃又响了,推销保险的跑街先生,吐噜噜说出一串外国话。她也是学过英语的,临到实践,就派不上用场了,一个字听不懂,还得坐回去,腾出男人去应付。最令她失望的是,来到美国几个月,过去的茶友一个也没见着面,也不敢打电话,因是要请示老姑婆,多半不会应许,倒要查户口一般问上半天。多亏有丈夫儿子周旋,帮她补了多少不是。三个人生活在同一屋檐下,互相却难得见面,咫尺天涯。晚饭过后老姑婆终于睡下,让人走开,"私人时间",她的原话。按理可以自家人相守,可却逃跑四散,各在一隅。许多心情是经不得面对的,面对更难堪。他们回到自己房间,这宅子就是房间多,是过去岁月的遗骸。那些热腾腾互相拉靠,大车店样的日子,等他们来到,已经冷凉了。细想想,悉妮这人也不容易,曲词里唱的,"眼看着起高楼,眼看着宴宾客,眼看着楼塌了",骨子里要有股子硬劲,才挺得住。

这房子，住在里面，像个铁笼子，走出去，又觉得是纸糊的。夹在左右店面里，看也看不见。这一条街，可谓甚嚣尘上，肉铺、鱼档、菜场、饭馆、超市、点心店，当门支起油锅，上下蹿着丸子四角包，笼屉层层叠叠高过头顶，吐出团团蒸汽，落到地上滚成球，忽破开一条缝，挤出一蓬蓬鲜花，招牌上写着"一剪梅"，猝不及防的浪漫，柴米油盐里的一点精神生活，哂笑之余，令人动容。有一日，母亲在底下遇见老友，拖个拉杆箱来买菜。两人站在熙攘的人流中说话，一会儿推到东，一会儿推到西，最后，竟然跟了老友走了。家里没她这个人，并不觉得有什么不便，他们父子都猜到是不是去某位旧好家中，只悉妮着急，因她是担保人，必须负责受担保人的安全。让父亲给朋友打电话，通讯录却被带走了，看起来蓄意已久。得了允许，父亲趁机将自己的关系联系上，还学会让对方付款，到底找到了母亲。问她为什么不来电话说一声，回答是并不知道这里的号码；为什么不查黄页，回答也不知道"大伯伯"的名字。大家奇怪一个什么都不知道的人，却没有被人卖掉，悉妮说了一句：卖给谁，那么笨！话里透出蔑视，那两个看见她眼睛里的自己，都沉默下来。

母亲平安回家，还是走时的那一身，买菜的提兜也是原来那一个，但这房子里人看她却有些不同。就像一个成功逃学的女生，走进教导主任的办公室，惭愧掩不住，更多的则是得意，又因为见了世面，人生变得沉重，一下子长大了。"长大"用于六十多岁的人实在不妥，可这一个何尝长大过？厨房里的活计没什么长进，陪护也还是闷坐，找不到话说，下棋也不会，但原先的瑟缩不复存在，办错事吐吐舌头过去了，受责罚会顶嘴，奇怪的是，悉妮并不恼怒，反而有所忌惮，变得克制。如此，他也稍得空闲，得以出去逛逛街，走远了，就到海边，看湾区大桥。母亲这一走，仿佛打开一扇门，让房子里的人走出去，获得自由。其实，本来也没明文规定，都是自己缚住手脚，唯母亲无知者无畏，打破禁锢。

纪律稍事松懈，绷紧的精神缓和下来。悉妮的"私人时间"，现在也是他们一家的"私人时间"，光阴仿佛回到上海。吃过晚饭，聚在灯下，说些闲章。母亲告诉他们——她倒成了最有见识的人，她说，邂逅的那老友，说投靠亲戚，其实做"Baby sitter"，就是带小孩，都没敢领她去家里。她们住在旅馆里，和悉妮房子只隔三个路口，台湾人开的，可以说"华语"，这也是新词，"华语"！老友和亲戚说上海来了朋友，代她报了个旅行团，请几天假,你们知道——母亲咂匝舌头,这几天要扣工钱的。他们问旅馆费谁开销?母亲说,本来AA制,但看老友可怜,不但住宿,连吃饭都是她做东,不过对方请了一顿饮茶。

朋友说,美国人的钱都在各种保险里,衣食住行则靠借贷,连张沙发都是分期付款,背一身债,口袋里拿得出一百块钱堪称富人,不像我们,哪怕一块钱,也是自己手里的。这几天,她们去了金门大桥,渔人码头,有住在城外的两个茶友专过来会合,打了几场麻将,那就更近了,就在下一个路口,有麻将馆。说到这里,母亲往后一倒,靠在椅背上,四肢摊开,像坏了的布娃娃,有一种类似体面的撑持在溃决。日子变得顺溜,他们稍稍放纵了手脚,说话行动自如。并不是当成自己的家,不分你我,恰恰泾渭分明。悉妮每月收取膳宿水电开支,反过来,额外的服务,也不惮于向悉妮索酬,当然,数目是菲薄的。这时候,他们就像陌路,可美国不就是这样,夫妇间你我两清,儿女做家务,大人也会给小费,这才是真正的家人,而不是主仆关系!他们甚至还要求休息日,不多,两周一次,远不到劳动法的规定。传统中国的人情社会根深蒂固,逃不掉的。有一回,一家三口穿扮停当,赴老朋友生日宴,临出门,向悉妮告别,只见她两眼巴巴地望着，他忍不住说了声：悉妮要不要也去？不料她点点头，要求给十分钟准备。三个人等在门廊里，父亲和母亲不说什么，表情颇不耐烦，是怪他多事。悉妮很快出现了，脸上敷层粉，加件披肩，拿了手提包。

悉妮表现很好，收起目无下尘的倨傲，随父亲的介绍与在座一一招呼，送给寿星一个不大不小的红包。每每给她斟茶，便点头叩指，有调皮的小孩叮扰，并不嫌弃，还抬手欲将爱抚，小脑袋一偏，让过了，就笑笑。他们从未见过她谦逊的样子，难免生出恻隐之心，想到孤寡的可怜。经这一次出行，融洽了感情，否则，长远的日子，怎么一天一天度过去。他们是连回头路也没有的，这句话，三个人想都不敢想，就更不敢说了。他们是见过唐人街上的安老院，唐人街像电影里的清朝，他们可是来自上海，落地就是现代主义，不要说安老院的苟延残喘，路上走的都是末代遗民。幸好，他们没有挨到最后一步，而是中途下车。顺序却没有按照自然规律，第一个到站的是母亲，来到美国第三年，虚龄七十，患乳腺癌。她是个享福的命，熬不过放疗的苦，突发心梗，来不及送医，在家里走的。看她躺在床上，这是一张欧式古典风格的四柱床，垂幔围起，又变成布娃娃，新布娃娃，穿了荷叶边的睡裙，脸色安详。他和父亲立在床脚，悉妮也离开轮椅，爬上楼梯，走进他们的卧室，守了半日。这对父子俩是个安慰，又有些怨怼，若不是她，他们一家真就是孤悬海外，也正是她，让他们到此绝境。因悉妮的面子，教堂办了一场追思，也是安慰。晚上，父亲与他坐在灯下，交代道：将来，一定要把母亲和自己的骨灰带回上海，至于你——父亲说，不必循我们的老路，顺其自然。

坊间常说，夫妻一方走后，另一方有三、五、七的坎，过去了便无计数。父亲是过了十年，八十三岁上无疾而终，称得上超限期。但以他的身体，本应该更有寿，九十多岁的老姑婆还活着呢！他暗以为是移居的缘故，这个岁数实在不能够弃旧求新。他和悉妮又一同生活五年，悉妮到底老了，性子软弱下来，晓得离不开他，不得不有些屈就，他便成了做主的那个。然而，和一个老太婆过日子，需要拿什么大主意？不外乎采买和饮食，再有，悉妮用养老金做理财，选择哪一项产品。于是，他学会看股市行情，就又打发掉一些时间。他始终没有学好英语，在唐人街，一辈子不说英语都可以，可是，终究阻碍了社交。所以，他比父母在世更少出门，蜗居在这幢房子里。房子在父亲手里的修补逐渐露出破绽,还因为缺少人的活动,加速颓圮。他也过了五十岁,算半个老人了。沉暮中,恍惚觉得四壁合拢,将里面的人一并埋起来。这简直滑稽,他和她,严格说素昧平生,血缘本来就是抽象,父母下世就更疏离了。又唯其如此,他们两个可怜人才是同命运,惺惺相惜。

悉妮的后事由教会一手承办,散在各地的亲属没到,只他自己。按美国人的习惯,悉妮也留下了遗嘱,正如母亲说的,买完诸项保险,口袋里有一百块现金就称得上富人。悉妮当然要多一些,中国人是要留后手的,却也有限。房子权属归了教会,他可住到百年之后。首饰、银器,还有几帧不出名的小画,分送给教友,给他的是一枚嵌宝戒,玉石面上已有浅浅的裂纹,是她母亲的东西,可视作祖传。凭嘱托依序办理,唯有一件事他做了主,就是骨殖。悉妮的意思是"尘归尘,土归土",扔进义冢,没听她的,而是装殓起来,与父亲母亲放一处,有朝一日,带回中国。

他是一定要回去的。从悉妮留给他的钱里,划出机票,等待机会。至于什么样的机会,他也是茫然。坐在房子里,觉得已经变成又一个悉妮,可是机会还没有来到。事实上,更可能是拖延，拖延到某个时候，机会自然来临。其间，他按时去教堂礼拜，做些义工，想上帝会赐予他机会，这是茫然中的希望，不作为中的作为。果不其然，想也没想到的，阿郭来了。跟随旅行团，带着家主婆，旧金山是第一站，从西岸玩到东岸，最后掉头直飞旧金山出境。来到第一天，就打电话约见面。落脚的旅馆在南湾，他穿过整个城区去见阿郭。来美国十几年，他从来没有离开过唐人街周边，就像那种老唐山客。夜里宿在阿郭房间，次日跟旅行团作一日游，傍晚大巴从奥克兰返回，行驶在湾区大桥，有一个滑行的弧度，旧金山的灯火仿佛从海底升起，一片璀璨，可是，他要走了。

等阿郭他们从东岸折返，他已经收拾好行李，向教会交付房子钥匙，提前搬到机场附近小旅馆住了一夜。没想到也想到，又是阿郭带他回家，总是阿郭带他，父亲，母亲，还有悉妮，这老拖油瓶，一起回家。他计算好了，父母卖房的钱，花销所剩，悉妮给他的尚有结余，加上自己炒股票的零碎收益，合起来可以做一个墓穴，阿郭会帮他办的。是北京举办奥运会，上海筹备世博会的二〇〇八年，十几条地铁线同时开工，飞机降落，看得见地平线上的塔吊，小小的，玩具似的，越来越近，近到眼前，唰地越出视线,不见了,落地一个新世界。

在一次中老年拉丁舞比赛上,他遇到阿陆头。她们家已经动迁,离开原来的地区。暌违二十余年,还是一眼认出。两人都老了,头发显然染过,漆黑的,阿陆头鬓边一朵大红花,化妆很浓,就像面具。他的脸也是面具,因粉擦得太厚,眼影鼻影用的是一种蓝绿色,近看有点吓人。后来卸了妆,清水洗面,仿佛脱去一层壳,反倒显得年轻。应该说,他们都是不大显出年龄的那类人,裹在羽绒衣里的阿陆头甚至比过去更纤细。他在演出服外穿了件细格呢风衣,像从上世纪三十年代好莱坞电影里走下来的人物。邂逅使他们高兴,共同想起搭档的日子,准备着参加拉丁舞电视大赛,却猝然中断,恍若隔世。这一回,他们都进入了复赛和决赛,又一并落败。说实话,多少受舞伴的牵制,倘若他和她,尚可搏一记,没有谁像他们的默契。可事情不会掉头,就像婚姻似的,错过就错过了。不过,这只是失利的偶然性因素,从大趋势看——他惊讶这城市的拉丁舞水平提升极高,和当年不能同日而语,即便这样的业余爱好者,也超过那时候的专业舞者。参赛中还有外国人,一个来自东欧的男子,舞伴是他的中国太太，看得出受过现代舞训练。东欧人让他想起俄国学校校长，四肢颀长，紧窄的腰和胯，动作起来如同闪电，说收就收，没有一点拖尾，真就是"静如处子，动若脱兔"。相比身体，脸部稍显得松弛，眼袋下垂，法令线深，可能不是出于衰老，而是憔悴，经历过革命震荡的人，都生成这样的面相。所以，名次的结果并不出意外。就这样，他和阿陆头联系上了。

这个城市里的熟人已经不多，小二黑去了澳洲，由他带动的一些关系便也退出了。楼里的邻居生意扩得很大，在青浦圈下一片地，从安徽老家买了老宅院，拆了搬过来，组装还原，做成一个公园。市里的房子出租，他留下的那一间则保留完好，幸亏留下它，否则，怎么叶落归根？老板专过来看他，请一顿饭。饭店与老板相熟，可能也是名下的部分，因前厅后堂摆放的木器看着眼熟，像是在他家寄存过。老板说，那时节事业刚起步，否则房子开价就可以更宽些，让他们吃亏了！私下答应的补贴，后来他又交回去托收着，老板替他买了几个基金，连本带息存进一张卡里，此时就放到跟前，竟增添数倍。这一年，遍地利好，他回来对了。埃塞俄比亚呢？据阿郭打听，埃塞俄比亚在沪上算有点小名气，两年前资金链断了，坊间的话，就是一个瓶盖套七八个瓶,变戏法似的,移来移去终于漏出缺口。事发之前,听到风声,更可能是有意放出去,跑路了。这就是资本活跃,有人发财有人破产,风水轮流转。父母两边的亲属,本来就疏远,多半也散了,余下有二三人,走在马路上都未必认得。柯柯家的那一条街,高架工程中全部动迁,外婆在纷乱中去世,她母亲领了房屋对价的货币,还是去了香港。尽管满目陌生,但生于斯,长于斯,无论沧海桑田,都是原来的那一个上海。修地铁将百年悬铃木全戕了,他却还听得见蝉鸣,甚至,毛辣子的刺痛,时不时来一下。高层建筑呈合围之势,他们这一截残留的老弄堂成了盆地,头上的一爿天日出日落,挂角的月亮,从开埠至今,没有换过。美国是好,可他跻身的一隅比中国还中国,南粤人的脸相,招牌上广东话拟音的汉字,店堂间供的赵公元帅,七月十五中元节的香烛,过年的舞龙,太平清醮……让他想起上海闽广人聚集的一带,骑楼底下,女人的木屐呱嗒呱嗒敲击在卵石路面。现在好了,防波堤上修起观光台,对面陆家嘴,走时还是一片农田,如今号称"世界会客厅"。上海就是常变常新,所谓"摩登",他虽然念旧,却决不因循成规。就像乡下人到上海,眼睛都不够用。有一次,乘公共汽车,他左顾右盼,这也不认得,那也不知道，热心的乘客与他指点，最后问他从哪里来，吱唔半时，方才说出"美国"，人们哗然道：你不是耍人嘛！他只能苦笑。

他常去的舞厅，埃塞俄比亚不在了，他才敢去，那舞厅竟然还在。陈设装置老了，客人也老了，年轻人都去"迪斯科"，那里有先进的音响，重金属音乐，新潮的打碟手，还有摇头丸。那酒保似乎认识他，专调一杯鸡尾酒，摇壶烁烁闪光，即便这样老旧的舞厅，也在进步呢！酒保将他介绍给几位女宾，推上场，本以为早忘了舞步，一出脚全回来了。转眼间，他的茶桌边围起一圈人，排队和他下池子，一曲连一曲，简直停不下来。奇怪的是，向晚时分，舞客们陆续走散，音乐也消停下来，就像童话故事"灰姑娘"，十二点就要回家。下一日，他去了晚场，白昼的客人一个不见，吧台停了营业，换成饮料，甚至还有瓜子。渐渐上座了，年纪轻轻，多是粗作的样貌，挽袖捋臂，说话行动带着乡野气，踩不到点，就是力气大，抡起来脚离了地。有几个俊俏的女人，眼神顾盼，占住几个善舞的，叫他们师傅，师傅是场子里的抢手货。其中一个过来搭讪他，眉眼画得极浓，态度又极谄媚，像厉鬼的变身，他一害怕，跑了出来。听身后有人喊他，跑得更快，最终还是喊停，回头看，是酒保。

儿女风云录 299

酒保问：不认得我了？端详一刻，觉得眼熟，却依然摇头，酒保笑了，摸出一副墨镜，戴上：这样呢？他哦了一声，原来是埃塞俄比亚的司机，都叫他"啧啧"。先领到调酒师执照，再转包了舞场，走的亲民路线，薄利多销。日场面向退休的中老年，夜场则外地务工人员。啧啧邀他喝一杯，就在街边的酒廊，门面敞开，纵深却望不见尽头。就坐在吧台的高凳，他不会点酒，啧啧替他要一杯粉红女郎，心里感叹，上海就是上海，一步不脱班时尚生活，甚至还更赶超。就着吧台里的射灯，才算看清啧啧的脸，以前从没有注意过。好像带什么暗病的青黄面色底下，其实相当清秀，一双女性的吊梢眼，纤细挺直的鼻梁，唇形清晰，嘴角微微下陷，脸颊显出婴儿肥，就有几分稚气，下颏上一个浅坑，有些像小瑟呢！但他已经老了，又经这些年的辛苦，肌肤松弛，五官下垂，而且，体重增加二十斤，身躯和脸盘阔出一圈。看着眼前的人，仿佛多年前的自己，心里诸多感慨。微醺中——粉红女郎起效了，只见那张俊脸笑着，尖尖手指挟着车料玻璃杯，轻轻叩一下他的，"叮"一声响。

瑟，啧啧这么称他，欢迎回来！他不知道怎么应对，陪伴悉妮的日子，几乎是囚禁，他都忘了场面上的寒暄，只说：谢谢！

在美国,不是"谢谢",就是"对不起",在哪里都不会错。事实上,美国人就是原始人,很简单的,借了酒意,他忽然自大起来。啧啧说:我们独缺瑟这样的人!他不知道"我们"指谁,除了啧啧还有别人吗?但没有问出口,耐心听对方说下去,几分钟里,他似乎长了心眼。上海这地方,就是会培养精英。瑟难道没有发现,大家都喜欢你,争着求教!他点点头,确实如此,女宾们团团围住他,一轮一轮下舞池,华尔兹、伦巴、吉特巴、快步、慢步,记不得舞伴的脸。转灯底下,脸和脸没有区别,要说区别,只在气味。香水、古龙水、手腕内侧的玫瑰膏,还有呼吸,薄荷、薰衣草、百香果……啧啧的声音在耳边继续:瑟到我们这里做老师,酒水免单,拿一份底薪,这些算不上什么,主要是小费,应该说是学费!他说:我不缺钱!啧啧又笑了,笑得很妩媚,眼睫闪烁:市场经济,有付出就有获得,我们,或者说她们,不能剥削你!他服气地点头,啧啧是不是接过埃塞俄比亚的衣钵,他和他,都是同一个老师的弟子。工作时间不长,傍晚四点到六点,或者五点到七点,之前都是下岗的叔叔阿姨,四〇五〇,之后呢,打工仔多,没有素质,没有资格做瑟的学生!他清醒过来,问:这两个小时算什么样的学历?"学历"两个字用得俏皮，只半杯酒的工夫，他变得机敏和有趣。喷喷有点纳闷，他解释说：大专，本科，研究生，哪一档的课时和计价？哦！喷喷又叩一下他的杯壁：这是一个好问题！事情是这样的，有时候市场培养经济，有时候反过来，经济培养市场，这话有点绕——他向前倾了身子，几乎贴到对面的脸：换句话，买家生产卖家，卖家也生产买家。哦！他稍有些明白。喷喷说：你，瑟，使这两个小时脱颖而出，成为我们舞场的高级别！为什么不是三小时？他问。喷喷赶紧摆手：有没有听说过，资本家往大海里倒牛奶的故事？他点头。为什么？如果人人都有牛奶喝，谁去买牛奶！他懂了，酒也干了，喷喷喊来酒保付账，他也要付。两人争夺一会，将信用卡送到酒保鼻子底下，喷喷的收走了，天下酒保是一家，他终究是行外人。

次日，他没有在指定时间去舞场，一是宿醉未醒，他向不善酒，昨日受环境渲染，这就是酒廊，可以移性的；二也是不愿被喷喷牵了走。以为是谁？论年龄，他都能生下他，是的，卢克不过小几岁而已。下一日也没去，第三日，第四日，一直到第五日，星期天。星期天，尤其午后时间，有一种特别的沉闷。度过周末，一周工作五天的作息新制度，延长了休息和玩耍，让人怠惰下来，心生倦意，就在这时，工作日即将来临。他虽然不上班，无须受约束，可是，街道、商场、影院、饭店、酒廊，又是酒廊，处处勃动，及时行乐，同时呢，意兴阑珊。社会的巨大的生物钟，谁也逃不出去。坐在房间里，单听那市声，看墙上光影转移，便是惘然。终于扛不住了，必须动弹动弹！

"啧啧"的名字，未必是这两个字，发入声，咂舌似的。先由埃塞俄比亚叫起，就觉得像极了他，佻达可爱。那时候他还小，十七八岁，旅游职校生，到公司实习，做办公室小弟。那职校不学坏就算得道，许多少女是从那里升到妇人。啧啧长得好，细嫩的脸和身条，豆芽似的，穿了黑西装，公司的制服，像个小少爷。事实上，是郊区农户的孩子，造南浦大桥动迁，做了城里人。埃塞俄比亚收下来，替自己开车，几批实习生里，转成正式工的就这一个。从此，脸上多了副墨镜，那种天窗样的镜片，到了暗处就翻上去。埃塞俄比亚跑路前，把舞场过户给他，还修改文书，将转手日期提前若干年。最后，封存财产，就封不到这里。内部人猜想，啧啧和老板关系非同寻常，因知道老板的嗜好，只有瑟他一个人不知道。有透露给调查组的，曾叫了去问话。啧啧嘴紧得很，昼夜不停地审，也审不出一个字。又都觉得喷喷看上去像女的，却是个"模子"，就是硬汉的意思，江湖上立了些名声。

舞场在喷喷治下，降了档次，大约也是恩主的授意，低调低调再低调。喷喷到底资历浅，想不到太远，做起来发现，恰逢时势。国企改制，员工大量下岗，外来打工者剧增，两类人群都需要娱乐，他早做好准备，提供惠民设施，满足社会需求。很合乎喷喷的草根身份，他既不是富二代，也没有权贵背景，更攀不上高层，而是反过来，和街道居委会、小区物业、保安公司，顶级不过派出所，搭得上关系。多少带有蛰伏的用意，它退出声色，黄赌毒，偷漏税，一概无瓜葛。这是在守势。另一方面，邓小平南巡，推动市场经济，市面上最流行一句话，做大做强。喷喷当然不甘心停摆，如他这样，玩意儿似的，"微观世界"，喷喷的原话，就只能小处入手。比如，散发小广告；比如，搞活动，奉送饮料；比如，发放优惠券；再放开一点，在日场和夜场的骑缝，辟出高档时间。文化局群众娱乐部门召集他们办班培训，常说到普及与提高相辅相成，这句话喷喷听得进去。在他朴素的认识里，"提高"好比"菌"，一株就可蔓一片，江南梅雨季节，床底下，墙脚根，生出一把小伞，转眼一丛，然后越扩越大，变成微观世界的原始森林。

星期天的下午，连舞场都有一股百无聊赖的空气，音带老是卡住，有一搭没一搭。舞客稀稀朗朗，一会儿进，一会儿退，椅子拉得横一把，竖一把，空桌没有收拾干净，杯盘狼藉。清洁阿姨也怠惰下来，任地上撒落瓜子壳，现在舞场除了瓜子，还有花生芝麻糖，像个茶馆店。频繁开闭的门，闪进天光，这一片那一片，显出凋敝。他在角落里坐下，心情更黯淡了，也知道夜色降临，便会好些。在悉妮的老屋里，经历过许多消沉的日子，周期性地来袭，他已经摸得着脉了。调音师走开了，去寻自己的乐子，播放器好几次发出锐叫，再又回到音频线，引来笑声，也是稀稀朗朗。唯有彩灯恪守职责，不停歇地按节奏打转，将俗丽的光色轮番投射到四壁和天花板，循环往复，倦意连绵。他懒得动弹，半躺半坐在圈椅里，昏庸的光线和音乐中，像要睡着，其实又是大清醒，什么都看在眼里，却不知意味着什么。这是一天中的低潮时段，仿佛病了似的，他耐心等待触底，然后慢慢起势。大半辈子过去，最最不堪的当口，也会有不期然的救赎。啧啧不在，星期天的下午，就像一种季候综合征，各人找各人的疗药。他所在的地方，正是转灯的盲区，遮蔽在暗影里，渐渐生出安全感。喧哗纷乱中自有一种安宁,和一个人的安宁很不相同,就像悉妮的"私人时间",需要隔壁有人,要不怎么叫作"私人时间"?美国人口口声声"独立自由",其实最怕"独立自由",许多毛病都是从那里来的,然后就要找"心理医生",不过是用钱换陪伴,就像悉妮和他。半合的眼皮子底下,思想蔓生蔓长,有时无形,有时有形,却与所思所想无关。比如唐人街商铺里的招财猫,挥着爪子,银箱拉开,数出零钱;金门大桥五十周年庆,向行人开放,徒步上桥,都高兴得不得了;美国人特别容易高兴,就像他们容易崩溃,一个笑话在他听来没什么可笑,他们却爆笑如雷;应该让柯柯去美国,他几乎没有看见过她的笑脸,中国人大多不怎么笑,也不怎么崩溃;最会笑的可能是日本人,他来回都是从东京转机,机场的小姐,那个笑容,阿郭说简直挡不住,他说好看的女人像动物,阿郭则以为是"笑"……

一张笑脸挨过来,以为埃塞俄比亚,于是一惊,原来睡过去了。分明是女人的脸,问:不记得我了吗?他不敢说"不"和"是",他自始至终没有说对过,英语里的肯定和否定,只说:哪里哪里!对面人说:你带我跳两轮"伦巴",就得了要领呢!好,好!他说,还有点蒙,脸上留着方才梦里的傻笑。再试一曲好吗?她说。他懵懵懂懂站起身,由她牵了手,下到舞池。调音师站到位置上,放一张新碟,正是伦巴,身体一动,魂兮归来。音乐走到哪里,哪里回来一点。一个乐段过去,人全部回来了。舞池里就他们一对,都退到边上,茶桌顿时坐满了,桌面收拾干净了。转灯收起,降下一束追光,四周全暗了。可他还是看见了喷喷,站在吧台里,那里也有一盏射灯。黑发梳到头顶,火炬一般,喷了发胶,一个标准的酒保。场子又热起来,音乐变得强烈,上岸的人又下水,看客手里的玻璃杯换成鸡尾酒,红红绿绿的。于是,吧台也变得忙碌,喷喷晃着摇壶,眼睛朝这边望,远远的,对接住他的视线。女舞伴在他手底旋转,这一个还可以,他在心里掂量。比阿陆头呢?异类不比。女宾们仿佛事先约定,一个接一个与他共舞,程度不一,有一些连基本的步子都不会,就要从头教。放缓动作,身上沁出薄汗,听得见自己的微喘,心跳得很快,还在惯性里,等不及要飞起来。窗幔后面的天色在向晚,窗幔里是不变天。猝不及防,时间降临,灯光和音响戛然而止。人们起身散去,走出门,夜市正在摆摊,熏烤的油烟升起一片。他慢慢往回走,走过画了"拆"字的墙垣,踩着瓦砾堆,世界在颓圮,旧的一切不复存在,可他的身子依旧,从俄国舞校开始,穿过北京沙尘天,追逐一头看不见的骆驼;女同学玛柳特卡的拥抱,还有仰起在阳光里的发光的脸;黄河古道边的斜坡,自行车一溜烟滑过桥洞,宅门下的月亮地,地上的敲门人;阿陆头咬在嘴里的玫瑰花,裙摆扇起的风,裹着体味、皂香、爽肤水……无论去到哪里,顶上总是有一盏灯,灯下的人又回来了。

啧啧的普罗大众舞厅,昼与夜之间,转瞬即逝,一不留神溜走的闪亮片刻——隐匿的城市之光,上海这地方,推土机推平,塔吊连根拔起整幢楼,打夯机将残渣压实,压成考古层,城市之光还在,云母片似的,星星点点,就是它,草根歌舞的间隙里,称得上贵胄时光。多少人是冲它来的,多是女宾,也有先生,来学习的。起先,人们叫老师,后来,渐渐地,换作老法师,"老师"这个称谓实在对不住他。遍地都是"老师",有几个"老法师"?客人,应该说是学生多了,时间真不够用。可是不要紧,啧啧有办法,事实上,埃塞俄比亚的舞厅在啧啧手里,早已经扩容,变成连锁,邻近街区上的,源出于一家。老字号不开分店,是旧社会的成规,啧啧是新人,他不作加时赛,没听说过吗,牛奶倒大海的故事?时间是物质一种,他将它摊薄,不就够了!这里是一三五,那里二四六,第三处是星期七,遍地开花。总量不变,却变得珍稀,照理增值了,可瑟得的部分,权且叫作学费,学费依旧,因为时间依旧,价格不是由劳动时间决定的?马克思《资本论》上就这么说。啧啧未必读过《资本论》,可身在资本社会,用埃塞俄比亚的话,"资本在运动",实践出真知!酒水的价格则大幅提升,因成本在提升,酒牌税、增值税、进口税,这里可都是洋酒,来这高端时光的,谁在乎酒钱?消费嘛!社会上的拉丁舞校如雨后春笋,遍地齐发,商圈、园区、群文馆、老年大学、幼儿班,这里却是私教。且又不是市场化的,而是真正的私人性质,比如,不卖卡、不签单、不走账,一对一交割,交割也不是赤裸的银货两讫,而是不留意间,放进老法师风衣口袋一个信封。那信封并非随处可见,拾到篮里都是菜,要说私人性质,就在这上面:粉色的小小的,钞票折起来,放进去正好;奶白色,凹凸的纹样,火漆的封口;英国式的花卉,类似中国画的工笔,颜色却是灿烂的;可爱的泰迪熊,很呆萌的造型,别以为出自小女孩的手,相反,更可能是成年的,肃杀中送走少女时代,现在来补课的。充满个性的美丽信封里,放了钱,即学费,外加一点心意,抹平金钱的铜臭味:钥匙链上的金舞鞋;一小管红豆,采自遥远的亚热带,应了"千里送鹅毛"的古谚;一朵干花,过滤了时光;一把银钥匙,世上总有一扇打得开的门……

离开多年,他发现这城市泉涌大量成熟的女性,她们几乎看不出年龄,妆容精致,经济独立,于是有了自信的风度。在他缺席的日子里,有一种特殊的栽培,改变遗传,转化基因,加速进化,养育出新女性。从一个过来人的经验,即便枯乏如他,到底也经验过恋爱、婚姻、家室,还有婚外情,甚至,埃塞俄比亚的暧昧。阿陆头、柯柯,还有"伞",都是年纪轻轻进入生活,他自己也没开窍呢!他本来是个晚熟的人,好容易醒过来,不知蹉跎多少岁月。其时,已经年过六十,眼看就要领到敬老卡了,这城市的福利在向发达国家接近,力图加入全球村。都没有闲着,就像后发展地区一样,他的本能也在追赶,还有第六感,可说厚积薄发。这些先进的女性,直觉告诉他,或者有婚无性,或者有性无婚,抑或是无性无婚,这合乎世界潮流,悉妮不就是?早她们大半个世纪,正是现代和后现代的差异距离。这一类人往往荷尔蒙分泌旺盛,他连荷尔蒙都知道了。这些话,他会和阿郭讨论,阿郭已经七十七岁,外表看不出,属于那种越老越潇洒的类型,只有他看得出。阿郭的腰腿不大灵了,患风湿痛,用了手杖。眼睛生白内障,视力退化,因为怕开刀,戴上眼镜,就像一个老教授。事实上，也教给他许多知识，是他真正的教授。他和阿郭讨论这些女学生，阿郭说：小瑟，你要保持晚节！他嘻嘻笑着，阿郭又说：女人是危险的动物！他说：我又不和她们直接来往，都是通过啧啧。阿郭说：啧啧其实是女人！他问：阿郭什么意思，啧啧是"基"？从美国来的人，都学会这个字，"基"。阿郭说：啧啧是假"基"，真"基"倒无害，比如埃塞俄比亚。提到那个名字，就有点窘，阿郭曾经提醒过，可他没听懂。阿郭知道他想什么，接着说：我不是对埃塞俄比亚有成见，只不过，他和我们是两种人，物以类聚人以群分，这句话用在哪个世道都不错的！他嘻地又笑了：要我看，世上人分有趣和无趣，阿郭你最有趣！阿郭也笑了，说：小瑟，你变得皮厚了。

阿郭的话又说到要害，他自己也觉得比以前放纵，原先是个害羞的人，现在，常有无耻的念头。所谓"无耻"，即男人的眼睛。比如，和他的舞伴，报名参加拉丁舞比赛的搭档，激情澎湃的时节，会留意她的乳沟，从低胸的领口中，暗示性地陷进一道槽，还有腰，从绑裤的边缘挤出赘肉。她生过孩子！他在心里说。流汗花了粉，颏下显露松弛的迹象。他发现，颈项最掩不住岁月。舞伴比他后生二十岁，四十出头，在女性不是可喜的年龄。但山外有山天外有天，阿陆头已经五十朝上了，难免吃味，说：爷叔的搭子越来越年轻！他说：我看你总归是六七岁的人！他想起窗下路灯里，阿陆头穿了花布短衫裤，摇铃走过，蝉蜕似的小影子。阿陆头说：爷叔你的嘴花得很！他说：我说的真话！阿陆头笑一笑，半信不信，转身走开。

其时，阿陆头家已经搬离汽车间。动迁分得一大一小两套多层里的单元房，大的由阿柒头带了父母住，她和儿子住小的。上面的兄姐都在福利分房中受益，不属安置对象。因情况单纯，父亲又好说话，所以是第一批签字的，额外给了奖励。眨眼工夫，儿子长大，交了一个云南姑娘，两人在北京做音乐人，勿管成不成功，反正不要她负担。这算什么渊源？她问自己，按世人普遍的说法，就是"命"。单身几十年，她有过许多际遇，都没有到婚嫁的一步。对方听说她的过去，多半被吓退，再说还有一个拖油瓶。也有情愿的，她又犹豫了，眼面前跳出那最后一幕。满坑满谷的人，碗底般的洼地里，五花大绑的一列。她认得出其中一个，因穿着她给做的衣服，雪白的绸布，连袖、高领、对襟、撒裤腿，像功夫在身的游侠，修行得了道，要升仙。她不能背弃他，将来到了冥界，见面说什么？那一身衣服，也为了好认，人山人海中一眼看见的，就是这个人！云南地方，是有魅的，不去不知道，去过的，都要沾一点儿有神论。

她和爷叔，虽是故人邂逅，彼此倒不怎么忆旧的，说了也听不懂，相差十万八千里。偶尔见面，隔桌而坐，喝一杯茶，王顾左右而言他。有时会跳一段舞，很奇怪的，他和阿陆头，越来越少有肉体的亲密感。当她幼年时期，曾激发过类似欲望的心情，随着成长，这种器质性的吸引，深入表面，变得内向。阿陆头早已撑破娇嫩的外壳，他自己其实也在度过危险的感官时代。他们都老了，但他的话没错，阿陆头是不长岁数的，这岁数不是那岁数，不是像母亲，到老都是小女孩子，反过来，生下来就是母亲，路灯下摇铃铛的小母亲，木屐里的小脚指头，走在生养和哺育的路途上。所以，他真不是场面上的恭维。女性的年龄已经变成机要，藏着多少秘辛。现在，阿陆头退出舞厅，带队好几支广场舞，也参加电视台举办的比赛，她自己不出镜，镜头最残酷，将人的年龄一展无余，又是年龄，越不过的魔界。不消说，这城市已经老龄化，青春就是傲娇。阿陆头身居幕后，真正的领头人都在幕后，真正的师傅也是在幕后。爷叔帮她编舞，将拉丁舞的元素嵌进革命老歌或者港台金曲的旋律，广场舞通常就是这两种舞曲，以不变应万变。他们见面的频率大约平均两月一次，作为老邻居，足矣。再说，也不是真正的老邻居，类似看门人和东家，有一点点主仆的意思。世事难料，多少因缘都连根断，但就是他们，丢了拾起，拾起再丢，络绎不绝，到了今天。

老法师的名声传开了，有夜总会——这城市也有夜总会了，仿佛劫后余生，邀他做幕间表演，他自带舞伴，他婉拒了。大赛落第的经验告诉他，已经不复当年，即便中老年人群，也几乎在他下一代。况且，老法师亲上场，也有失身份。同行间的挖角让喷喷不安，想不到瑟会谢绝，专在外滩半岛请客大餐，点了生蚝、龙虾汤、肋眼牛排，开了拉菲。埃塞俄比亚从来不会万炮齐轰，经典和新贵的区别就在这里，前者甚至会吃路边摊，韭菜饼、粢饭团、兰州拉面，埃塞俄比亚还喜欢去七浦路，一口气买十二件衬衫，襄阳路市场的假劳力士，直接戴在手上。喷喷还在从头学起，开蚝的手势已经熟练；尝酒的派头，至少派头上，也很像；牛排要三分熟，见血，管它合不合口味，反正是行内人；玻璃缸里的生菜，要"Share"，他喜欢说"Share"，"Share""Share"的！你看这排场，绝对想不到喷喷的舞厅是在那样的地方，菜市场的顶上，集装箱似的铁皮棚屋，烂尾楼的大平层,弄堂底部,打穿了接上另一个弄底。酒影烛光里,他应允不会跳槽,啧啧笑道:也不是跳不跳槽,你我并没有签卖身契!他也笑:卖身契可不敢说,谁会买我?啧啧说:上海地界,老法师这样的最走俏,还有一个名字知道吗?什么名字?他问。钻石王老五!他就装糊涂:我又不姓王!啧啧大笑:老法师真会"捣糨糊"。"捣糨糊"这种市井俚语断不会出自埃塞俄比亚的口,但你又不得不承认,这个词很妙,坊间的智慧最能体现在混世界的人身上。

啧啧的意思瑟当然明白,多少的,他也混了点江湖气。可不是吗?舞伴们的醉翁之意,就算装糊涂,也骗不过眼睛。说实在,他被缠得够紧。这些舞伴们,从三十到五十的年龄层,甚至更年轻,二十到三十。现代的独立的女性,根本不在乎年龄的差异,也不在乎贫富差异,渐渐地,美丽的信封里装着银行卡,拉出来的数字让人吓一跳,他活到了好时代。想不到,在他的年纪,经历过沉闷的日子,磨平了心性,已经看到头,却柳暗花明。后来回想,他难免忘形了,可那一段真可谓热火烹油。日和夜交集之处,人家都偃了声息,歇脚打尖,始料未及,这里揭开帷幕,歌舞骤然而降。追光里的人,池子里的人,酒吧里的,茶桌边的，调光的，控音的，跃跃欲试。双层窗、弹簧地板、隔音墙，埃塞俄比亚的遗产；天棚上的钢架，钢架上的垂挂，彩带、气球、灯管，喷喷的添加，一并随了电声震颤。悸动得不能再悸动，亢奋得不能再亢奋，唰地静止不动，连光里的尘埃都定格了。繁华盛景，转瞬归于平凡，犹如惊鸿一瞥。遍地都是不夜天，这里却是暮光之城。

人们建议喷喷增加一二个钟点，或者开辟专场，让那些普罗大众滚他妈的蛋！喷喷笑而不答，依然循惯例而行，这里一三五，那里二四六，每场两小时。喷喷嘴上不说，心里有一笔账，瑟已经六十过五，还能有多少时间？万一出个岔子，所谓岔子，不外病和伤，跳舞这事情可是伤不起。所以，听说瑟给舞伴们私下开班，带到自家，或者去到她家，很多拉丁舞爱好者家里都装了扶把、镜子、音响，雇了钢琴师，比专业院团的排练厅还讲究。要是时间晚了，留下过夜，当然有独立的客房，换下的衣服转眼间不见了，洗烫一新，挂在衣架推进来，早餐也是推进来，超五星酒店的服务。主人通常还会挽留他半日，给儿女们开课，小小的，七八岁的孩子，全套的舞衣舞鞋，细齿的桃木梳，将头发篦得流光，小男生则是额头上打个卷，鸡冠似的。吃了午饭，再用茶——下午茶的风气又起来了，只是换了一批人。

在这众星捧月中，再去阿陆头那里，阿陆头的广场舞，阿陆头的多层单元房，阿陆头的旧舞衣，肋下绽了线，阿陆头发胖了……像是给那一个华丽世界作陪衬。他向来不是有心智的人，意识不到自己的寂寞，其实是金粉世界的局外人。他享受过的好日子，其实都带有日常居家的烟火气，比如母亲的晾在角落竹竿上的内衣裤，织补过的长丝袜；俄国学校沾了粉渍的木地板；罐头大王的长餐桌底下的苹果核、糖纸，男孩女孩学着大人偷吻；柯柯父亲带他游历香港，暗巷里的脱衣舞娘，没有剃干净的腋窝；还有埃塞俄比亚——埃塞俄比亚芯子里也是这个，皮相是那个！啧啧则半蚕半蛹，正往蛾子进化，进化到光鲜的生物，没有一缕拉丝，一个痘斑，一点黑色素沉淀，好比单身女人的家，她们属于单性繁殖的新型人类，性器完整，没有撕裂、龟裂、退行性病变，烁烁发亮。蒙着一层膜，装上盒子，系上绸带，打个蝴蝶结。他也不矫情，抗拒不了它们的诱惑，谁不喜欢簇新的、好看的、亮晶晶烁烁发光的东西？小的如同钻石，大的呢，宫殿般的房子，绿茵茵的草坪，碧蓝的泳池，还有哈巴狗，绕在脖子上，绒毛的纵深处，一双黑漆漆的眼睛，看得懂世事似的。阿陆头自然有阿陆头的长处,轻松!享受也是累人的,需要休息,阿陆头就是休息。真的,美丽世界是压迫人的,压得人透不过气来,到阿陆头这里,全身懈怠下来,无产阶级失去的只有锁链!

事发之前,喷喷请他吃过一次大餐,还是在外滩,临江的窗边。生蚝、龙虾、生鸡蛋磕破口子,填进鱼子酱,冰桶里的酒,垫着雪白的餐巾,汩汩倾入高脚玻璃杯。喷喷说了许多话,拉菲喝得他头晕,没大听明白,但感觉到喷喷的不高兴,虽然脸上挂着笑容,眼睛弯起来,像月牙儿,睫毛封住了视线。有一句话比较清楚:人不能两头通吃!什么意思呢?两头指的什么?他想得脑袋疼,垂到桌面,"咚"一声,撞上去,醒来了。忽然有不祥的预感,预感什么,也是不清楚。灯光很暗,桌上的蜡烛点亮了,豆大的,绿莹莹,像猫眼。玻璃窗外,镭射划过来,划过去,江面上驶过游艇,船身镶满宝石,汽笛呜呜歌唱,这才是天上人间呢!他依稀感到不安,倒不是因循福兮祸兮的自然周期,他没有形而上的概念,是唯物论者。只不过怀疑自己何德何能,配得上如此盛景。他这一辈子,都是在浮泛中度过,浮泛的幸和不幸,浮泛的情和无情,浮泛的爱欲和禁欲,他就是个浮泛的人,不曾有深刻的理性的经验,险些儿开蒙,方要下脚,又收住，滑过去，回到水平线上。

晨曦从厚厚的天鹅绒窗幔后面透进，睁开眼睛，一时不知道身在何处，定定神，看见自己躺在餐馆门外，过廊里的沙发，下班的员工将他扔出来，扔在这里。楼里悄无声息，生意要到中午十二点开张。哪里的水龙头没拧紧，半天一滴，半天一滴，在空廊的静谧中变得清脆。他坐起身，停一停，站到地毯上。窗幔后面的光忽然尖锐起来，割着他了。走到电梯前，摁了按钮，很长时间没有响动，就从旁边的楼梯口下去，走到中途，听到电梯井轰隆隆的，轿厢上来了。他不想折回头，轿厢又轰隆隆下去。大理石的阶梯裸露出磨痕，有年头了。就在这时，他看见江面，金红色的水平线，飞着许多墨点子，是江鸥。楼梯间拐弯处的长窗，正对着外滩。每下一层，黄浦江便扑面而来，迅速变换光色，橙黄、白灼，有一刹那竟然是蓝绿，青瓷一般。海关大钟敲响了！

两周之后，他以骗婚的罪名被起诉，承办员问他，认不认识这几位女性，他说认识；有没有收过钱财？他说有过。很奇怪的是，这几名女性，都在某婚姻中介机构登记，属VIP高端客户，他呢，就成了婚介所雇佣的"托"。先拘留，后收容，再拘捕候审。他是从舞场带走,警察来到,正在和一位女学员跳舞,那学员是起诉人之一。身处追光圈内,四边沉陷暗影,音乐又那么激烈,心都要炸裂,完全没有觉察危险来临。什么都没有准备的,跟了警察,套上手铐,耳朵满是斗牛士乐曲的急骤的鼓点,弯腰跨入警车,驶过暮霭中的街市。

阿陆头收到拘留所的电话,报出他的姓名和住址,让送些替换衣物和洗漱用品。她问怎么进门,没有钥匙啊!对方没有听完便挂断。开锁的方法有多种,做过知青的人,谁不会几手旁门左道,可现在是法制社会,最后还是决定从属地派出所开证明,请锁匠上门。

锁匠开了门,收了费用,走了,留她自己收拾东西。她认出大衣橱,穿衣镜里的自己,很小很小,眼看着长,长,长成现在的样子,仿佛变戏法。忽听身后有动静,一回头,看见是阿郭。他们没有过交集,但彼此并不陌生,就笑了笑。阿郭已经八十岁出头,样子还没变,属这城市海派老爷叔。帮着找齐东西,装进袋子,阿郭又从皮夹里数出几张纸钞,交给阿陆头。重新锁好门,两人一并下楼,出到后弄。所谓后弄,现在已经是街面,顶上横跨高架桥,十字路宽得像广场,四面八方的红绿灯,东方不亮西方亮。阿陆头问：阿郭爷叔怎么知道，也收到电话吗？阿郭说：电话倒没有，是听人说的！阿郭的人脉，天下都是耳目，没有他不知道的事。哦！她应了一声。阿郭说：他去美国前给我钥匙，让我看房子的，时间久了，恐怕忘记了。她又"哦"一声。阿郭又说：到头来，还是阿陆头托得到！她惊讶这老先生知道自己的名字，还是那句话，有什么是他不知道的？她笑一笑：承爷叔看得起，我和他，实在是两种人，汽车间和洋房……阿郭止住她话头：你们这些红卫兵，是用阶级划分人和人，在我却不是——阿陆头好奇道：老先生怎么分？阿郭说：世界上的人，只有两类，一类旧，一类新！

信号灯红转绿，两人开步走，过一条窄的，再过一条宽的。灯又转红，这回是让转弯车过。于是停下，再等绿灯，终于到了对面。

2024 年 5 月 2 日　上海
2024 年 5 月 7 日　定稿